Lorraine Heath

Lorraine Heath est une autrice de romances. Née à Watford, en Angleterre, elle a grandi au Texas, où elle a obtenu un diplôme de psychologie. Ses romans figurent sur les listes des meilleures ventes du *New York Times* et de *USA Today*.

La Tour

DE LA MÊME AUTRICE AUX ÉDITIONS J'AI LU

Les Joueurs d'échecs

1 – *Le Fou*
2 – *Le Cavalier*

Pour un duché

1 – *Le cottage du bonheur*
2 – *La candidate idéale*
3 – *Les secrets de lady Lancaster*

Les Pembrook

1 – *Le doux souvenir d'une promesse*
2 – *Juste un baiser...*
3 – *Le dernier fils du duc*

Les amants de Londres

1 – *L'affront*
2 – *Le pardon*
3 – *La dette*

Les vauriens de Havisham

1 – *Pour lui plaire*
2 – *Et le comte rafle la belle*
3 – *Belle et rebelle*

Lorraine
HEATH

LES JOUEURS D'ÉCHECS – 3

La Tour

Traduit de l'anglais (États-Unis)
par Carole Pauwels

J'AI LU

Titre original
IN WANT OF A VISCOUNT

Éditeur original
Publié avec l'accord d'Avon Books,
une marque de HarperCollins Publishers.

Aux gardiens de mon cœur,
les Dr Marc Shalek et Lee Hafen,
ainsi qu'aux infirmières, au personnel
et aux cardiologues des hôpitaux
de Baylor Scott et White Heart
de Plano au Texas.
Et pour Nathan, qui détient mon cœur
depuis presque un demi-siècle maintenant.
D'autres aventures nous attendent, mon chéri.

1

Londres, juillet 1875

John Castleton, vicomte Wyeth, était plus connu par ses proches – en particulier les Joueurs d'échecs, ses meilleurs amis depuis Oxford, où ils avaient étudié ensemble – sous le sobriquet de la Tour. Il abaissa le bord de son chapeau haut de forme pour dissimuler son visage, tandis que le portier de l'Elysium, un club privé pour dames, manœuvrait la lourde porte afin qu'il puisse entrer sans encombre.

Quelques années auparavant, le club était secret. On l'évoquait avec beaucoup de scepticisme, comme on aurait parlé de l'existence des elfes ou des fées.

Mais les secrets finissent toujours par être découverts à un moment ou à un autre. Assurément, cela avait été le cas de ceux de son père. En conséquence de quoi, la Tour en savait davantage à propos du club que la plupart des hommes de sa connaissance. D'autant plus qu'on lui avait fait les honneurs d'une visite privée de l'établissement. Après tout, le propriétaire n'était autre que son frère.

Constatant qu'aucune jeune femme ne se trouvait dans le hall, il se détendit quelque peu et ôta son chapeau. Si le club n'était plus clandestin, l'identité de ses membres était protégée, et il n'avait pas envie de croiser quelqu'un qu'il pourrait fréquenter dans d'autres cercles, ou d'embarrasser une lady de sa connaissance. Ce qui se passait entre ces murs était considéré comme de la dépravation, et la réputation d'une femme de la bonne société pourrait être ruinée à jamais si on apprenait qu'elle se rendait dans ce lieu de péché, de débauche et d'interdits.

Le reconnaissant de toute évidence d'après les visites qu'il avait faites récemment, la jeune femme qui se tenait derrière le comptoir lui adressa un signe de tête courtois.

— Milord.

— Je dois m'entretenir avec M. Trewlove. Où puis-je le trouver ?

Le portier lui avait confirmé que son frère était là ce soir.

— Il fait le tour de l'établissement, mais je peux envoyer quelqu'un le prévenir que vous souhaitez le voir.

— Ce serait fort appréciable. Merci.

Non loin du comptoir, un cordon rouge pourvu d'un panonceau annonçant *Privé, entrez à vos risques et périls* interdisait l'accès à une étroite volée de marches emprisonnée entre deux murs. Après avoir décroché l'un des embouts du cordon de son potelet en laiton, la Tour passa de l'autre côté, puis il replaça la fragile clôture que personne d'autre que lui n'oserait franchir. Aiden Trewlove avait la réputation de protéger jalousement tout ce qu'il considérait comme lui appartenant. Et, plus qu'une malheureuse cordelière tressée, c'était sa sulfureuse notoriété qui empêchait les gens d'outrepasser la mise en garde.

L'escalier était sombre mais un éclairage sur le palier permettait de s'orienter, tel un phare dans la nuit.

Une grande partie de l'enfance de la Tour avait ressemblé à cette ascension de l'escalier : lugubre et solitaire, la lumière et la connaissance se trouvant hors de portée.

Au cours de ses études à Eton, il avait commencé à entendre parler des frasques de son père, le comte d'Elverton : sa lubricité, ses innombrables maîtresses, ses nombreux bâtards, qu'il avait bien au-delà de Londres, et jusque dans les coins les plus reculés d'Angleterre. Mais la plus cruelle des rumeurs, celle qui l'avait profondément révolté, et qui l'avait poussé à faire saigner quelques nez – le sien ayant saigné en retour une fois ou deux – prétendait que sa mère, l'actuelle comtesse d'Elverton, avait été la plus dépravée et la plus lascive des amantes de son père avant qu'il la prenne pour épouse.

Finalement, la rumeur était fondée, et la Tour savait à présent que sa mère avait accouché de trois des fils illégitimes du comte. Juste après leur naissance, son père les avait abandonnés à une nourrice, en espérant qu'ils mourraient faute de soins, ce qui se produisait fréquemment. Cependant, Aiden avait été confié à Ettie Trewlove, une veuve qui l'avait élevé comme s'il était son véritable fils.

Quelques années auparavant, la Tour avait fait la connaissance d'Aiden, quand ce dernier avait empêché que leur mère ne soit assassinée… par son propre époux.

La Tour n'avait jamais particulièrement apprécié son géniteur, mais il était loin de s'imaginer que l'homme à qui il devait l'existence soit capable d'un acte aussi vil. La rencontre brutale du comte avec Aiden avait résulté en une attaque d'apoplexie de leur père, qui avait manqué d'y succomber ; celle-ci l'avait laissé infirme et condamné à rester alité.

La Tour arriva sur le palier. Un peu plus loin, le corridor ouvrait sur une vaste salle de jeux, mais ici des tentures offraient une alcôve secrète. À sa droite se trouvait une autre volée de marches, recouvertes d'un épais tapis étouffant les bruits de pas, qui conduisaient aux pièces qu'Aiden avait occupées avant son mariage. La Tour savait que son frère les utilisait encore parfois quand ses responsabilités le contraignaient à travailler tard, alors qu'il avait acheté une petite résidence où il vivait avec sa femme et son fils. Cependant, il avait en tête d'acquérir une plus grande propriété.

Plutôt que de monter, la Tour prit appui contre le mur et attendit l'arrivée d'Aiden. Il aurait pu être tenté d'observer entre les tentures afin de voir qui était là ce soir, mais il considérait que les gens avaient droit à leurs secrets. Lui-même possédait assurément les siens.

Quelques instants plus tard, Aiden sortit de la pénombre. Même après tout ce temps, la Tour était toujours surpris par les similarités dans leur apparence : cheveux noirs, yeux sombres, mâchoire carrée. Aiden était légèrement plus grand et plus large d'épaules, son corps ayant dû s'adapter aux travaux physiques qu'on avait exigés de lui quand il était plus jeune.

— Comment vas-tu, mon cher frère ? lui demanda Aiden avec un sourire.

Cette façon de s'adresser à lui prenait toujours la Tour un peu au dépourvu. Il n'avait pas de frères et sœurs légitimes. Avant qu'Aiden entre dans sa vie, il ne savait rien de la progéniture annexe de son père. Il connaissait également Finn, un autre des bâtards de son père, qui avait lui aussi été confié à Ettie Trewlove six semaines après Aiden. Apparemment, le comte possédait un insatiable appétit pour les femmes et ne pouvait s'empêcher d'avoir plusieurs liaisons en même temps. Non seulement il avait été infidèle à sa femme, mais aussi à ses maîtresses.

— Je vais bien, mais j'apporte des nouvelles préoccupantes.

Aiden recula d'un pas, tandis qu'un pli soucieux barrait son front.

— À propos de Mère ?

— Non, il s'agit de Père.

— Je me fiche éperdument de ce dégénéré. Il peut aller tout droit en enfer, en ce qui me concerne.

— Il semblerait qu'il s'apprête à faire ce voyage d'un moment à l'autre. Son état s'est soudainement aggravé.

— Je suis ravi de l'apprendre. Au moins, Mère cessera de s'épuiser à prendre soin de lui.

La Tour savait que son frère avait du mal à admettre que leur mère ait consacré les trois années qui venaient de s'écouler à s'occuper de son mari avec un admirable dévouement, même si lui soupçonnait pour sa part qu'elle prenait un malin plaisir à tourmenter le vieil homme de manière subtile. Il l'avait entendue narrer au comte ses frasques avec son galant, bien qu'elle n'ait pas d'amant. Elle voulait sans nul doute qu'il souffre comme elle avait souffert durant toutes ces années avec lui, où il avait été infidèle et peu discret sur ses nombreuses liaisons. Ce n'était pas la Tour qui aurait fait le reproche à sa mère de vouloir exercer sa vengeance. Après tout, le comte avait essayé de l'empoisonner quand une femme plus jeune avait attiré son attention.

— En parlant de Mère, elle a laissé entendre qu'elle appréciait, à l'occasion, de passer du temps dans ton club.

Aiden haussa les épaules.

— Un de mes gentlemen veille à son bien-être : un massage de pieds dans le Salon de la déesse, une valse dans la salle de bal…

— Je n'ai pas besoin des détails.

Aiden accueillit ce commentaire avec une petite grimace. Sans doute considérait-il la Tour comme quelqu'un de prude, car il faisait toujours en sorte de changer de conversation dès qu'étaient abordés les plaisirs que les femmes pouvaient expérimenter entre ces murs. Puis il l'enveloppa d'un regard circonspect.

— Puisque tu es là, tu pourrais peut-être me rendre un service.

— Ça dépend du service.

— Il me manque deux gentlemen ce soir. L'un m'a fait savoir qu'il était malade. Quant à l'autre, il a disparu dans la nature. Quoi qu'il en soit, j'ai une jeune personne qui désire recevoir un baiser. Cela fait maintenant une demi-heure qu'elle attend, mais tous mes autres gentlemen sont occupés. Peut-être aurais-tu l'obligeance de lui accorder cette faveur.

La Tour avait appris très tôt à dissimuler ses pensées ou ses sentiments. Cependant, il dut faire appel à tout le sang-froid qu'il possédait pour ne pas rester bouche bée devant une requête aussi absurde.

— Tu veux dire qu'il me faudra l'embrasser ?

— Tu sembles aussi horrifié que si je t'avais demandé de l'assassiner. Oui, l'embrasser.

— Tu n'as qu'à le faire toi-même.

— Je suis marié, et follement amoureux de Selena. Le seul geste que je m'autorise encore avec les dames, c'est un sourire.

Il eut un coup de menton qui ressemblait fort à celui de la Tour.

— Tu n'es sûrement pas novice dans l'art d'embrasser.

— Certainement pas. Mais je ne distribue pas mes baisers à tire-larigot. En outre, la plupart de tes membres appartiennent à la noblesse. Il y a fort à parier que ce soit une jeune femme de ma connaissance, ce qui pourrait s'avérer des plus gênant.

Il n'avait pas pour habitude d'entraîner des dames de la bonne société dans des recoins sombres pour leur voler des baisers.

— En réalité, elle est américaine et vient à peine d'arriver. Quelle est la probabilité que vous vous soyez déjà rencontrés ?

— Sans doute nulle, je l'admets.

Les quelques rares Américaines de sa connaissance étaient soit mariées à des pairs, soit courtisées par des hommes d'un rang supérieur au sien. Il était hautement improbable que ces dames risquent la désapprobation de leur entourage en fréquentant cet établissement, où les mères ou bien les sœurs de leurs chevaliers servants pouvaient les surprendre dans une attitude douteuse.

— Quoi qu'il en soit, ça ne me sied guère, mon cher ami, ajouta la Tour.

— Écoute, Johnny…

Sa mère employait souvent ce diminutif pour s'adresser à lui. C'était plus personnel, cela créait un lien plus fort, et Aiden devait penser qu'il parviendrait mieux à le convaincre en y ayant recours.

— C'est une vieille fille qui n'a jamais été embrassée. Elle attend dans un salon privé et doit gagner en nervosité à mesure que les minutes s'écoulent. Tout ce que tu dois faire, c'est entrer, la prendre dans tes bras, la renverser légèrement, poser tes lèvres sur les siennes et soupirer comme si tu n'avais jamais été bouleversé à ce point. Est-ce vraiment une telle corvée ?

Cela faisait un temps considérable depuis qu'il avait eu commerce avec une femme pour la dernière fois. À défaut de constituer une corvée, cela pourrait lui rappeler ce qui lui manquait et l'inciter à rechercher le plaisir – ce qu'il ne faisait jamais à la hâte, car il avait certaines exigences sur lesquelles il ne transigeait pas.

D'un autre côté, ne donner qu'un seul baiser semblait bien innocent.

— Quel est son nom ?

— Je n'en ai pas la moindre idée. Je n'ai pas souvenir de l'avoir déjà vue ici. Il est fort possible que ce soit sa première visite. Tu es vêtu de façon suffisamment élégante pour qu'elle s'imagine que tu es un de mes employés. Tu peux t'inventer une identité, être qui tu veux. Laisse-toi porter par l'illusion.

— Quelle illusion ?

— Celle d'être l'homme dont rêvent toutes les femmes.

— Et qui te dit que mon cœur n'est pas déjà pris ?

— Si c'est le cas, le secret est bien gardé. Tes exploits ne font assurément pas les gros titres des journaux mondains.

— Tu lis ce genre de presse ?

— C'est la meilleure façon de savoir comment satisfaire l'élite. Mais, dis-moi plutôt, le feras-tu ?

S'agissant des femmes, la Tour ne donnait rien de lui-même à la légère – pas même ses baisers –, contrairement à son père. Il avait la réputation – et c'était fidèle à la réalité – de traiter les dames avec le plus grand respect. Jamais il ne faisait montre d'un comportement déplacé. Désireux de n'agir d'aucune façon comme son père, il était au-dessus de tout reproche. Il s'assurait de ne jamais prendre part dans les moindres bêtises, or il se trouvait que cette requête ressemblait fort à une mauvaise idée.

Cependant, dans un coin sombre et reculé de son esprit, une petite voix lui susurrait de façon ensorceleuse : *Quel mal y a-t-il à se montrer un tantinet audacieux l'espace de quelques minutes ? Ce n'est qu'un baiser.*

— Personne n'en saura rien ?

— Je peux te le certifier. Tout ce qui se passe entre ces murs reste entre ces murs.

— Fort bien, dans ce cas. J'accepte pour cette fois. Mais il ne faudrait pas que tu t'habitues à me demander des faveurs de ce genre.

Au nom du ciel, qu'avais-je donc en tête ?

Leonora Garrison se dit qu'elle devait être totalement folle, ou peut-être ivre. Il était plus probable qu'elle soit ivre, et que l'absinthe en soit responsable.

Jamais avant cette nuit elle n'avait cédé à l'attrait de « la fée verte » – comme certains l'appelaient avec affection –, pas plus qu'elle n'en avait entendu parler. Le nom lui avait paru bien innocent, puis la liqueur verte l'avait conquise, et elle avait commandé un deuxième verre. Puis un troisième. Le dernier lui avait donné le courage de demander un baiser.

C'est ainsi qu'elle se trouvait à présent alanguie sur la chaise longue de ce salon privé, à attendre l'arrivée d'un gentleman qui exaucerait son vœu. Une femme de chambre de l'hôtel où elle résidait lui avait parlé de l'Elysium, réputé pour satisfaire les fantasmes des femmes.

À cet instant précis, Leonora envisageait fortement de retourner audit hôtel, mais ses jambes semblaient avoir oublié de quelle manière fonctionner. Son audace commençait à vaciller, d'autant plus qu'elle était là depuis un moment maintenant. Au bout de vingt minutes, elle avait cessé de consulter la montre de poche qu'elle conservait toujours à portée de main. Ce soir, celle-ci était dans son réticule. En effet, elle n'avait aucune envie de savoir combien de temps serait nécessaire pour lui trouver un gentleman désireux de presser sa bouche sur la sienne.

À vingt-sept ans, elle n'avait jamais été embrassée. Si elle n'était en aucune façon hideuse, elle n'était pas non plus la fleur délicate qui avait visiblement la préférence de la plupart des hommes.

Née dans une famille de pionniers, elle était presque aussi grande que tous les hommes qu'elle connaissait, et ces derniers semblaient intimidés par son approche directe de la vie. Elle ne mâchait pas ses mots, pas plus qu'elle ne s'engageait dans des conversations superficielles. Elle n'avait jamais de pensées déraisonnables ni ne prenait part à des actions extravagantes. Sa soudaine appétence pour la fée verte n'en était que plus singulière. À dire vrai, elle préférait le whisky. Son père l'avait toujours traitée davantage comme un fils que comme une fille. Peut-être parce que son frère, de quatre ans son cadet, préférait l'amusement au travail, tandis qu'elle préférait le travail à l'amusement. Cela pouvait aussi contribuer à son manque de prétendants.

Un léger coup frappé à la porte attira soudain son attention. Elle se redressa sur les coudes pour affronter ce qui allait suivre.

La porte s'ouvrit lentement et en silence.

Un homme entra. Leonora n'aurait pas dû être surprise. Après tout, elle escomptait sa visite. Cependant, il était différent de ce à quoi elle s'attendait, plus distingué, plus raffiné.

Bien qu'il porte des vêtements de tous les jours, contrairement à la tenue de soirée qu'arboraient les autres gentlemen du club, il donnait l'impression qu'il serait absolument à l'aise lors d'un dîner avec la famille royale. Non, c'était plus que cela : la famille royale serait ravie de l'inviter à sa table.

— Bonsoir, dit-il avec hésitation.

La main sur la poignée de la porte restée entrebâillée, il paraissait ne pas être capable de décider si, l'ayant vue, il devait ou non faire promptement machine arrière.

— Mon nom est…

— Pas de nom, dit-elle avec détermination. Pas de fausses flatteries. Aussi peu de conversation que possible, je vous prie.

Il écarquilla les yeux. Ils étaient d'un brun riche comme le chocolat qu'elle affectionnait tant. Il lui adressa un bref signe de tête.

— Comme vous voudrez.

Il ferma la porte. Apparemment, il avait choisi de rester. Le cœur de Leonora s'emballa.

— Je me suis laissé dire que vous souhaitiez un baiser.

Elle aimait sa voix, profonde, légèrement rocailleuse, parfaite pour lui murmurer à l'oreille des mots libertins.

Peut-être aurait-elle dû entamer son voyage à la découverte de la sexualité par cette requête, plutôt que de solliciter immédiatement l'intimité d'un baiser. Elle s'efforça de ne pas rougir en se rappelant qu'elle avait dû réclamer cette faveur, qu'il ne lui était pas donnée spontanément.

Elle hocha la tête.

— Le souhaitez-vous à un endroit particulier ?

Elle avait donc le choix ? Sur la main, peut-être. Mais c'était déjà fait. Et, comme elle avait porté des gants, il était probable que cela ne compte pas. Un jour qu'elle bifurquait à l'angle d'un corridor, elle avait surpris un valet en train d'embrasser une femme de chambre dans le cou. N'ayant pas eu conscience de sa présence, tous deux avaient laissé échapper de petits bruits semblables à des miaulements. Mais ce n'était pas ce qu'elle voulait.

— Sur la bouche, dit-elle.

Le gentleman sourit. Son sourire extraordinairement séduisant assurait que le plaisir serait bel et bien au rendez-vous. Les femmes tombaient probablement à ses pieds, que ce soit ici ou partout ailleurs. Elles étaient sans doute nombreuses à le réclamer, ce qui expliquait pourquoi il lui avait fallu un peu de temps pour venir jusqu'à elle.

— Je vous demandais simplement si vous vouliez aller ailleurs, ou choisir une autre position. Assise peut-être ou debout ?

Oh, Seigneur, il devait penser qu'elle était idiote en plus d'être une vieille fille dont personne ne voulait. Naturellement, c'était cela qu'il souhaitait savoir. Comment pouvait-elle être aussi stupide ? C'était à cause du brouillard qui nimbait son esprit depuis qu'elle avait bu cet alcool à la réputation sulfureuse.

— Ici, ce sera parfait.

Elle ne désirait pas expliquer qu'elle avait oublié comment se lever. Elle se rendit compte qu'elle n'était pas vraiment assise comme elle le croyait, mais plutôt allongée.

— Fort bien.

Il retira ses gants. Ils étaient en cuir brun foncé, comme ceux que les hommes portent en ville, pas dans une salle de bal. Il se dégageait de ses larges mains une impression de force et de compétence. Quel genre de prestations fournissait-il ? Accomplissait-il les requêtes de celles qui voulaient quelque chose qui soit un peu plus concret, significatif, ordinaire… ou dépourvu de raffinement ?

La plupart des femmes présentes ici étaient issues de la noblesse et n'avaient aucune difficulté à rencontrer des hommes en habits de soirée, ne serait-ce que lors des différents événements mondains qu'elles organisaient ou auxquels elles assistaient. Aussi devaient-elles chercher quelque chose de différent.

L'inconnu posa ses gants sur une console située à proximité de la porte.

— Je vois une desserte avec des décanteurs. Souhaitez-vous boire quelque chose ?

— Allons-y, qu'on en finisse.

Avant que je perde le contrôle de mes nerfs, ajouta-t-elle dans son for intérieur.

Il l'observa le temps d'un battement de cœur, puis deux, avant d'acquiescer d'un léger signe de tête.

— Comme vous voudrez.

Il bougea d'un pas assuré, à grandes enjambées confiantes. Visiblement, il n'éprouvait aucune réserve à faire cela. C'était appréciable, même si ce n'était pas le désir qui l'avait conduit vers elle mais son travail, son occupation. Oh, combien elle aurait souhaité qu'il n'en soit pas ainsi.

Le moment était curieusement choisi pour qu'elle s'aperçoive qu'elle n'avait pas seulement envie d'un baiser, mais d'un homme qui la regarde avec des yeux vibrants de désir, d'un homme qui place ses mains sur elle parce qu'il ne pouvait pas s'en empêcher.

Une fois qu'il se fut approché d'elle, il posa un genou à terre. Ses lèvres étaient pleines, pulpeuses, vraiment belles. Ou peut-être était-ce une des conséquences de la fée verte. L'absinthe le rendait assurément séduisant. Et il sentait bon, une odeur d'orange citronnée, si une telle chose existait. Étonnamment, il y avait de la tendresse dans ses yeux.

— Ne soyez pas nerveuse.

— Je ne le suis pas.

Elle l'était.

— Combien de femmes avez-vous embrassées aujourd'hui ?

— Vous serez la première.

— Vous n'aimez pas embrasser ?

— J'apprécie beaucoup cela, sans doute un peu trop. Mais il faut qu'une femme en exprime le souhait pour que je l'embrasse.

Quelle femme ne voudrait pas recevoir un baiser de lui ? Quelle femme n'aurait pas envie d'explorer ces lèvres qui semblaient avoir été créées spécifiquement pour le péché ?

— N'êtes-vous donc pas doué pour cela ?

Il eut un sourire où se devinait la promesse de la passion et bien plus encore.

— À vous de me le dire.

Une main en coupe sur sa joue, il leva délicatement le visage de Leonora et approcha de la sienne cette bouche fascinante.

Le contact fut plus doux que ce à quoi elle s'attendait. On aurait dit un oreiller de plume confortable et accueillant, prenant la forme de ses lèvres comme si le destin les avait dessinées pour épouser les siennes à la perfection. Puis, du bout de la langue, il en parcourut le contour avant d'en forcer l'entrée. Sans hésiter, elle obtempéra et les entrouvrit pour lui.

Le gémissement qu'il laissa entendre, rauque, presque sauvage, aurait dû l'effrayer. Il ne fit qu'enflammer davantage ses sens.

Elle reconnut sur sa langue le goût puissant du whisky. S'était-il accordé un verre avant de la rejoindre, ou avait-il tenu compagnie à une autre femme avant qu'on lui demande d'aller livrer une nouvelle prestation ?

Elle n'aima pas l'étincelle de jalousie que cette spéculation provoqua en elle. Égoïstement, elle le voulait pour elle seule, se rendant compte qu'il ne devait pas être le genre d'homme à partager si aisément ses faveurs avec d'autres.

Elle mit de côté toutes ces pensées intrusives qui gâchaient cette invraisemblable expérience, pour mieux se concentrer sur le présent. L'employé du club était seulement à elle quelques minutes, le temps que durerait ce baiser. Mais déjà elle avait envie qu'il ne s'arrête jamais. Combien de temps avait-on accordé à l'inconnu ? Combien de temps pouvait-il rester avec elle avant de devoir partir pour satisfaire les requêtes d'une autre ?

Elle ne sut pas comment cela se produisit, mais ses doigts se retrouvèrent enfouis dans l'épaisse et douce chevelure de cet homme. Des sons étranges montèrent de sa gorge. Des soupirs. Des gémissements. Des petits cris étranglés. Elle eut envie de lui dire que ce n'était pas elle qui faisait cela. C'était la fée verte.

Mais elle ne souhaitait pas séparer sa bouche de celle de l'inconnu afin de prononcer ces mots. Tout ce qu'elle voulait, c'était que ses lèvres continuent à exercer leur magie.

Elles mettaient tant de talent à provoquer et à titiller, à exercer une pression et à se retirer. Et sa langue était maîtresse en son domaine, s'unissant à la sienne, l'explorant dans ses moindres recoins, telle une grotte où se dissimulerait quelque trésor secret.

Il passa un bras autour de sa taille, l'obligeant à se redresser de sorte que sa poitrine se trouve plaquée contre son torse puissant. Et ses propres doigts – les petits sacripants – commencèrent à parcourir les larges épaules de son partenaire. Soudain, elle eut envie de défaire tous ses boutons et d'explorer sa peau ainsi révélée. Jusqu'où la laisserait-il aller avant d'émettre une objection ? Jusqu'où oserait-elle s'aventurer ?

Quelles étaient les règles ? Qu'avait-elle le droit de faire ?

Elle s'était toujours figuré qu'un baiser était un acte relativement passif, n'impliquant que la bouche. Mais celui-ci prenait possession de tout son corps, le faisant vibrer de la racine des cheveux jusqu'au bout des orteils. Tandis qu'il la plaquait plus étroitement contre lui, elle se sentit fondre telle la cire d'une chandelle consumée par la flamme. Il se dégageait de lui une chaleur incroyablement intense et profondément réconfortante.

Le monde se résumait au baiser délicieux de cet homme. Il dominait tout son être et plus rien n'existait que lui. Lui seul comptait. Cependant... Elle avait l'impression d'être à la limite de la réalité et du rêve, ne dormant pas vraiment, mais n'étant pas pour autant tout à fait réveillée.

Tout était flou, distordu. Leonora était incapable de dire où elle commençait et où il finissait. Ils s'absorbaient l'un l'autre, tandis qu'un brouillard étrange les enveloppait. Des lambeaux de brume flottaient autour d'eux, verdâtres, fantomatiques et sinistres.

La fée verte se déchaînait à présent, voulant cet homme pour elle seule. Leonora essaya de s'agripper à lui, de le garder, mais il finit par s'envoler.

La Tour sentit l'inconnue devenir aussi molle qu'une poupée de chiffon entre ses bras une seconde avant qu'elle détache ses lèvres des siennes.

Rejetant la tête en arrière, il l'observa. Elle semblait pleinement comblée.

Elle était aussi profondément endormie !

Enfer et damnation ! C'était la première fois qu'une femme réagissait ainsi à ses baisers. En règle générale, elles s'animaient davantage. L'avait-il ennuyée ? Ce n'était pourtant pas l'impression qu'elle lui avait donnée. Elle s'était agrippée à lui comme à une bouée de sauvetage lors d'une tempête en mer.

Et que dire des sons qu'elle avait produits ? Ces gémissements, ces soupirs... En réponse, tout son corps s'était tendu de désir. Il avait eu envie de la renverser sous lui et de la posséder intensément et totalement, et ce n'était qu'au prix d'une volonté presque surhumaine qu'il s'était abstenu de s'engager sur ce dangereux chemin.

Puis cela s'était conclu de façon tout à fait insatisfaisante, comme si ce qui s'était passé entre eux n'avait rien signifié du tout.

Son orgueil masculin lui soufflait de l'abandonner là sans autre forme de procès. Mais sa mère – qu'il lui en soit fait reproche en cette occasion précise – l'avait élevé pour devenir un gentleman accompli. Aussi, il déposa la jeune femme sur la méridienne, avec les mêmes précautions qu'il aurait employées pour manipuler la porcelaine la plus délicate.

Et si elle n'était pas endormie mais s'était tout bonnement évanouie ? Il était possible après tout que ses attentions l'aient bouleversée. Peut-être s'était-il montré trop empressé ? Surtout si, comme le lui avait laissé entendre Aiden, elle était novice en la matière.

Il secoua doucement son épaule.

— Mademoiselle ?

Un faible gémissement s'échappa de ses lèvres légèrement entrouvertes, donnant à la Tour l'envie d'en prendre à nouveau possession.

Elle roula sur le côté, glissa une main sous sa joue rosie, marmonna quelque chose à propos d'une fée, puis émit un adorable ronflement.

Elle était donc assoupie. Par tous les diables ! Qu'était-il supposé faire d'elle maintenant ?

La laisser à son sommeil, probablement. Cependant, il ne pouvait se décider à se relever. Au lieu de quoi, il s'assit par terre et se mit à l'observer. Son visage était constellé de taches de rousseur. Ne portait-elle pas de chapeau quand elle sortait au grand air ? Son exquise robe de soie rose sombre indiquait qu'elle avait les moyens de s'offrir un couvre-chef. Les peignes en écaille ornés de perles qui retenaient sa chevelure rousse ainsi que les diamants à ses oreilles et autour de sa gorge délivraient le même message. Quiconque fréquentait ce club possédait de l'argent à foison. L'inconnue ne faisait pas exception.

Elle était aussi pour le moins autoritaire. Cela ne lui déplaisait pas. « Pas de nom », sa consigne avait été respectée. Il regrettait toutefois de ne pas avoir insisté au moins sur ce point, quand bien même il n'aurait pas donné sa véritable identité.

Un coin de ses lèvres s'étira en un demi-sourire narquois. Elle ne l'aurait probablement pas fait non plus. Elle s'était montrée déterminée à ce que les choses entre eux restent aussi impersonnelles que possible. Était-il parvenu à lui faire comprendre la futilité d'un tel comportement ? Le contact entre deux peaux créait toujours un lien. Qu'il s'agisse d'une expérience laissant un plaisant souvenir en tête était une tout autre chose. Quoi qu'il en soit, il n'était pas tout à fait certain de pouvoir un jour oublier ce moment passé avec elle.

La lady des Soupirs, c'était ainsi qu'elle resterait dans sa mémoire.

Il envisagea de la réveiller, avant de décider qu'il était préférable de partir. Elle était en sécurité ici. Toutes les femmes l'étaient dans l'établissement d'Aiden. Le souhait qu'avait son frère de les protéger – de la même façon qu'il avait protégé leur mère – était une des raisons qui faisaient que la Tour l'admirait et l'appréciait autant.

Après qu'il se fut levé, il se pencha et déposa un baiser sur son front. Pour faire bonne mesure, il effleura ses lèvres d'un dernier baiser.

— Adieu, jolie demoiselle. J'espère que ce fut comme vous l'aviez imaginé.

Il se saisit d'un plaid en velours plié sur une chaise voisine et le drapa autour d'elle. Puis il se dirigea vers la porte, se retourna le temps d'un dernier regard et s'en alla.

Leonora fut réveillée par une voix qui murmurait à son oreille.

— Mademoiselle ? Mademoiselle ?

L'esprit confus, elle cilla tandis qu'une douleur accablante lui broyait la tête. Ses tempes battaient avec une régularité mécanique, comme si elles étaient le siège d'une bruyante activité industrielle. Regrettant la bienheureuse léthargie qui l'envahissait quelques secondes plus tôt, elle s'exhorta à faire preuve de courage et ouvrit les yeux.

Une domestique lui souriait, penchée au-dessus d'elle.

— C'est le matin, mademoiselle, annonça-t-elle en se redressant.

— Le matin ?

Plissant les paupières, Leonora regarda autour d'elle, prenant soin de ne pas bouger la tête trop vite.

— Ce n'est pas ma chambre d'hôtel.

Et cette jeune personne n'était pas sa femme de chambre, celle qui l'aidait à se vêtir, celle à qui elle avait fait jurer de ne pas révéler son secret quand elle s'était glissée hors de l'hôtel la nuit précédente, après que sa mère se fut endormie. Elle s'ennuyait alors à mourir et avait décidé de partir à l'aventure.

— Non, mademoiselle, vous êtes dans le salon des baisers de l'Elysium.

Ah oui, le club où l'on comblait tous les fantasmes des femmes. Elle avait tenté sa chance aux tables de jeu, savouré quelques verres... puis elle était apparemment venue ici pour prendre un peu de repos.

Tout en essayant d'ignorer son mal de tête et son estomac nauséeux, elle s'étira en bâillant et se demanda si elle avait déjà dormi aussi profondément.

— J'ai fait un si joli rêve, murmura-t-elle. Ce doit être dû à l'absinthe.

— Elle est connue pour faire perdre la tête. Certains disent qu'elle cause même des hallucinations.

Ce devait probablement être ce qui s'était passé, songea Leonora.

— Le plus séduisant des hommes est apparu, dit-elle. Il n'a pas beaucoup parlé, mais il était tout à fait charmant. Et il... Attendez, quoi ?

Elle s'assit, aussi raide que la justice, et plaqua ses paumes contre sa tête, où une fanfare paraissait se déchaîner, à grands coups de cymbales et de grosse caisse.

— Le salon des baisers ?

— Oui, mademoiselle, c'est là que se rendent les dames qui ne souhaitent qu'un baiser.

— Cet homme était donc bien réel ?

La petite domestique gloussa.

— Il semblerait, mademoiselle.

Miséricorde, qu'avait-elle fait ?

Leonora toucha ses lèvres et fut surprise de découvrir qu'elles n'étaient pas gonflées par toute l'attention que cet homme leur avait prêtée. Cependant, quand elle passa la langue dessus, elle y trouva le goût de sa langue et de sa bouche. Sombre, dangereux et tellement, tellement fascinant.

— Où est-il ?

— Probablement rentré chez lui. Nous faisons le ménage à présent, et je ne m'attendais pas vraiment à découvrir quelqu'un ici.

— Qui était-il ?

— Je l'ignore, mademoiselle. Je ne sais pas qui ils vous ont envoyé. Peut-être Michael ? Il est terriblement doué pour apporter aux dames ce qu'elles désirent. C'est en tout cas ce que j'ai entendu dire.

— De quelle couleur sont ses cheveux ?

— Blonds.

— Non, ce n'était pas lui. Il avait les cheveux bruns, presque noirs.

Elle se souvint plus ou moins d'avoir passé les doigts dans des mèches aussi douces que la soie. S'était-elle montrée à ce point audacieuse ?

— Julian, peut-être ? Mais ça pourrait être n'importe lequel d'entre eux. Ils font tous les baisers.

Leonora se massa les tempes du bout des doigts, dans l'espoir d'apaiser la douleur qui s'y manifestait sans relâche.

— Que font-ils d'autre ?

— Tout ce que désire une dame.

Leonora observa la domestique entre ses doigts écartés.

— Mais seulement si elle le souhaite ?

— Oh ! bien sûr, mademoiselle. Étant donné que votre tenue est parfaitement en ordre, je crois pouvoir dire qu'il n'a fait que vous embrasser.

— Oui, oui, naturellement.

Légèrement déçue, elle repoussa le plaid, se demandant brièvement d'où celui-ci venait. Elle ne se souvenait pas de l'avoir vu dans la pièce. Elle ne se rappelait pas que l'homme ait quitté le salon ni qu'ils aient cessé de s'embrasser. Leur baiser avait semblé durer une éternité et se prolonger jusque dans ses rêves.

Elle allait devoir complimenter M. Trewlove au sujet de l'homme qu'il avait engagé. Celui qui lui avait été envoyé lui avait donné l'impression d'être désirée, et même aimée. Malheureusement, il n'avait fait qu'éveiller davantage ses aspirations et ses désirs. Bien que tout cela n'ait été qu'une mascarade, il avait joué son rôle comme le plus aguerri des comédiens.

Soudain, le baiser perdit de son éclat, car il n'était pas né d'un désir sincère, mais avait été acheté par la somme dont elle s'était acquittée pour devenir membre du club. Une redevance, en quelque sorte. Elle avait un peu l'impression de s'être offert un pur-sang à une vente aux enchères.

Cependant, la dépense en valait la peine, et cet homme méritait une juste rémunération pour ses efforts. Et quels efforts !

2

Assis dans la bibliothèque du Twin Dragons avec ses trois plus proches amis, la Tour aurait ô combien préféré se trouver à l'Elysium. Trois nuits s'étaient écoulées depuis qu'il avait embrassé la lady des Soupirs, et il ne pouvait s'empêcher de penser à elle.

Il y était même retourné la veille et, soigneusement caché derrière les tentures de l'alcôve secrète, avait épié les allées et venues des clientes dans l'espoir de l'apercevoir. Après quelques secondes, il s'était détourné, se sentant comme une âme dépravée, pitoyable et indigne d'elle, à jouer ainsi les voyeurs.

Aiden l'avait trouvé en train de batailler avec sa conscience.

— Est-elle revenue ? avait-il interrogé son frère.

— Qui ?

— La femme que tu as exigé que j'embrasse.

— L'ai-je vraiment exigé ?

Aiden avait croisé les bras sur son torse.

— Il me semblait l'avoir seulement demandé.

La Tour avait songé qu'il valait mieux qu'ils n'aient pas grandi sous le même toit, car ils en seraient probablement venus aux mains plus souvent qu'à leur tour.

— Est-elle revenue ? avait-il répété.

Aiden avait affiché un sourire narquois. Le bougre savait pertinemment de qui parlait la Tour et trouvait amusant de prétendre le contraire. Ou peut-être se délectait-il de tourmenter son frère.

— Pas à ma connaissance.

— Je peux donc en déduire qu'elle n'est pas ici ce soir ?

— Pas que je sache.

Avait-elle été déçue par son baiser ? Si elle l'avait apprécié, ne serait-elle pas revenue pour en recevoir un autre ? Cependant, il fallait tenir compte du fait qu'elle ignorait son nom. Si elle essayait de le décrire, personne ne serait en mesure de l'identifier, car il ne travaillait pas au club. Ceux qui l'avaient croisé avant ne pourraient pas envisager qu'il se soit engagé dans un comportement aussi déplacé. Un autre type lui serait adressé. Elle serait embrassée par un autre que lui. Cette perspective provoqua un pincement inhabituel au creux de sa poitrine, et il prit conscience qu'il ne voulait pas que quelqu'un d'autre réalise ses fantasmes. Il voulait être le seul à combler ses désirs.

Ces divagations continuaient à le tarauder même à présent, alors que ses amis évoquaient une nouvelle possibilité d'investissement. Il ne parvenait pas à fixer son attention sur la conversation, car il se demandait s'il aurait pu l'embrasser différemment. Avait-il été trop rapide ? Trop lent ? S'était-il montré trop audacieux ? Pas assez ? Avait-elle perçu l'odeur du scotch qu'il avait bu juste avant pour se donner du courage, le cataloguant de ce fait comme un ivrogne ? Ou peut-être n'avait-elle pas aimé cette saveur. Elle, en revanche, avait un goût délicieux, ensorcelant, doux et sucré. Bon sang, il avait envie de s'abreuver encore à cette source miraculeuse.

Pourrait-il convaincre Aiden de partager les informations qu'il possédait au sujet de la lady des Soupirs ? Était-elle en visite, ou résidait-elle ici en permanence ? Connaissait-il son adresse ? Et ensuite ? Peut-être la Tour pourrait-il lui faire porter des fleurs ? Prendrait-elle peur s'il tentait de l'approcher, compte tenu du fait qu'ils étaient des étrangers l'un pour l'autre ?

— Tu nous écoutes ?

Ils n'étaient plus des étrangers après ce qu'ils avaient partagé, après la façon dont ses mains s'étaient agrippées à lui. Il s'imagina comment elles pourraient répondre à d'autres attentions, à des caresses intimes allant de son cou à...

— La Tour ?

Il sursauta à l'appel de ce sobriquet prononcé d'un ton sec par Kingsland. Ses amis surnommaient ce dernier le Roi tandis que Blackwood était appelé le Fou et Knightly, le Cavalier.

— Mes excuses, je pensais à... quelque chose d'autre.

À quelqu'un d'autre aurait été plus juste, à un autre moment, à un autre endroit où il aurait préféré se trouver plutôt qu'ici.

— Ça ne te ressemble pas de perdre le fil de la discussion. D'ordinaire, tu es plutôt concentré.

Il avait assurément perdu toute concentration lors de ce baiser. Pendant ces quelques minutes, tout s'était envolé : ses ennuis, ses soucis, le passé et cet héritage auquel il essayait désespérément de se soustraire. Tout ce qui avait compté alors, c'était elle et être avec elle.

— C'est à cause de ton père ? demanda le Cavalier.

Cela aurait dû l'être. Toutes ses pensées auraient dû être tournées vers son géniteur et surtout vers sa mère. Comment faire pour l'aider à passer le cap imminent du veuvage ? Encore qu'il était à peu près certain que sa mère s'adapterait sans peine. Après tout, le comte d'Elverton n'était pas au centre de sa vie, pas plus qu'elle-même n'était au centre de la vie de son époux.

— C'est un ensemble de choses, répondit-il de façon évasive. Que disais-tu ?

— Sam Garrison m'a fait savoir qu'il était arrivé à Londres, et qu'il aimerait nous rencontrer pour évoquer notre souhait d'investir dans sa fabrique de munitions. Apparemment, il est accompagné de sa sœur, qui recherche ardemment un mari.

Dès que le Roi eut prononcé ces mots, la Tour sentit trois paires d'yeux se braquer vers lui.

Un sourcil levé, il regarda ses comparses Joueurs d'échecs, un nom qui leur avait été donné en raison de leur esprit hautement tactique et de leurs stratégies impitoyables dès lors qu'il était question d'investissements.

— Pourquoi me dévisagez-vous ainsi ?

— Tu es le seul d'entre nous à ne pas être marié, dit le Cavalier.

— En quoi est-ce important dans l'affaire qui nous concerne ?

— La rumeur laisse entendre que plusieurs investisseurs ont déjà approché Garrison. Si tu contais fleurette à sa sœur, cela pourrait faire pencher la balance de notre côté.

— N'est-ce pas une méthode quelque peu malhonnête ?

— Ce ne serait pas la première fois que nous emploierions les grands moyens pour parvenir à nos fins, lui rappela le Fou.

— Mais nous n'avons jamais embobiné une personne innocente pour cela, fit remarquer la Tour. Ni abusé un cœur pur et vulnérable.

— Qui plus est, je doute que nous ayons besoin de ce coup de pouce.

Il balaya du regard la bibliothèque du Twin Dragons – un club autrefois réservé aux hommes, que son nouveau propriétaire avait récemment ouvert aux femmes, où toutes sortes d'alliances se nouaient.

— L'argent que nous sommes en mesure d'apporter devrait suffire, reprit-il. Si toutefois nous décidons que l'investissement est rentable. Garrison s'est montré tellement secret à propos de ce qu'il a à nous offrir que je me demande s'il est bien raisonnable de lui confier notre argent, et même de lui faire confiance, si vous voulez connaître le fond de ma pensée.

— Je suis assez d'accord, dit le Roi. Cependant, je songeais à lui donner l'occasion de nous présenter son dossier en personne. C'est pourquoi j'organise un dîner demain soir à ma résidence. Les épouses seront les bienvenues, naturellement, de sorte que Mlle Garrison ne devrait pas se sentir trop mal à l'aise.

Ce qui signifiait que la Tour serait lui mal à l'aise puisque, de toute évidence, on s'attendait à ce qu'il accorde un minimum d'attention à cette jeune personne. Peut-être ferait-il mieux de décliner l'invitation et de se rendre à l'Elysium. Mais il n'avait aucune raison de croire que la lady des

Soupirs serait présente le lendemain. Selon toute vraisemblance, il ne la reverrait plus jamais.

Le lendemain soir suivant, tandis que sa voiture brinquebalait à travers les rues de Londres, la Tour songea qu'il avait commis une erreur en s'arrêtant d'abord chez ses parents sur le trajet qui le menait à la résidence du Roi.

La santé de son père se détériorait à vue d'œil. Il était désormais incapable de communiquer autrement qu'en clignant des yeux. La Tour soupçonnait que l'esprit de son géniteur demeurait alerte mais était emprisonné dans un corps de plus en plus frêle. Cependant, cette punition n'était-elle pas juste et suffisante pour un homme qui avait assassiné sa première femme et tenté de tuer la seconde ? Aujourd'hui, il se murmurait aussi qu'il pourrait être responsable de la mort de son frère aîné – dans le but d'hériter les titres qui autrement seraient revenus de droit au premier né.

Malgré tout, voir son père se détériorer ainsi n'était pas chose facile, et la Tour se réjouissait qu'ils n'aient jamais été proches.

Quoi qu'il en soit, sa mère était assise à côté du lit et lisait tranquillement *Mes désirs secrets*. Que le livre ait été écrit par l'épouse du Cavalier et décrive la liaison qu'ils avaient eue quelques années plus tôt ne semblait pas perturber la comtesse. Pour sa part, la Tour n'avait jamais pu se résoudre à lire les exploits amoureux de son ami. Assurément, il ne se trouverait personne pour faire le récit de sa vie sentimentale. Les quelques maîtresses qu'il avait eues étaient connues pour leur discrétion. En outre, il leur avait offert en cadeau de rupture des sommes suffisamment coquettes pour qu'elles ne se répandent pas en confidences.

En tout cas, après s'être vu rappeler quel genre d'homme l'avait engendré, il n'était pas dans un état d'esprit favorable pour assister à un dîner, se retrouver entre amis ou parler affaires. Il avait envie – il avait besoin – d'une distraction captivante. Un baiser qui lui ferait tout oublier. Des mains délicates aux longs doigts souples qui plongeraient dans ses cheveux, avant de s'agripper à ses épaules dans l'espoir de le retenir pour toujours…

Il voulait être retenu pour toujours.

Il pesta intérieurement contre ce désir inhabituel. Redoutant d'être aussi insatiable que son père, il avait appris à tempérer ses envies et à ne jamais les laisser prendre le dessus.

Mais depuis cette nuit à l'Elysium, depuis la lady des Soupirs, il n'avait guère pensé à autre chose qu'à ses lèvres et à la façon dont elles avaient accueilli les siennes.

Pour quelqu'un qui avait affirmé n'avoir jamais été embrassé, elle avait vite appris, se montrant aussi envoûtante qu'une sirène ou qu'une sorcière. Il voulait savourer à nouveau le goût de sa bouche. Mais il était peu probable que cela se produise. En ce moment même, peut-être était-elle sur un bateau qui voguait vers l'Amérique. Trouverait-il jamais quelqu'un à sa hauteur ? Une femme qui soit capable d'abattre les barrières défensives qu'il avait érigées autour de lui, et d'éveiller en son cœur une passion aussi débridée.

Sa voiture s'engagea dans l'allée circulaire desservant la résidence du Roi. À en juger par le nombre de véhicules déjà garés, il était le dernier à arriver. Son cocher fit s'arrêter les deux chevaux composant l'attelage, puis un valet lui ouvrit la portière. C'était une belle soirée d'été, et la perspective de la passer avec ses amis le ragaillardit, en dépit de ses précédentes réticences.

Il monta à la hâte les marches du perron, et ne fut pas surpris de voir la porte s'ouvrir aussitôt, le majordome du Roi l'accueillant d'un bref signe de tête.

— Milord.

— Keating.

— Vous êtes attendu dans le grand salon, si vous voulez bien avoir l'obligeance de me suivre.

La Tour connaissait le domestique depuis des années, mais ce dernier demeurait toujours aussi formel.

— Je vous suis, dit-il, bien qu'il soit parfaitement en mesure de s'orienter lui-même vers le grand salon.

Après avoir fait quelques pas, il ajouta :

— Je suppose que tout le monde est là.

— Oui, milord.

— Y compris les Américains ?

— Oui, milord.

— Quelle est votre impression à leur sujet ?

— Je n'en ai aucune, milord.

— Allons donc, Keating, vous vous êtes sûrement forgé une opinion. Impétueux ? Arrogants ? Ordinaires ?

Keating s'arrêta pour lui faire face.

— Le gentleman me fait penser à un chiot fougueux, milord, empli d'énergie et désireux de plaire.

Désireux surtout de mettre la main sur leur argent.

— Et la jeune femme ?

— Sur la réserve et attentive. Je crois qu'elle n'a pas entièrement confiance.

— En les Britanniques en général, ou en les Joueurs d'échecs en particulier ?

— Je n'en suis pas totalement sûr.

La Tour se serait imaginé qu'elle aurait également montré de l'empressement à plaire, si elle voulait réussir dans sa recherche de mari.

— Eh bien, je suis certain que les épouses la mettront à l'aise et lui feront prendre conscience qu'elle n'a rien à craindre.

— Puissiez-vous avoir raison, milord.

— C'est généralement le cas.

Avec un léger frémissement de lèvres, qui aurait presque pu passer pour un sourire, Keating reprit sa déambulation à travers le vaste hall, et la Tour le suivit docilement.

Le Roi, étant le duc de Kingsland, donnait à ce genre d'événements tout le faste et le décorum conformes à son titre, et la Tour se faisait un devoir non seulement de respecter les rituels mais d'y adhérer.

Le majordome le précéda dans le salon, et la Tour n'eut qu'une seconde pour remarquer que tout le monde était regroupé et que la conversation allait bon train. Seule manquait à l'appel la femme de Kingsland, Pénélope, qui était probablement en train de s'assurer qu'une chose ou une autre s'accomplissait correctement. S'y trouvaient donc le Cavalier et Regina, le Fou et Marguerite, un grand type robuste aux cheveux blond-roux – l'Américain, à n'en pas douter – et une petite femme menue aux cheveux auburn parsemés de fils d'argent – sa sœur, selon toute vraisemblance.

Keating toussota discrètement.

— Votre Grâce, lord Wyeth est arrivé.

Le majordome s'esquiva, tandis que toutes les têtes se tournaient vers la Tour.

La chasseuse de mari était plus âgée que ce à quoi il s'attendait. À en juger par les rides qui creusaient son front et marquaient le coin de ses yeux, elle aurait dû être mariée depuis longtemps et avoir des enfants. Visiblement, elle n'avait pas réussi à prendre un homme dans ses filets. Sa bouche fine et pincée exprimant la réprobation pouvait avoir joué un rôle dans son statut de vieille fille.

Bien qu'il ne soit pas facilement impressionnable, l'expression désapprobatrice du regard bleu de la demoiselle lui donna l'envie de se recroqueviller sur lui-même.

— Veuillez excuser mon retard.

— Ne t'inquiète pas pour ça, dit le Roi en faisant un pas en avant. Nous discutions du temps qu'il fait. Permets-moi de te présenter...

Il s'interrompit tandis que des bruits de pas légers mais décidés résonnaient dans le hall, s'intensifiant aux abords du salon, avant de s'arrêter.

— Pardonnez-moi de vous avoir fait attendre, dit Pénélope.

La Tour se retourna pour saluer l'adorable et dynamique épouse du Roi, mais les paroles qu'il s'apprêtait à prononcer refusèrent de franchir ses lèvres.

La duchesse de Kingsland n'était pas seule.

À côté d'elle se tenait la lady des Soupirs.

3

Juste ciel ! C'était lui, l'homme de l'Elysium. Pourtant, ce n'était pas possible, puisque la duchesse de Kingsland venait le présenter comme étant John Castleton, vicomte Wyeth.

Assurément, un lord ne pouvait pas travailler dans un endroit qui se faisait une spécialité de réaliser les mille et un fantasmes des femmes. D'ailleurs, les lords ne travaillaient pas du tout, d'après ce qu'elle avait compris. Ils se considéraient comme des privilégiés et jugeaient dégradant d'exercer une quelconque activité professionnelle.

Avait-il un jumeau ? Un frère qui lui ressemblait comme deux gouttes d'eau, mais qui n'hériterait pas et ne recevrait pas de pension, qui devait par conséquent gagner son propre argent, faire son chemin dans la vie.

Ou peut-être s'agissait-il d'une erreur de la nature qui, oubliant qu'elle avait déjà créé quelqu'un, l'avait façonné de nouveau à une autre époque et dans un autre endroit. Un sosie. Elle avait découvert ce phénomène dans le folklore allemand. On appelait cela des *Doppelgängers*.

Mais s'il était soit un jumeau, soit une réplique, s'ils ne s'étaient jamais rencontrés, pourquoi ses yeux s'étaient-ils légèrement écarquillés comme s'il la reconnaissait ? Ses narines s'étaient dilatées, comme s'il se rappelait son odeur, et qu'il essayait, peut-être, de s'en emplir les poumons.

Mais il ne pouvait pas être l'homme qui s'était agenouillé à côté d'elle, et l'avait transportée avec tant de virtuosité vers le royaume du plaisir.

Elle se trompait forcément.

Bien qu'elle se soit persuadée qu'elle n'oublierait jamais à quoi ressemblait le gentleman, elle devait admettre qu'un léger brouillard nimbait ses souvenirs en raison d'une consommation excessive d'absinthe. Il était donc possible que le vicomte lui rappelle cet homme à cause de la couleur de ses cheveux et de ses yeux.

Il s'inclina courtoisement.

— C'est un plaisir de faire votre connaissance, mademoiselle Garrison.

Cette voix, profonde, soyeuse, riche, grave et intime.

Comment oublier les paroles que l'homme de l'Elysium lui avait susurrées ?

« Ne soyez pas nerveuse. »

« À vous de me le dire. »

La gorge soudain sèche, Leonora chercha son souffle, incapable de prononcer le moindre mot sans qu'il se transforme en petit cri étranglé. Depuis la nuit au club, elle n'avait cessé de penser à cet homme – probablement celui qui se tenait devant elle – en regrettant amèrement de ne pas lui avoir permis de donner son nom de façon à pouvoir le demander de nouveau si elle retournait dans cet endroit sulfureux.

Elle esquissa une révérence.

— Milord.

Sa voix n'était malgré tout pas très assurée, et elle se maudit de réagir aussi sottement.

— Je faisais visiter notre bibliothèque à Mlle Garrison, expliqua Pénélope. Elle aime beaucoup les livres.

— La lecture est un merveilleux passe-temps, dit le vicomte Wyeth. Appréciez-vous l'Angleterre ?

— Elle possède certains aspects intéressants, marmonna-t-elle.

Quand un coin de ses lèvres se retroussa, tandis que son regard brun se réchauffait, Leonora sut qu'il n'était ni un jumeau ni un sosie. Il était bel et bien l'homme qui l'avait rejointe dans le salon des baisers.

La façon par laquelle il s'était retrouvé là était un tout autre sujet. Menait-il une vie clandestine ? L'Elysium lui permettait-il de combler ses propres fantasmes en donnant du plaisir à des femmes innocentes ? Se servait-il de ces différentes rencontres pour exercer un chantage ?

L'esprit de Leonora était assailli de questions, pas une n'étant flatteuse à l'égard du vicomte. Et elle ne pouvait en poser aucune à cet instant, sans révéler son propre comportement scandaleux.

— Si vous voulez bien m'excuser…

Ressentant le besoin de mettre de la distance entre eux, elle le contourna de façon à se rapprocher de sa famille – non qu'ils puissent lui apporter la moindre protection.

— Tu aurais dû venir avec nous, Maman. Tu aurais été impressionnée par tous ces volumes.

— Contrairement à toi, ma fille, je préfère vivre dans la réalité, pas entre les pages d'un livre.

Son père adorait Leonora. Le décès de celui-ci, presque un an auparavant, avait été un choc, même si elle s'y attendait. Les médecins en savaient fort peu sur la maladie qui avait provoqué l'atrophie générale de ses muscles, et rien n'avait pu être fait pour en ralentir la progression. Il lui manquait infiniment, et elle regrettait qu'il ne soit plus là aujourd'hui pour lui apporter son soutien.

Les relations avec sa mère étaient en revanche très tendues, cette dernière, qui ne l'appréciait guère, ne rêvant que de la voir faire un beau mariage. Ce voyage en Angleterre était pour elle une occasion inespérée. Quoi de mieux pour redorer son image que d'avoir un lord pour gendre ?

Mais Leonora n'avait aucune envie de se marier. Elle avait ses propres rêves et elle souhaitait être reconnue pour ses talents. Et surtout, elle désirait être considérée comme une véritable partenaire dans l'affaire familiale.

Elle saisit le verre de sherry que son frère lui tendait et but une gorgée avec la délicatesse qui convenait à une jeune fille bien élevée, alors qu'elle aurait voulu avaler d'un trait le puissant alcool.

Entre les desseins de sa mère, la tendance qu'avait son frère à ne rien prendre au sérieux – même leur situation désastreuse – et l'arrivée d'un homme possédant le pouvoir de la distraire, et peut-être de la détruire, elle avait l'impression de tituber au bord d'un précipice, le moindre faux pas risquant de lui faire perdre tout ce pour quoi elle avait travaillé si dur ces dernières années. Et cela avait été accompli en cachette, avec la complicité de quelques rares personnes.

Jetant subrepticement un regard à Wyeth, qui avait rejoint ses amis, elle pria pour que sa précédente rencontre avec lui demeure également confidentielle.

Leonora savait qu'il existait dans l'aristocratie des règles bien précises quant à la façon de placer les convives à table. Cela s'appelait la préséance, si elle ne faisait pas erreur. Elle n'y connaissait naturellement rien, mais il lui sembla que la duchesse n'avait pas suivi le protocole à la lettre. Son mari et elle étaient chacun à un bout de la table. Les trois amis du duc étaient alignés à la droite de ce dernier, tandis que Sam était à sa gauche. Quant à elle, on l'avait priée de s'asseoir entre Sam et leur mère, ce qui la plaçait en face du vicomte. Les deux autres épouses se trouvaient de part et d'autre de la duchesse.

Elle était à peu près certaine que Sam avait demandé qu'elle soit installée à côté de lui – par amour fraternel et parce qu'elle n'était pas à l'aise avec des inconnus, lui aurait-il expliqué si elle avait posé la question. Mais en vérité, il redoutait que soient abordées des questions professionnelles, auquel cas il aurait besoin d'aide.

Contrairement à Sam, Leonora avait toujours bu les paroles de leur père comme si elles émanaient de Dieu lui-même. Il savait tout, possédait une autorité naturelle pour commander les hommes et avait fait progresser considérablement l'industrie grâce à ses idées audacieuses et son goût du risque. Il avait construit des chemins de fer, avait été un fer de lance dans la modernisation et la recherche d'efficience des usines. Mais sa passion était les armes. Leur évolution le fascinait, et elle était certaine que, tout comme elle, il aurait passé du temps à examiner l'armure qui trônait dans la bibliothèque. Le fait qu'elle emploie de longues minutes à la détailler avait retardé le retour de la duchesse et le sien au salon. Peut-être n'aurait-elle pas été aussi surprise par la présence de Wyeth si elle avait été là quand il était entré dans la pièce.

Sans doute aurait-elle dû songer à prononcer une remarque pleine d'esprit alors qu'il l'escortait à table – à la demande de la duchesse. Le duc avait offert son bras à sa mère, qui s'était rengorgée comme si on venait de lui offrir les joyaux de la Couronne, tandis que Sam accompagnait la duchesse. Au lieu de quoi, Leonora avait été incapable de jeter ne serait-ce qu'un coup d'œil au vicomte, et encore moins de croiser son regard.

Les rares fois où elle s'était risquée à observer dans sa direction, avant que le majordome annonce que le dîner était servi, elle s'était rendu compte qu'elle avait du mal à respirer, et elle n'était pas tout à fait certaine que ce soit totalement dû au fait qu'il connaissait son embarrassant secret.

Elle redoutait que cela tienne plutôt à son extrême beauté : son nez patricien, ses pommettes ciselées, sa mâchoire carrée qu'on aurait dit taillée dans le marbre. Et ces lèvres, ces lèvres charnues qui semblaient avoir été sculptées pour offrir un douillet coussin à la bouche d'une femme.

Elle s'aperçut, alors qu'elle était à présent assise à table, qu'elle fixait les lèvres du vicomte, se rappelant leur douceur quand elles caressaient les siennes, puis leur impétuosité tandis que leur baiser prenait un tour plus passionné. Elle avait vécu cette expérience jusqu'au bout, laissant de côté ses craintes et sa pudeur, parce qu'elle pensait ne plus jamais le revoir. Elle avait cru qu'il était un homme ordinaire, quelqu'un de la plèbe. Pas un noble, pas quelqu'un avec qui son frère était en affaires, pas quelqu'un qui avait le pouvoir de l'empêcher de réaliser ses rêves.

Lorsqu'elle détacha enfin ses yeux des lèvres de Wyeth et constata qu'il l'observait avec une intensité presque insoutenable, son regard était si inquisiteur, si profond, si pénétrant qu'elle se sentit perdre tous ses moyens.

Les joues en feu, elle reporta son attention sur le potage qui avait été placé devant elle. Elle ignorait de quoi il était composé. Il n'avait aucune saveur – ou s'il en avait, ses sens étaient tellement submergés par le souvenir du goût de la bouche du vicomte que cette sensation dominait tout le reste.

On devait probablement s'attendre à ce qu'elle parle avec lui de sujets quelconques, ce qu'elle avait appris à faire dans l'ennuyeuse pension où sa mère l'avait envoyée, parce qu'ils étaient des nouveaux riches, et que la femme qui lui avait donné naissance dans une petite maison de la banlieue de Chicago avait voulu effacer toute trace de leurs origines. Pourtant, Leonora pensait que leur ascension sociale était la particularité la plus intéressante de sa famille.

Mais elle ne voulait pas discuter de choses et d'autres avec le vicomte Wyeth. Elle souhaitait comprendre pourquoi un homme supposé être riche comme Crésus – d'après son frère, tous ses amis, surnommés les Joueurs d'échecs, l'étaient – travaillait dans un établissement à la réputation douteuse. Et, par-dessus tout, elle mourait d'envie de savoir s'il avait aimé l'embrasser. Si elle s'était comportée comme il le fallait. S'il envisageait de le refaire.

La Tour ne pouvait s'empêcher de penser à ce baiser – ce que cela avait représenté pour lui, et combien il avait envie de connaître encore une fois ce moment enivrant. À la différence que ce serait cette fois plus long, plus lent. Il voulait étirer l'étreinte à l'infini.

De son côté, Mlle Garrison ne semblait pas être plus intéressée que cela. De temps en temps, elle lui jetait un rapide coup d'œil. Une seule fois son regard s'était attardé – sur ses lèvres, s'il ne s'était pas mépris –, mais elle paraissait décontenancée par sa présence. Et, jusqu'à présent, il l'avait vue rougir une demi-douzaine de fois.

Il se demanda si elle était déterminée à oublier ce qui s'était passé et se trouvait troublée d'avoir en face d'elle le souvenir en chair et en os de son audacieux comportement. Cela pourrait expliquer la tension qui irradiait d'elle quand il l'avait escortée à table.

Il était possible aussi qu'elle ne l'ait pas reconnu, compte tenu du fait qu'elle était ivre ce soir-là.

Pénélope avait installé tous les gentlemen d'un côté de la table, afin qu'ils puissent discuter de sujets de gentlemen, comme les cigares, le bourbon du Kentucky, et la vague d'immigration grandissante en Amérique. La Tour ne prêta pas une attention soutenue à la conversation, pas plus qu'il n'y contribua. Il avait bien plus important à faire, comme de regarder Mlle Garrison soulever son verre et le porter à ses lèvres, se laissant subjuguer par les délicats mouvements de sa gorge tandis qu'elle déglutissait. Remarquant une minuscule goutte de vin au coin de sa bouche parfaite, il eut envie de plonger le bout de sa langue dans cette alcôve exiguë pour goûter le vin et la goûter elle. Il voulait qu'elle ouvre la bouche pour lui et, davantage, qu'elle s'ouvre totalement à lui.

Bien qu'il soupçonne qu'elle exigerait en retour qu'il se révèle aussi entièrement, et cela, il refusait de le faire.

Une pensée en entraînant une autre, il se demanda pourquoi il ne lui était pas venu à l'esprit que l'Américaine de l'Elysium pourrait être la sœur en quête d'un époux que Garrison, selon les dires du Roi, avait emmenée avec lui. Peut-être parce que de nombreuses Américaines cherchant un mari avaient récemment débarqué en Angleterre, avec leur fortune considérable et leurs manières directes et audacieuses. Elles voulaient un titre et la respectabilité, se faire appeler milady ou Votre Grâce et être reçues dans le monde.

Elles s'imaginaient qu'épouser un aristocrate leur offrirait une vie facile, mais elles étaient loin de comprendre où elles mettaient les pieds et à quoi elles s'engageaient. Pour sa part, il était passablement écœuré par leurs machinations, même s'il n'en était pas affecté, puisque le mariage ne faisait pas partie de ses projets.

Il aurait été égoïste de sa part de faire subir à une jeune femme le poids de l'héritage qui lui reviendrait en plus du titre. Si la conséquence en était qu'il n'aurait jamais d'héritier, il n'était pas certain que ce serait une grosse perte. Mieux valait couper cette branche de la famille plutôt que de la laisser donner des fruits. Il avait un cousin qui se trouvait en deuxième position pour l'accession au titre, dont le père, connu pour sa nature philanthropique, avait été, en son temps, tenu en haute estime. Ce n'était pas un personnage abhorré pour ses manières libertines.

À une époque, la Tour avait pensé que son père ne pouvait pas l'embarrasser davantage qu'il ne l'avait déjà fait. Il avait cru que, étant son seul enfant légitime, il avait été aimé par le comte d'Elverton, contrairement au reste de sa progéniture. Mais son géniteur n'avait pas plus d'affection ou de respect pour lui que pour ses autres descendants. Avoir un héritier était une obligation à laquelle le comte s'était plié, et il avait cherché à tirer avantage de son fils, comme il le faisait avec tous ceux qui avaient le malheur de croiser son chemin. Personne n'était à l'abri de la propension à dominer et à détruire qui l'animait.

— Je vous trouve bien maussade, remarqua Mme Garrison, avec un manque de tact dont elle semblait coutumière.

La Tour reporta son attention sur la mère de Mlle Garrison.

— Pardonnez-moi. Je pensais à mon père, qui est malade.

— Oh ?

Sous ses sourcils broussailleux, un éclat spéculatif s'alluma dans ses prunelles bleues, dont la teinte était proche de celle de sa fille, même si son regard n'était pas aussi ravissant à contempler.

On disait que les yeux étaient les fenêtres de l'âme. En effet, il était flagrant que cette femme ne pensait qu'à elle-même et à ses propres intérêts.

— Quel est son titre ? s'enquit-elle.

— Il est comte. Le comte d'Elverton.

— Ce que vous deviendrez à sa mort.

Comme si cette découverte la ravissait, Mme Garrison leva son verre avec un sourire victorieux, et la Tour fut surpris qu'elle ne porte pas un toast à la santé défaillante de son père, en espérant sa fin rapide.

— Maman, protesta Mlle Garrison.

— Ne prends pas ce ton réprobateur avec moi. Il est important de savoir quel homme s'élèvera dans la société et qui restera à sa place. Si tu étais plus attentive, je n'aurais pas à le faire.

L'espace d'un instant, Mlle Garrison parut contrariée, puis son visage redevint impassible, comme si les leçons de toute une existence lui avaient enseigné comment survivre à l'attitude brutale de sa mère. Pour sa part, la Tour croyait bien n'avoir jamais rencontré une personne aussi déplaisante et qui, de surcroît, ne faisait rien pour cacher sa nature mesquine.

Mlle Garrison reporta son attention sur lui, le regard vibrant de sincérité et de réelle inquiétude.

— J'espère que son état de santé va s'améliorer.

La Tour se garda de dire que c'était fort peu probable.

— Merci. Je lui transmettrai vos bons vœux.

Quelqu'un lui avait dit un jour « Si tu veux connaître la fille, rencontre la mère », sous-entendant que la fille serait la réplique de sa mère en vieillissant. Mais la Tour n'avait pas l'impression que cette maxime s'appliquait dans le cas présent.

Mlle Garrison n'avait pas la rusticité et l'absence de bonnes manières de sa mère, possédant au contraire infiniment de grâce et de raffinement. C'était d'ailleurs un miracle qu'elle soit parvenue à développer ces qualités, alors que la harpie qui l'avait élevée ne lui en avait pas offert l'exemple.

Il découvrit qu'il ressentait plus d'intérêt pour la jeune femme qu'il n'en avait éprouvé à l'Elysium. Mais ce n'était ni le moment ni l'endroit de satisfaire sa curiosité, aussi se contenta-t-il de balayer du regard l'assemblée.

— Veuillez poursuivre, mes amis. Je crois que le Fou meurt d'envie de nous relater comment il s'est retrouvé suspecté de meurtre.

Tout sourires, le Fou lui adressa un clin d'œil, avant de lever son verre en direction des dames.

— Jusqu'à ce que ma charmante épouse vienne à mon secours.

La Tour brûlait de l'étrange souhait d'aider la demoiselle en quête d'un mari, bien qu'elle lui paraisse tout à fait capable de se sortir seule des situations les plus complexes.

Ce qui n'en était que plus fascinant.

4

Huit plats. Leonora souffrit tout le temps que dura l'interminable service composé de huit plats. Lorsque le dessert fut enfin achevé, elle accueillit avec soulagement le moment où les hommes étaient supposés se retirer au fumoir pour savourer un cigare et un scotch, tandis que les femmes se dirigeraient vers le petit salon pour le thé.

Cependant, ce ne fut pas du tout ainsi que les choses se déroulèrent. Tout le monde alla vers la bibliothèque pour y prendre un rafraîchissement de son choix.

Malheureusement, il n'y avait pas d'absinthe. Elle aurait été capable d'engloutir une bouteille entière de cet alcool pour oublier cette horrible soirée et le nombre de fois où sa mère lui avait pincé subrepticement le bras, afin de lui rappeler qu'elle ferait bien d'engager la conversation avec l'unique gentleman non marié de cette tablée. Son insistance, loin de porter ses fruits, n'avait fait qu'encourager Leonora à garder obstinément le silence.

De toute façon, rien de ce qui lui venait à l'esprit ne pouvait donner lieu à une discussion polie et mondaine. Au contraire, c'était plutôt grossier, puisque le seul sujet qui l'intéressait était la nature précise des services du vicomte, et s'ils allaient au-delà d'un simple baiser.

Elle parvint cependant à marmonner un mot de remerciement tandis que Wyeth s'avançait vers elle et lui tendait un verre de brandy.

— Tout le plaisir est pour moi, répondit-il.

La façon dont il donna au mot *plaisir* une inflexion tout sauf innocente la fit rougir.

Pourquoi fallait-il qu'il emploie ce terme, alors qu'il était chargé d'un tel pouvoir ? Cherchait-il intentionnellement à lui rappeler les merveilleuses sensations qui l'avaient submergée, telle une succession de vagues s'écrasant sur le sable ? De toute façon, il lui était impossible de ne pas penser à la manière dont son corps avait réagi au baiser du vicomte. C'était comme si, après qu'elle en avait fait l'expérience, chaque parcelle de son être était en alerte constante, prête à se jeter dans la bagarre pour connaître à nouveau ces émois.

Elle avait beau se creuser l'esprit pour dire quelque chose, rien ne lui venait, hormis : « Vous avez des mains tellement puissantes. Vos lèvres sont exquises. Votre bouche s'y entend à merveille pour offrir à une femme ce à quoi elle aspire. »

Un toussotement insistant la fit sursauter. Ses pensées avaient-elles été perçues d'une quelconque façon par les autres dans la pièce ? Sa mère employait souvent une petite toux pour indiquer qu'elle n'était pas satisfaite de quelque chose que Leonora avait dit ou fait.

Mais ce n'était que le duc de Kingsland qui cherchait à attirer l'attention de ses invités, tandis qu'il levait son verre.

— Au succès de nos futurs projets, quels qu'ils soient.

— Des « Bravos ! » résonnèrent à travers la pièce.

D'une manière peu élégante pour une dame, Leonora engloutit son brandy d'un trait, accueillant avec soulagement la brûlure de l'alcool dans sa gorge, espérant que cela l'aiderait à oublier ses plaisantes divagations et à se concentrer sur la raison de sa présence.

— À présent, monsieur Garrison, dit le duc, d'un ton indiquant qu'il ne tolérerait aucune protestation, et qu'il était habitué à être obéi, nous sommes très impatients de connaître les détails de cette proposition d'investissement que vous souhaitez nous présenter.

— Vous allez discuter affaires en présence des dames, demanda Mme Garrison, visiblement horrifiée par cette éventualité.

Leonora, de son côté, trouvait formidable d'être incluse dans une conversation dont les femmes étaient généralement tenues à l'écart. Elle n'avait jamais aimé être chassée de la pièce quand cela dérivait vers des sujets habituellement considérés comme masculins.

— Mon épouse est extrêmement talentueuse quand il s'agit d'investir, dit Kingsland. Elle conseille bénévolement un consortium de femmes désireuses d'augmenter leur pension annuelle en investissant dans différents domaines. Les autres ladies ici présentes n'hésitent pas à donner leur avis. Leurs points de vue nous ouvrent souvent des perspectives que nous n'aurions pas envisagées. Leurs interventions nous sont donc précieuses. Mais, allons droit au but. Parlez-nous de votre usine d'armement. En quoi est-elle différente des autres ? Quel type d'armes offrez-vous qui puissent nous assurer un profitable retour sur investissement ?

Sam termina son verre de scotch et jeta un coup d'œil vers la desserte des alcools, comme s'il avait désespérément besoin d'un autre verre. Il était généralement loquace, sauf quand on discutait affaires.

— Pour le moment, nous gardons le secret, mais nous en ferons prochainement la démonstration aux personnes intéressées, finit-il par répondre. En attendant, il faudra faire preuve de patience.

— À la différence près que ce n'est pas une arme, intervint Leonora.

Elle pensait qu'il était important qu'ils se montrent un peu conciliants avec ces hommes pour gagner leur confiance.

— Mais ça pourrait l'être… dans les bonnes mains, protesta Sam.

Il y avait de l'agacement dans son intonation, et le regard qu'il lui lança était destiné à faire comprendre à Leonora qu'elle avait tout intérêt à ne rien ajouter.

Malheureusement pour son frère, il lui en fallait plus pour se laisser influencer.

Elle eut un petit rire caustique.

— Non, pas du tout. Il s'agit d'une machine à écrire. Ça n'a rien de menaçant, sauf peut-être pour les fabricants d'encre et de plumes.

Leonora eut parfaitement conscience que le regard de Wyeth se détachait d'elle pour communiquer de façon implicite avec ses camarades, et elle se demanda ce que Sam leur avait dit dans ses lettres. Puis le vicomte l'observa à nouveau, l'air furieusement intéressé, comme s'il venait de découvrir que ce qu'il prenait pour une babiole était en réalité un objet d'art de grande valeur.

— Cela fonctionne-t-il comme une presse à imprimer ?

— Non, ça s'apparente davantage à un piano, à la différence que les touches sont rondes et petites, et que chacune représente une lettre. Lorsque vous frappez une touche, un bras métallique se lève, porteur de cette même lettre en relief. Celle-ci frappe un ruban encreur, puis le papier glissé dans la machine au moyen d'un mécanisme à rouleaux.

— Votre correspondance indiquait que votre domaine d'activité était l'armement, remarqua le Fou.

Il ne semblait guère ravi, comme s'il jugeait que cette soirée leur avait fait perdre leur temps. Leonora devait les convaincre que ce n'était pas le cas.

— Nous sommes effectivement fabricants d'armes, assura-t-elle. Mais nous ne pouvons concurrencer Colt ou Remington, c'est pourquoi nous voulons explorer d'autres pistes.

— Une machine à écrire, dit le comte de Knightly.

Son ton était aussi sceptique que si elle leur avait exposé son intention de manufacturer et de vendre des ailes de fées.

— Nous avons déjà ce qu'il faut pour écrire, mademoiselle Garrison, un stylographe, de l'encre et du papier.

À n'en pas douter, les plumes de ses stylographes étaient en or.

— Mais c'est un procédé très lent, milord. Pensez au temps qu'il faut pour tracer les lettres.

En outre, tout le monde ne possède pas une écriture très lisible.

— Visiblement, notre charmante invitée est familière de ton atroce écriture, le Cavalier, commenta Wyeth avec humour. Quant à l'invention dont il est question, peut-être devrions-nous attendre de l'examiner avant de porter un jugement.

Leonora lui fut terriblement reconnaissante et s'empressa d'ajouter :

— C'est beaucoup plus impressionnant quand vous pouvez la voir fonctionner.

— Et beaucoup moins assommant que d'en parler, dit sèchement Mme Garrison.

Sans doute était-elle agacée que sa fille ait volé la vedette à son cher Sam.

— Cette soirée était surtout une occasion pour nous de faire connaissance, poursuivit-elle. Mais vous devez faire confiance à Sam concernant la future démonstration. Il serait dommage de gâcher l'effet de surprise.

La matrone leva son verre vide.

— Puis-je avoir un autre brandy, je vous prie ?

Leonora n'était pas du tout étonnée qu'elle prenne le parti de Sam. Elle était toujours prête à le protéger.

Sam se saisit du verre de sa mère et se dirigea vers la desserte.

— Alors, que peut-on faire pour s'amuser par ici ? demanda-t-il.

Leonora eut l'impression que Wyeth l'observait. Peut-être parce qu'elle avait rougi, si elle en croyait la chaleur qui affluait à ses joues. N'avait-elle pas trouvé de quoi s'amuser avec lui ? D'ailleurs, elle ne serait pas opposée à renouveler l'expérience.

Si le groupe fut déçu par la tournure que prenait la soirée, Kingsland, Knightly et Blackwood n'en montrèrent rien, conseillant à Sam des endroits où aller pour se distraire.

Curieuse de savoir quels genres d'investissements intéressaient la duchesse et son consortium, Leonora n'avait fait qu'un pas vers les épouses quand sa mère s'enquit :

— Combien de bâtards avez-vous, lord Wyeth ?

Leonora se crispa. Franchement, sa mère allait trop loin. D'ailleurs, c'étaient peut-être ses manières brusques et dénuées de tact plutôt que sa fortune récente qui la maintenaient à l'écart des salles de bal new-yorkaises.

— Pas un seul, madame, répondit-il d'un ton cassant.

— Avez-vous déjà été marié ?

— Non.

— Aucun enfant, donc.

— Non.

Leonora retourna auprès de sa mère et fit un effort pour parler posément.

— Mère, peux-tu cesser ton inquisition à propos de sujets qui ne te concernent aucunement ?

Celle-ci lui adressa un regard sévère qui lui donna envie de se recroqueviller.

— Je veux m'assurer que ce sera bien ton fils qui héritera, et non celui d'un précédent mariage. En outre, tu as vingt-sept ans. Tu n'es plus un perdreau de l'année, comme on dit. Il ne te reste plus que quelques années de fertilité. Je dois être certaine que tout soupirant potentiel sera en mesure de te faire un enfant.

Leonora fut surprise que sa tête n'explose pas. Sa mère avait une voix de stentor, et personne dans la pièce n'avait dû manquer un seul mot de son embarrassante remarque.

Elle aurait eu tant de choses à dire, mais elle se contenta de déclarer :

— Au nom du ciel, qu'est-ce qui te fait croire qu'il pourrait me courtiser ?

— Je ne t'ai jamais considérée comme une grande beauté, mais il n'a quasiment pas détaché les yeux de toi au cours du dîner. Et il semble toujours intéressé, même si tu n'as de cesse de l'ignorer. Ces Britanniques sont fascinés par les Américains. Pourquoi penses-tu que Sam a insisté pour que tu nous accompagnes ?

Leonora savait précisément pourquoi son frère l'avait emmenée, et cela n'avait rien à voir avec des projets matrimoniaux.

Elle contempla Wyeth, ou plutôt la Tour, comme disaient ses amis. Il paraissait plus à l'aise avec cette façon de s'adresser à lui. Peut-être n'aimait-il pas qu'on lui rappelle qu'il était un lord.

— Veuillez pardonner l'impertinence de ma mère, dit-elle. Je vous assure que je ne souhaite aucunement que vous me courtisiez. Si vous voulez bien être assez aimable pour m'excuser, j'ai besoin d'un peu d'air frais.

Ainsi que de solitude pour retrouver son sang-froid. Elle n'avait pas prévu d'évoquer la machine à écrire ce soir. Elle avait conscience de se montrer trop protectrice vis-à-vis de cette invention, mais elle était importante à ses yeux pour des raisons autres que financières.

Et il faisait encore moins partie de ses intentions de parler mariage.

Comme elle avait eu droit à une visite de la maison un peu plus tôt, elle savait quel couloir emprunter pour trouver la porte qui la mènerait sur la terrasse, et au-delà dans le jardin.

Sa seule envie était de le traverser en criant pour atteindre le mur d'enceinte, d'escalader celui-ci et de courir à travers les rues jusqu'à ce que les artères grouillantes de passants et de circulation l'engloutissent.

Une fois dehors, elle n'alla pas plus loin que le muret qui ceignait la terrasse, se réjouissant de découvrir qu'elle tenait toujours à la main son brandy, et qu'il n'était pas tout à fait vide. Elle avait été si mortifiée par l'échange avec sa mère qu'elle ne s'était pas rendu compte qu'elle s'agrippait à son verre. C'était d'ailleurs un miracle qu'il ne se soit pas brisé sous la pression de ses doigts.

Elle ne pouvait excuser l'impolitesse de sa mère ni se convaincre que son désir de voir sa fille se marier partait d'un bon sentiment. Mme Garrison préférerait sans doute avoir un duc pour gendre, mais elle se contenterait d'un vicomte. Ce qui l'intéressait était de pouvoir annoncer qu'elle avait un petit-fils qui hériterait un jour d'un titre, qui siégerait à la Chambre des lords, et qui pourrait même dîner avec la reine.

Leonora luttait contre la perspective de se marier pour un titre, comme une fillette récalcitrante qui donnerait des coups de pied et hurlerait parce qu'elle était traînée hors de sa chambre pour accomplir une corvée, alors qu'elle avait envie de continuer à jouer à la poupée.

Cependant, on avait toujours beaucoup exigé d'elle, sans lui accorder le temps de s'amuser. Du vivant de son père, elle ne critiquait pas cette exigence à son égard. Avant même qu'elle sache lire, celui-ci l'asseyait sur ses genoux et lui faisait partager le miracle des livres de comptes. Il y avait les méchants – ceux qui ne payaient pas ou cherchaient à lui nuire – et il était toujours le héros. Parfois, il évoquait une damoiselle – sa mère, quand elle l'aidait à conclure une affaire ou à obtenir une faveur de quelqu'un. Et bien sûr, comme dans tous les contes de fées, il y avait aussi la sorcière – une autre facette de sa mère –, qui n'était jamais satisfaite des progrès accomplis, et qui en voulait toujours plus.

C'est ainsi que Mme Garrison avait souhaité vivre à New York, considérant que la société y était d'un rang plus élevé, jusqu'à ce qu'elle découvre que la vieille garde refusait de l'intégrer dans son cercle furieusement élitiste. En dépit du palais que son mari avait fait construire pour elle et des dernières tenues à la mode de Paris qu'elle portait, les bals fastueux qu'elle organisait étaient largement ignorés de ceux qui comptaient.

Elle avait dépensé une fortune – celle de son mari – pour essayer de prouver qu'ils étaient plus riches que les dieux de l'Olympe, jusqu'à ce qu'il ne leur reste quasiment plus rien.

Leonora savait que sa mère n'était pas entièrement à blâmer. Son père avait conclu quelques investissements hâtifs, presque désespérés, pour remettre leur trésorerie à flot. Sur un coup de tête, il avait décidé de monter une usine de munitions, sans se soucier que Colt, Winchester et Remington soient déjà connus et respectés dans le pays comme à l'étranger. Il avait cru pouvoir faire mieux, jusqu'à ce que Leonora le persuade de faire autre chose. Entre-temps, sa santé s'était détériorée, et il n'avait pas pu aller au bout de ses ambitions. C'est alors qu'il lui avait passé le flambeau, comptant sur elle pour faire rayonner son nom et faire en sorte que lui-même soit reconnu comme un génie des affaires.

Avoir un but et une occupation avait aidé son père à oublier les ravages de sa maladie, et Leonora s'était jetée corps et âme dans la bataille afin de lui apporter un peu de paix et de satisfaction.

Si aujourd'hui la charge pesait lourdement sur ses épaules, du vivant de son père elle en avait apprécié chaque moment, chaque accomplissement et chaque réussite de leur travail commun.

Sam n'avait que vingt-deux ans quand M. Garrison avait rendu son dernier souffle, et il n'était pas prêt à prendre les rênes d'une entreprise qui n'en était qu'au tout début de son existence. C'était elle qui avait épluché les livres de comptes et déterminé leur solvabilité. C'était elle aussi qui avait reconnu leur besoin d'un afflux de capitaux s'ils voulaient poursuivre l'œuvre de leur père. Le cher homme avait souhaité leur offrir une vie aisée, mais sa mort avait imposé à Leonora de pourvoir aux besoins de son jeune frère et de sa mère vieillissante.

Elle ne reprochait pas à son frère son absence de sens des affaires, mais le défi était pour elle de s'assurer qu'ils ne manquent de rien, sans pour autant trahir ses aspirations. Cela signifiait qu'elle ne pouvait choisir la voie facile du mariage avec un homme fortuné et bénéficier des accomplissements de ce dernier plutôt que des siens propres.

Les dernières paroles de Leonora à son père avaient été une promesse : elle veillerait à la pleine réussite de son usine et de son projet de machine à écrire.

En entendant des pas approcher, elle tourna la tête et ne fut pas surprise de découvrir que la

Tour l'avait rejointe. Ayant bu tout son brandy, elle regarda avec envie son verre, qu'elle présumait contenir du scotch.

— Je suppose que je ne pourrais pas en avoir une gorgée ?

Sans hésiter, il attrapa son verre et lui tendit le sien.

— J'imagine que vous en avez davantage besoin que moi.

Leonora but une gorgée et se sentit aussitôt réchauffée par l'excellent alcool. La nuit n'était pas réellement fraîche, mais elle avait l'impression d'être prise dans un bloc de glace tellement elle avait froid.

Incapable de regarder la Tour, elle porta son attention sur les nuages que la brise légère faisait glisser au-dessus du jardin.

— Merci pour… votre rôle dans la poursuite de la conversation à propos de la machine à écrire. Il est plus facile d'expliquer son fonctionnement quand on peut en faire la démonstration.

— J'avoue en avoir profité pour moquer l'écriture du Cavalier. Je vous assure qu'elle est atroce.

Leonora faillit rire, mais elle avait une conscience trop aiguë du regard de la Tour sur elle, au point qu'elle pouvait presque le sentir dessiner le contour de son profil. Toutefois, elle ne put empêcher le coin de ses lèvres de se retrousser légèrement.

— Vous prisez la plaisanterie.

— Nous ne cessons de nous moquer les uns des autres.

— Vous êtes donc amis depuis un moment.

— Depuis nos études à Oxford. Cela remonte à plus de dix ans maintenant.

Leonora avait du mal à l'imaginer. Elle avait bien quelques connaissances – des femmes avec qui elle parlait –, mais personne dont elle pourrait se moquer gentiment, exprimant ainsi son amitié.

— Vous êtes très passionnée s'agissant de votre nouvelle machine, dit-il.

Elle crut discerner de l'admiration dans sa voix.

— Je pense qu'elle a la capacité de changer la façon dont les choses sont faites, qu'elle a un rôle significatif à jouer dans l'avenir.

— Rôle que vous expliquerez durant votre démonstration.

Ce n'était pas une question, mais Leonora répondit quand même.

— Oui.

Puis le silence s'installa entre eux, et on n'entendit plus que le bourdonnement des insectes. Ce jardin de taille modeste, au cœur d'une grande ville, lui rappelait la pelouse qui entourait leur maison de la périphérie de Chicago. Elle y avait été bien plus heureuse qu'à New York, où elle ne s'était jamais sentie tout à fait à sa place.

Quelque chose lui disait qu'elle ne serait pas à l'aise ici non plus. C'était trop peuplé et il y avait trop d'activité. Et il s'y trouvait trop de sujets de questionnement, comme cet homme qui se tenait à côté d'elle.

— C'était vous, n'est-ce pas ?

Gênée par son intonation brusque et enrouée, elle songea à en rejeter la faute sur le scotch. Elle resta finalement coite, consciente de l'examen intense dont elle était l'objet de la part de la Tour.

Elle ne pensait pas avoir besoin de clarifier. S'il était qui elle supposait, il comprendrait le sens de sa question.

Le temps défila : secondes, minutes, puis des heures. Des jours. Des semaines. Elle vécut une vie entière à attendre la réponse de la Tour.

— Oui, dit-il enfin.

Leonora imaginait que savoir avec certitude lui procurerait suffisamment d'assurance pour lui faire face. Au lieu de quoi, elle garda le regard fixé au loin tandis qu'elle buvait une autre gorgée de scotch, pour se donner du courage, pour s'évader.

— Pourquoi travaillez-vous là-bas ? Pour combler votre envie de porter secours à des damoiselles en détresse ?

— Je n'y travaille pas.

Elle tourna brusquement la tête. La brise faisait voler quelques mèches des cheveux de la Tour, et elle eut soudain l'envie presque irrépressible d'y plonger les doigts.

— Mais... vous êtes venu à ma rencontre.

Il acquiesça.

— Le propriétaire, Aiden Trewlove, est mon frère. Je m'étais rendu au club pour lui transmettre un message et, comme il lui manquait deux employés ce soir-là, il m'a demandé de combler vos besoins.

Ses besoins, engendrés pas sa stupide ébriété.

Elle reporta son attention sur le jardin, car il lui était trop douloureux de contempler l'homme qui savait qu'elle devait payer pour être embrassée.

— Vous n'êtes pas retournée au club, dit-il.

— Non, je...

Elle s'interrompit, cilla, disséqua l'information, puis fit face à la Tour.

— Comment êtes-vous au courant ?

— Parce que, moi, je l'ai fait.

— Pourquoi ?

— J'espère me rattraper en vous donnant un baiser qui ne soit pas ennuyeux au point de vous faire dormir.

Sa phrase s'était terminée sur un ton pincé, et Leonora se rendit compte qu'il s'était senti insulté. Elle pouvait le comprendre. À sa place, elle aurait éprouvé la même chose.

Elle lui sourit avec ironie.

— Vous n'y êtes pour rien. C'était l'absinthe. J'avais trop bu afin de trouver le courage de réclamer un baiser.

L'espace de quelques secondes, il l'observa fixement, avec une expression qui la fit frissonner.

— Votre mère a tort de penser que vous n'êtes pas une grande beauté.

— Vous n'êtes pas obligé de me flatter à cause du... moment que nous avons passé ensemble.

— Il n'est pas dans ma nature de faire de faux compliments. Votre passion, mademoiselle Garrison, cette nuit-là, tout comme lorsque vous avez parlé de votre machine à écrire, vous illumine. La beauté qui provient de l'intérieur est toujours préférable à celle qui se voit à l'extérieur.

Leonora fut bouleversée par ce compliment bien plus qu'elle ne souhaitait se l'avouer. Hormis son père, personne ne lui en avait jamais fait.

— La nuit où nous nous sommes rencontrés, reprit la Tour, j'ai été impressionné par votre façon de savoir ce que vous vouliez et de le demander. Je connais trop de femmes qui pèsent leurs mots prudemment, de peur d'être mal jugées ou de passer pour sottes.

— Je ne cherchais pas à impressionner qui que ce soit. À dire vrai, je me moquais de l'opinion que vous aviez de moi du moment que vous faisiez ce qui vous était demandé.

Il sourit.

— Mais j'ai échoué, n'est-ce pas ? Vous vous êtes assoupie.

— Comme je l'ai dit, ça n'avait rien à voir avec vous.

— Vous vous rappelez ce qui s'est passé ?

Oh, elle s'en souvenait assurément.

— Une partie s'apparente à une brume verdâtre.

Elle ne souhaitait pas épiloguer sur le sujet. En réalité, elle était légèrement déçue qu'il ne soit pas retourné au club parce qu'il avait très envie de l'embrasser de nouveau, mais parce qu'il était vaguement blessé dans son orgueil, croyant n'avoir pas été à la hauteur.

— Je suis désolée pour la curiosité déplacée de ma mère, et pour son manque de tact. Elle peut se montrer terriblement intrusive et tenace quand elle a une idée en tête.

— Je comprends mieux d'où vient votre autorité. J'ai le souvenir que vous m'avez donné quelques ordres.

— Je voulais m'assurer que mes attentes soient comblées.

— L'ont-elles été ?

La Tour pesta contre lui-même d'avoir posé la question. Et quand Mlle Garrison détourna les yeux, il jura en son for intérieur. De toute évidence, cela la mettait mal à l'aise de parler de ce qui s'était passé entre eux.

— Vous n'êtes pas obligée de répondre, s'empressa-t-il de préciser.

— Si vous tenez à le savoir, vous les avez dépassées. Je suppose que vous avez embrassé un grand nombre de femmes.

— Pas autant que vous pourriez le croire. Je suis très exigeant.

C'était un homme. Il avait des besoins. Mais il les contrôlait autant que possible, déterminé à ne laisser aucun bâtard dans son sillage.

— Sauf en ce qui me concerne, fit-elle remarquer. Vous ne saviez rien de moi.

— J'en savais assez. Vous étiez avide, impatiente et audacieuse.

Le rire léger de Mlle Garrison le toucha en plein cœur.

— C'était la fée verte. Elle a pris le dessus.

La lumière de la bibliothèque dessinait un halo autour d'elle, mais il lui était difficile de la voir comme un ange. Un ange n'embrasserait pas avec l'enthousiasme et l'abandon sauvage dont elle avait fait preuve.

Contrairement à ce qu'elle suggérait, il ne pensait pas que sa ferveur était due à l'absinthe. L'alcool pouvait parfois libérer les entraves morales d'une personne, mais elle ne modifiait pas du tout au tout l'essence profonde de son être. En aucune façon l'ivresse ne lui faisait faire quelque chose qui n'était pas dans sa nature. Mais, si Mlle Garrison ressentait le besoin de rejeter la faute sur l'alcool, il ne le contesterait pas, même s'il était fichtrement tenté de lui prouver que ce n'était pas l'absinthe qui l'avait guidée.

— Je suis désolée pour votre père.

Le commentaire de Mlle Garrison le prit au dépourvu, mais il comprit vite qu'elle détournait son attention pour ne pas continuer à évoquer leur rencontre intime. Ce sujet la mettait visiblement mal à l'aise. Parce qu'il n'était pas un employé comme elle l'avait supposé ? Parce que leurs chemins étaient appelés à se croiser dans des circonstances très différentes ?

— Ne le soyez pas. Il a fait souffrir beaucoup trop de gens.

— Comme votre frère ? M. Trewlove. Étant donné qu'il ne porte pas le même nom de famille que vous, j'imagine que sa naissance n'était pas légitime.

— En effet. Je n'ai découvert son existence que récemment, mais nous sommes très vite devenus proches.

— Est-il erroné de ma part d'en déduire que votre père était un homme infidèle ?

— C'est un vil personnage, mais je préfère ne pas parler de lui.

— Peut-être avez-vous plus besoin de ceci que moi, dit-elle en lui tendant son verre.

Il ne restait pas grand-chose, mais c'était suffisant. La Tour engloutit le scotch, tout en ayant conscience du regard de Mlle Garrison sur lui et, bien que sachant que c'était impossible, il aurait pu jurer avoir sur la langue le goût de sa bouche.

Il jeta un coup d'œil par-dessus son épaule. Personne ne se tenait à la fenêtre de la bibliothèque, mais il était à peu près certain que les occupants pouvaient discerner la silhouette de Mlle Garrison et la sienne. Sa mère, à n'en pas douter, évaluait mentalement la distance entre eux. Il suffisait probablement qu'ils soient un peu trop près l'un de l'autre pour qu'elle exige immédiatement le mariage.

Tout en se demandant qui de la mère ou de la fille était en quête d'une union, il reporta son attention sur Mlle Garrison.

— Avant vous, aucune femme ne s'était jamais endormie dans mes bras. Après une étreinte intime, oui, mais jamais pendant. J'avoue avoir été déçu que nous n'ayons pas eu la possibilité d'achever ce baiser.

Elle le contempla avec surprise, les yeux légèrement écarquillés.

— C'est pourtant ce que nous avons fait. Il était terminé.

Il sourit.

— L'est-il vraiment, mademoiselle Garrison ? Ou bien attend-il d'être prolongé ?

5

Sur ces mots, la Tour l'avait abandonnée à son sort, emportant les verres vides avec lui et rejoignant ses amis dans la bibliothèque. La stupéfaction de Leonora avait été telle qu'elle n'avait su que faire, hormis errer sur la bande de pelouse entre la terrasse et le jardin, jusqu'à ce que sa mère la retrouve finalement pour lui annoncer qu'ils devaient partir.

Si les gentlemen avaient davantage parlé affaires, Sam aurait exprimé sa colère une fois installé dans la voiture. Au lieu de quoi, il avait gardé le silence durant tout le trajet jusqu'à l'hôtel Trewlove, où ils occupaient une suite au dernier étage. Leonora soupçonnait que son propriétaire, Mick Trewlove, avait autrefois vécu entre ses murs, même s'il habitait à présent une luxueuse maison avec sa famille, d'après ce que lui avait dit la femme de chambre qui venait chaque matin faire le ménage.

L'employée de l'hôtel lui avait aussi murmuré, sur le ton de la confidence, que tous les Trewlove étaient des enfants illégitimes. Leonora avait été surprise d'apprendre que la Tour entretenait des relations avec son frère, mais surtout elle avait été stupéfaite par l'affection que contenait sa voix quand il avait parlé de lui. La plupart des gens ne supportaient pas ceux qui étaient nés en dehors des liens du mariage. Que ce ne soit pas le cas de la Tour en disait beaucoup sur son caractère ; il ne lui apparaissait que sous un jour plus favorable.

À présent pelotonnée dans un fauteuil en velours capitonné, près de la cheminée où le feu déclinait doucement, son carnet à dessin à la main mais le crayon immobile, Leonora réfléchissait.

Et, immanquablement, ses pensées dérivaient vers la Tour.

Avait-il prononcé ces derniers mots parce qu'il avait deviné qu'elle songeait à leur baiser tous les soirs avant de s'endormir, ayant parfois la chance de le revivre en rêve ? Cette rencontre avait-elle été aussi bouleversante, aussi puissante qu'elle se la rappelait ?

Ce soir, sur cette terrasse, il avait plusieurs fois donné l'impression qu'il pourrait se pencher et poser ses lèvres sur les siennes. Elle ne l'en aurait pas empêché. Au contraire, elle l'aurait accueilli…

Puis elle aurait dû l'épouser, parce que sa mère aurait insisté.

Elle commençait à comprendre le véritable avantage de l'Elysium. Le club donnait aux femmes, engoncées dans les principes rigides de la société, une chance d'explorer leur sensualité sans en souffrir les conséquences, d'autant plus que les hommes qui travaillaient là ne fréquentaient pas l'aristocratie. Quelle malchance qu'Aiden Trewlove ait imaginé que ce ne serait pas non plus son cas lorsqu'il lui avait envoyé son frère.

Avec un grommellement de frustration, dû au fait qu'elle ne pourrait jamais tourner la page de ce malencontreux épisode dans ce club scandaleux si les Joueurs d'échecs investissaient bel et bien dans l'entreprise Garrison, Leonora reporta son attention sur son carnet à dessin. Elle se mit à tracer des lignes, des cercles et des arabesques alambiquées. Elle avait toujours trouvé du réconfort dans la façon dont le crayon transcrivait ce qu'elle concevait dans son esprit.

Durant la traversée de l'Atlantique, elle s'était sentie submergée par l'immensité de la mer, son bleu profond, sa beauté. Tandis qu'elle observait ce paysage n'offrant aucune distraction, une idée lui était venue pour une autre sorte de machine. Elle avait dessiné assez aisément ce qu'elle imaginait pour l'aspect extérieur, mais le fonctionnement interne s'était révélé un peu plus compliqué.

Son père l'avait toujours encouragée à commencer par le premier mécanisme et à développer à partir de là. Mais elle préférait débuter par l'allure générale que cela aurait une fois terminé. C'était un moyen de stimuler son imagination, de lui donner un but. Elle avait conscience que son esprit prendrait de mauvaises directions et emprunterait des voies sans issue, mais cela faisait partie du voyage. Aucune des heures qu'elle avait consacrées à l'exploration n'était perdue, car même les aspects qui ne fonctionnaient pas contribuaient à découvrir ce qui marcherait.

C'est ainsi qu'installée dans un fauteuil sur le pont du bateau, elle avait passé des heures à noircir des pages. Et elle puisait un certain réconfort dans le fait de savoir que ses esquisses l'attendaient quand elle avait besoin d'une diversion à des spéculations par trop envahissantes, dont faisait maintenant partie un baiser inachevé.

Le coup frappé à la porte la fit sursauter, et elle sentit qu'elle rougissait de culpabilité à cause de la direction que ses pensées avaient prise.

Elle dut déglutir et chercher son souffle avant de pouvoir répondre :

— Entrez.

La porte s'entrebâilla juste ce qu'il fallait pour permettre à son frère de jeter un coup d'œil à l'intérieur.

— Je peux ?

Bien que sa femme de chambre l'ait aidée à se préparer pour la nuit, elle portait un peignoir épais et se trouvait convenablement couverte. En outre, il lui était difficile de regarder son petit frère, selon elle encore un bébé, et de voir en lui un homme adulte.

— Bien sûr.

En pantalon et bras de chemise, Sam entra, ferma silencieusement la porte derrière lui et la rejoignit près du feu, appuyant son épaule contre le manteau de la cheminée.

— Maman était en pleine forme ce soir, n'est-ce pas ?

— Tu es fort chanceux qu'aucune jeune fille à marier ne se soit trouvée parmi les convives, faute de quoi tu aurais été fiancé avant la fin de la soirée, dit-elle avec une expression narquoise.

— Si la jeune fille en question possédait une dot substantielle, cela pourrait résoudre notre problème.

— Et en créer d'autres. Les mariages d'argent sont rarement heureux.

Sam haussa les épaules.

— La Tour paraissait éprouver de l'intérêt pour toi. Quand tu étais sur la terrasse avec lui, as-tu saisi l'occasion de lui vendre ton idée de machine à écrire ?

Elle avait d'autres préoccupations en tête.

— Non. Après que nous avons précisé qu'une démonstration était nécessaire pour l'apprécier pleinement, toute autre explication semblait inutile.

Sam garda le silence quelques instants, affichant une moue pensive.

— Si tu parvenais à le convaincre de t'épouser, nous n'aurions plus besoin d'investisseurs. Assurément, il a les moyens d'empêcher la faillite de notre entreprise. Si Maman a vu juste et que tu lui plais...

— Ce n'est pas le cas.

— Alors, pourquoi t'a-t-il rejointe sur la terrasse ?

— Pour me dire qu'il ne me tenait pas rigueur du comportement détestable de Maman. Elle s'est montrée grossière, bruyante, et avait une attitude atrocement déplacée.

Leonora déposa son carnet sur un guéridon avant de se lever et de se mettre à faire les cent pas.

— Lord Wyeth n'éprouve pas d'attirance pour moi.

Si c'était le cas, n'aurait-il pas essayé d'organiser un rendez-vous galant ? Ou du moins laissé entendre que c'était dans ses intentions ? Cependant, il avait fait remarquer que le baiser n'avait pas été achevé. Quand et de quelle façon le serait-il ? Si elle n'avait pas été aussi médusée, peut-être aurait-elle pu poser la question.

— Il n'est pas nécessaire qu'il soit attiré par toi. Il te suffit d'être seule avec lui et que vous vous fassiez surprendre.

Leonora mit un terme abrupt à sa déambulation et s'arrêta devant son frère.

— Je ne veux pas obtenir un mari par le biais d'un subterfuge. Cela donnerait lieu au plus déplaisant des mariages.

— Il faut savoir faire des sacrifices, pour Père, en sa mémoire. Il a démarré cette affaire et il y croyait beaucoup. Tu ne voudrais quand même pas que son nom soit associé à un échec.

Son frère marquait un point, mais tout de même…

— Pourquoi leur as-tu dit qu'ils allaient investir dans une arme ?

— Pour piquer leur intérêt. Et tout le monde sait ce que c'est, tandis que ta machine à écrire… eh bien, tu as vu de quelle manière ça s'est passé. Ils ne se sont pas montrés follement enthousiastes.

— Je crois surtout que c'est parce qu'ils se sont sentis floués. Tu leur as promis une chose, alors que nous essayons de leur en vendre une autre. Ce ne sont pas des hommes dont on peut se jouer. Nous allons les convaincre d'investir sur les mérites de l'entreprise et sur nos projets de diversification. Si tu n'es pas d'accord, je ferais aussi bien de monter à bord du prochain bateau pour rentrer à la maison, et de trouver une autre façon de continuer à faire tourner nos affaires.

Sam s'écarta de la cheminée.

— J'ai besoin de toi ici, Nora. Je ne suis pas aussi confiant que toi dans le fait que ton projet pourrait changer notre vie, et je ne comprends assurément pas comment fonctionne ta machine. Je dépends de toi pour les persuader que le risque est minime et que les gains futurs seront considérables.

— Dans ce cas, n'essaie plus de me convaincre de sauver l'entreprise par le biais du mariage.

— Tu as ma parole.

— Nous avons peut-être perdu notre avantage avec les Joueurs d'échecs ce soir.

Leonora ne pouvait pas leur reprocher de ne plus être intéressés, mais elle craignait que son frère ne joue à un jeu dont il ne comprenait pas totalement les règles.

— Nous devons approcher d'autres investisseurs potentiels si nous voulons être sûrs d'obtenir les fonds dont nous avons besoin.

Son frère lui adressa un sourire timide et fautif.

— J'ai conscience que tu me crois inutile, mais j'ai parlé de notre recherche d'investisseurs à quelques aristocrates que j'ai croisés dans différents clubs. Et qui sait ? Tu rencontreras peut-être quelqu'un qui te plaît si nous restons ici assez longtemps, et que d'autres lords montrent un intérêt pour toi.

Leonora ne put retenir un soupir de frustration. Au temps pour la promesse que son frère venait de lui faire.

— Sam, je ne suis pas un produit. C'est la machine à écrire qu'il faut vendre. À ce propos, je pense vraiment qu'on devrait changer le nom de l'entreprise.

Elle s'appelait toujours Munitions Garrison, mais cette dénomination ne lui paraissait plus appropriée.

— Nous devrions opter pour Manufacture Garrison. De la sorte, nous ne serons pas limités dans nos fabrications.

Elle retint son souffle, se demandant jusqu'à quel point elle pouvait se confier à Sam. Mais il était son frère, et l'entreprise lui appartenait.

— J'ai songé à un autre genre de machine.

Il observa le carnet à dessin abandonné sur le guéridon.

— Je me disais aussi que tu passais beaucoup de temps à dessiner. J'ai pensé que c'était un moyen de dissuader les avances de gentlemen que Maman risquait de jeter en travers de ton chemin lors de notre traversée en bateau.

Il se laissa tomber dans un profond fauteuil club, face à celui que Leonora occupait précédemment, et croisa les jambes.

— Parle-moi de ton idée.

Leonora prit de nouveau place dans son fauteuil, et se retint de se trémousser d'excitation.

— Pour le moment, je te demande de ne le mentionner à personne, parce que je n'ai pas encore travaillé tous les détails, et que ça pourrait prendre des mois. Mais, dans l'immédiat, je l'ai appelée « machine à tenir les comptes ».

Assis dans la bibliothèque du Roi, à siroter son scotch pendant que ses amis et leurs épouses se détendaient dans la partie salon de la pièce, la Tour eut l'impression qu'il manquait quelque chose. Il ne voulait pas vraiment lui donner un nom, mais si on l'y avait forcé, il aurait admis que c'était la présence de Mlle Garrison.

Même après qu'elle fut restée sur la terrasse lorsqu'il était retourné à l'intérieur, il avait pris plaisir à contempler sa silhouette à travers la fenêtre et y avait trouvé du réconfort. Elle semblait plus détendue dehors, sans sa mère pour la houspiller. Il avait remarqué cette insupportable manie qu'avait Mme Garrison de pincer le bras de sa fille, et il avait décidé d'intervenir la prochaine fois qu'il en serait témoin.

Il ne comprenait pas le comportement de la matrone. Même son père, aussi cruel soit-il sur le plan moral, ne lui avait jamais fait de mal physiquement.

— Je crois que nous te devons tous des excuses, la Tour, commença le Roi.

— Pour quelle raison ?

— Eh bien, mais pour avoir suggéré que tu pourrais courtiser la demoiselle, et plus encore l'épouser. Le comportement de la mère était proprement ahurissant.

La Tour n'aurait pas mieux dit.

— J'ai l'impression que ce n'est pas Mlle Garrison qui se cherche un mari, mais plutôt sa mère qui souhaite se trouver un gendre, observa-t-il.

— En tout cas, je ne crois pas qu'elle parviendra à ses fins si elle continue à attaquer les gens de front comme elle l'a fait ici ce soir, conclut le Roi.

— Cela ne semble guère juste pour Mlle Garrison, fit remarquer Pénélope. Elle m'a paru tout à fait charmante. Lorsque je lui ai fait visiter la maison, rien ne lui a échappé. Elle a examiné certaines choses de près, ce qui a retardé notre retour au salon. Elle m'a donné l'impression d'être une personne curieuse par nature.

Évidemment, il n'était pas question pour la Tour de divulguer qu'il l'avait rencontrée préalablement. Comme l'avait dit Aiden, tout ce qui se passait entre les murs de l'Elysium restait entre ces murs.

— J'ai le sentiment que nous avons été dupés, intervint le Cavalier. Nous étions supposés investir dans une fabrique de munitions. C'est ce que Sam Garrison nous avait proposé, en tout cas.

— Le point de vue de Mlle Garrison me semble intéressant, dit la Tour. Il y a déjà trop d'usines d'armement, non seulement en Amérique, mais également chez nous. Rien qu'à Birmingham, il doit y avoir une centaine de manufactures d'armes. Elles équipent nos armées, comme le font les Américains. Nous ne pouvons espérer réaliser beaucoup de profits en ne vendant qu'à quelques amateurs de chasse.

— Dans ce cas, pourquoi avoir évoqué l'éventualité de travailler avec Garrison ? demanda le Cavalier.

— Dans sa lettre, il disait qu'il avait quelque chose de nouveau à nous proposer, lui rappela le Roi.

— Et c'est le cas, commenta Pénélope. En tant qu'ancienne secrétaire, je sais que ça peut vite devenir fastidieux quand une abondante correspondance est requise. Je suis intriguée par la possibilité qu'une machine écrive à ma place, et j'avoue que j'ai très envie de la voir fonctionner.

— Une machine à écrire, répéta le Cavalier avec une moue sceptique.

Puis il lança un regard sévère à la Tour.

— Mon écriture, à ce propos, n'est pas affreuse.

— Elle est atroce, marmonna le Fou, qu'on n'avait pas encore entendu.

La Tour sourit. En réalité, l'aptitude du Cavalier à tracer des caractères élégants et surtout décryptables était à peine pire que la sienne, et si son attention n'avait pas été d'embarrasser son camarade – le Cavalier avait d'ailleurs une telle confiance en lui qu'il en fallait beaucoup pour le troubler –, il avait ressenti le besoin d'apporter une forme de soutien à Mlle Garrison, tant l'enthousiasme de cette dernière était grand à propos de cette machine révolutionnaire dans laquelle elle souhaitait qu'ils investissent.

— De toute évidence, elle en sait davantage sur cet appareil que son frère, remarqua le Roi. Dès qu'elle a commencé à parler, il s'est pour ainsi dire évanoui dans l'ombre.

— Messieurs, vous ne devriez pas être aussi surpris de rencontrer une femme intelligente, quand trois d'entre vous ont des épouses qui ont brillamment fait carrière, dit Pénélope.

Le sourire que le Roi adressa à sa femme était empli de fierté et d'affection.

— Il ne s'agissait que d'une observation, ma chère.

— M. Garrison me fait penser à un bonimenteur de cirque, dit la Tour. Il ne cesse de rameuter les gens, puis il les dirige vers quelqu'un d'autre qui possède le véritable talent.

— Devons-nous comprendre que tu apprécies Mlle Garrison ? demanda le Cavalier, avec un petit sourire entendu.

— Je fais simplement remarquer qu'il ne faudrait pas la tenir pour quantité négligeable. Après tout, vous avez tous trois méjugé vos femmes au premier abord, et vous avez dû déployer de considérables efforts pour vous faire pardonner, si ma mémoire est bonne.

6

Une pluie intense était tombée tout l'après-midi, ce qui en faisait aux yeux de Leonora le moment idéal pour s'asseoir près d'une fenêtre et écouter le martèlement constant des gouttes frappant la vitre, tandis qu'elle essayait de concevoir les mécanismes de sa machine à tenir les comptes et d'en dessiner le plan.

Le temps, cependant, n'était guère engageant pour se rendre à un bal. Pourtant, elle était là, parée de ses plus beaux atours, dans une voiture que l'hôtel leur avait fournie, qui traversait les rues gorgées d'eau.

Trois jours auparavant, Sam ne tenait plus en place de joie quand il était entré dans leur suite de l'hôtel Trewlove et avait jeté sur les genoux de Leonora un carton d'invitation au bal.

— On recherche notre compagnie, avait-il fièrement annoncé.

Leonora avait à peine eu le temps de soulever le carton et de lire la première ligne que sa mère le lui avait arraché des doigts.

— Encore un duc, avait-elle déclaré en se rengorgeant.

— Un duc marié, me semble-t-il.

Étant donné que le duc et la duchesse de Wolfford requéraient l'honneur de leur présence.

Mme Garrison lui avait adressé un regard sévère destiné à la faire taire.

— Peut-être a-t-il un jeune frère qui pourrait hériter du titre si le duc actuel venait à trépasser.

Leonora avait éprouvé un malaise à la pensée que sa mère puisse souhaiter du mal à quelqu'un qu'elle ne connaissait pas, dans le seul but d'en tirer un profit personnel. Il y avait l'ambition, et il y avait la convoitise. Et il semblait que sa mère vacillait au-dessus du précipice de la cupidité.

— Je suppose que les Joueurs d'échecs seront présents, dit Leonora dans la voiture, en veillant à adopter un ton détaché.

Elle ne s'était jamais sentie à l'aise lors des quelques bals auxquels elle avait assisté lorsqu'elle était à New York. D'après sa mère, ce n'était qu'un moyen de s'entraîner pour le moment où elles seraient invitées à des événements plus prestigieux. Mais Leonora avait passé plus de temps à réchauffer l'assise de sa chaise qu'à glisser gracieusement sur la piste de danse.

— Je pense que oui, continua Sam. J'ai eu l'impression qu'ils étaient très populaires. Et je ne crois pas qu'ils apprécieraient d'être snobés.

Leonora n'avait nulle envie de les snober, même s'il était dans son intention d'éviter autant que faire se peut John Castleton, vicomte Wyeth, dans les jours à venir. En effet, elle redoutait qu'il ait raison : leur baiser attendait d'être prolongé. Et elle n'était pas certaine d'être prête pour le voyage vers lequel son achèvement pourrait l'entraîner.

Peu après leur arrivée à la résidence Wolfford, où des valets tenant des parapluies s'assurèrent qu'ils descendent de leur voiture et entrent dans la maison sans être trempés, Leonora apprit que le duc avait bel et bien un jeune frère, lord Griffith Stanwick… lequel était marié.

En fille indigne qu'elle était, elle se réjouit que les espoirs que sa mère misait sur un décès rapide du duc soient déçus. L'aristocrate avait également une sœur, Althea, qui était elle-même mariée à un homme qui serait un jour duc.

— Que pensez-vous de l'Angleterre jusqu'à présent, mademoiselle Garrison ? l'interrogea l'indisponible lord Stanwick.

Que c'est l'endroit de toutes les débauches.

— Je n'ai pas encore eu le temps de découvrir pleinement votre beau pays, répondit-elle.

— Peut-être pourriez-vous nous présenter à quelques lords non mariés, dit sa mère.

Leonora espéra que personne ne pouvait entendre ses dents grincer tandis qu'elle s'efforçait de ne pas montrer son irritation.

— Envisagez-vous de vous remarier, madame Garrison ? demanda lady Kathryn, l'épouse de lord Griffith Stanwick.

— Quoi ? Non, absolument pas. Ma fille, en revanche…

Cette façon de ne pas achever sa phrase suffisait à insinuer que sa fille était désespérée.

Leonora avait envie de crier qu'elle ne souhaitait en aucune façon se marier, mais elle ne voulait pas provoquer un esclandre devant ces personnes dont elle venait à peine de faire la connaissance.

— Eh bien, il se trouve que mon mari possède un club, Les Belles et les Seconds, réservé aux personnes non mariées, dit lady Kathryn. Vous devriez y faire une visite. Je pense que vous apprécierez les différents divertissements.

— Les Seconds ? Est-ce que cela fait référence aux deuxième fils d'une famille noble ? demanda Sam.

— En effet, répondit lord Stanwick. Je suis moi-même en deuxième position sur la liste d'accession au titre. Aucun héritier n'est admis dans nos murs.

— Eh bien, je ne vois pas à quoi ça lui servirait, marmonna Mme Garrison. Elle n'acceptera qu'un gentleman titré. C'est un minimum.

— Maman, dit Leonora, gênée.

— C'est ainsi, un point c'est tout, insista sa mère. Nous avons fait ce voyage pour que tu aies enfin la possibilité de devenir quelqu'un, mais tu ne te donnes pas beaucoup de mal. Tu pourrais faire un effort.

Leonora aurait voulu qu'un gouffre s'ouvre sous ses pieds et l'engloutisse, lui permettant d'échapper à ce discours exaspérant et à l'obsession de Mme Garrison pour sa situation maritale – à son seul profit et au mépris des désirs de sa fille.

Sa situation lui faisait penser à celle de jeunes princesses contraintes d'épouser des rois vieillissants afin d'éviter des guerres : sacrifiées et non reconnues pour elles-mêmes ou les contributions qu'elles pourraient apporter.

Elle se tourna vers les autres femmes du groupe.

— Auriez-vous l'amabilité de m'indiquer le boudoir des dames ? J'ai un gravillon dans mon soulier qui commence à être gênant, et je souhaiterais m'en défaire avant l'ouverture du bal.

Plusieurs gentlemen lui avaient déjà demandé une danse, et elle avait prévu de mettre à profit cette occasion pour les inciter à investir.

Comme si elles étaient les meilleures amies du monde, lady Althea glissa son bras sous celui de Leonora.

— Venez, je vais vous y conduire.

Le doux sourire qu'elle adressa à son mari promettait un prompt retour. Puis elle guida Leonora à travers la foule des invités.

— Les mères peuvent parfois se montrer terriblement embarrassantes, commenta lady Althea d'un ton empli de sympathie.

— La vôtre l'était-elle avant votre mariage ?

La duchesse eut un petit rire empreint de tristesse.

— Non, c'est mon père qui a créé des problèmes. Heureusement, mon frère aîné est parvenu à arranger les choses.

Leonora n'avait pas de frère aîné pour la protéger – non qu'elle en ressente le besoin. Elle avait aimé administrer l'entreprise durant la maladie de son père, et elle aurait souhaité pouvoir continuer à le faire. D'ailleurs, c'était là que résidait la difficulté principale. Le mariage, en particulier avec un aristocrate, la priverait de cette possibilité. Elle n'imaginait pas un époux issu de la noblesse – qui considérait le travail comme une activité dégradante à réserver à la plèbe et aux roturiers – lui permettre de faire ce qu'elle voulait.

Sam finirait par acquérir suffisamment de confiance pour prendre les rênes de l'entreprise, et elle ferait tout pour qu'il y parvienne. Elle pourrait ensuite continuer à l'assister, mais elle ne serait jamais pleinement autonome. En outre, son existence demeurerait liée à sa famille. Jamais elle ne dénicherait d'emploi ailleurs, ou en tout cas pas dans le domaine qui la passionnait, la conception industrielle et la direction de sociétés étant réservées aux hommes.

— Ce n'est plus très loin, l'informa lady Althea en arrachant Leonora à ses sombres pensées. Vous semblez souffrir beaucoup.

— Non, il se trouve simplement que… lorsque j'ai entrepris ce voyage, je ne m'étais pas rendu compte que ma mère et mon frère voyaient cela comme une chasse au mari. Je croyais que nous cherchions seulement des investisseurs.

Elle marqua une infime hésitation.

— À ce propos, pourriez-vous m'orienter vers des hommes fortunés qui seraient prêts à prendre le risque de s'engager dans un nouveau projet prometteur ?

Elle s'empressa de préciser :

— Bien sûr, il n'est pas nécessaire que ce soit des lords.

— Eh bien, je suppose qu'il me serait en effet possible de vous présenter quelques gentlemen férus d'investissements.

Leonora pourrait leur transmettre une invitation à la démonstration qui aurait lieu prochainement. Pour ce faire, elle avait obtenu l'autorisation d'utiliser la salle de bal de son hôtel.

Son escorte et elle n'avaient fait que quelques pas dans le hall quand Leonora faillit percuter de plein fouet l'un des invités. Aussitôt, ce dernier lui saisit le haut du bras pour l'aider à conserver son équilibre.

— Eh bien, on dirait que le destin joue en votre faveur ! s'exclama lady Althea. Cher ami, permettez-moi de vous présenter…

— Nous nous sommes déjà rencontrés, dit posément la Tour.

Libérant le bras de Leonora, il laissa courir le bout de ses doigts gantés de blanc sur sa peau nue, avant de reculer. Leonora perçut la chaleur de sa caresse comme s'il avait dessiné un chemin de feu et sentit son corps s'embraser plus encore tandis qu'elle se remémorait les endroits où il l'avait touchée : ses joues, sa gorge…

— Oh, je ne suis pas du tout surprise, ajouta lady Althea. Les Joueurs d'échecs semblent être avertis avant tout le monde des nouvelles opportunités d'investissement.

Le regard de la Tour demeura sur Leonora.

— Le fait de rester en alerte et informés nous donne un avantage.

— Comme si l'un ou l'autre d'entre vous en avait besoin ! commenta lady Althea en secouant légèrement la tête, comme pour souligner que ce n'était rien de plus qu'un caprice. À présent, si vous voulez bien nous excuser, nous nous rendons au boudoir des dames. Mlle Garrison est gênée par un gravillon dans son soulier.

— Oh ! s'exclama la Tour, nous ne pouvons tolérer cela, n'est-ce pas ?

Avant que Leonora ait le temps de se rendre compte de ce qui se passait, la Tour avait de nouveau saisi son bras et la guidait vers une chaise, où il parvint à la faire s'asseoir sans la pousser ou la forcer. À dire vrai, elle avait tout simplement été envoûtée par la lueur taquine dans ses yeux et avait songé, de façon plus ou moins consciente, qu'elle pourrait le suivre n'importe où.

Puis il posa gracieusement un genou à terre. Leonora retint son souffle, et son esprit passa d'une improbable image de la Tour la demandant en mariage au souvenir de cette même posture adoptée juste avant qu'il l'embrasse.

L'une ou l'autre était totalement irréalisable à cet instant, pourtant Leonora semblait tout à coup avoir perdu la capacité de parler, de bouger, de faire autre chose que d'étudier les pleins et les déliés du visage de la Tour dans le hall somptueusement éclairé par d'imposants lustres en cristal.

Ses traits anguleux lui donnaient une force virile peu commune. De près, elle pouvait voir que ses yeux n'étaient pas aussi sombres qu'elle l'avait supposé au départ. Ils s'approchaient du brun-roux délicat d'un faon qu'elle avait pu apercevoir un jour dans les bois. Mais ses lèvres étaient exactement comme dans son souvenir, jusque dans les moindres détails. La lèvre inférieure charnue, sur laquelle elle avait envie de passer la langue. La lèvre supérieure qu'elle avait envie de mordiller. Et les commissures, étirées en un demi-sourire narquois qui faisait tout le charme de cet homme.

— Lequel ?

Elle sursauta et releva les yeux vers lui, espérant qu'il n'avait pas remarqué qu'elle fixait sa bouche et que la faim qu'elle avait de lui n'était pas inscrite sur son visage.

— Je vous demande pardon ?

— Dans quel soulier se trouve le gravillon ?

Il attendait, les mains proches de ses pieds, prêt à se mettre à l'ouvrage. Il n'y avait pas de gravillon. C'était un mensonge pour échapper à l'odieuse conversation avec sa mère. À présent, elle était prise au piège de sa propre ruse.

— Il a dû partir tout seul, prétendit-elle.

— Il vaut mieux s'en assurer, ne croyez-vous pas ? Il est certain que vous allez beaucoup danser ce soir. Droite ou gauche ?

Lady Althea se pencha légèrement.

— Pensez-vous que ce soit approprié ?

— Ce n'est qu'un soulier. Je n'aurai même pas à exposer sa cheville.

Leonora avait conscience que plusieurs ladies et deux gentlemen s'étaient arrêtés, les unes médusées de tant d'audace, les autres pour jeter un regard dévoré de curiosité.

Elle eut soudain envie de se lever d'un bond et de partir en courant.

Cependant…

— Le droit, répondit-elle.

La Tour enroula la main autour de sa cheville, laquelle demeura cachée sous sa robe, comme le commandaient les convenances, et ses doigts dansèrent légèrement sur son bas tandis qu'il lui ôtait sa chaussure de son autre main, avant de la lui tendre pour qu'elle puisse l'inspecter.

Alors que Leonora faisait mine de chercher le coupable gravillon, la paume de la Tour explora – lentement, tellement lentement – son cou-de-pied, son talon, ses orteils, les massant avec douceur comme si elle avait réellement été blessée et requérait ses tendres attentions.

Leonora aurait aimé que ce moment dure éternellement, mais leur public grossissait à vue d'œil, et les murmures commençaient à aller bon train.

— C'est bien ce que je pensais, dit-elle. Il est parti.

— Fort bien. C'est une excellente nouvelle.

La Tour lui prit la chaussure des mains et la glissa à son pied avec une dextérité qui trahissait une grande habitude.

Leonora préféra ne pas songer au nombre de femmes à qui il avait rendu le même service après qu'elles eurent visité son lit. Elle le soupçonnait d'ailleurs d'être également expert dans d'autres aspects des vêtements féminins.

Avec grâce, il déplia son corps athlétique et se leva. Puis il lui offrit sa main et l'aida à se redresser.

— Merci, milord.

— Je ne voulais pas vous voir claudiquer lorsque nous danserons.

— Parce que nous allons danser ?

— Si votre carnet de bal n'est pas déjà plein.

Elle l'aurait souhaité. La Tour lui faisait tourner la tête, comme si elle venait de déguster plusieurs verres d'absinthe.

Pourtant, elle souleva son poignet, lui présentant comme une invitation le carnet qui s'y balançait. Un crayon miniature l'accompagnait. Elle regarda la Tour l'utiliser pour inscrire son nom en face d'une valse disponible. Quand ce fut fait, il lui adressa un bref signe de tête.

— À plus tard, mademoiselle Garrison.

Son départ sembla donner le signal à tous les autres qu'ils pouvaient s'éloigner.

— Eh bien, déclara lady Althea d'un ton pensif. D'ordinaire la Tour est connu pour passer plus de temps à jouer aux cartes qu'à évoluer sur la piste de danse.

— S'il m'accorde de l'attention, c'est uniquement parce qu'il envisage d'investir dans notre entreprise. Il espère avoir un avantage en me flattant.

— Je ne suis pas vraiment certaine qu'il en ait besoin. Votre frère ne refusera pas un investisseur.

Donnaient-ils à ce point l'impression d'être désespérés ? Assurément, cela les desservirait. Ils avaient besoin que les gens se battent pour investir.

— Je suppose que non, répondit-elle sobrement.

— Pouvons-nous retourner dans la salle de bal à présent que votre… petit souci de gravillon a été réglé ?

— Ce qu'il a fait était passablement scandaleux, n'est-ce pas ?

Lady Althea sourit.

— Pas suffisamment scandaleux pour qu'il soit contraint de vous épouser, mais je suis presque certaine que cela fera l'objet d'un entrefilet dans la gazette mondaine de demain.

Leonora n'avait jamais été l'objet de ragots. Malheureusement, il était fort probable que sa mère s'en réjouisse à n'en plus finir si une telle mise en avant devait avoir lieu.

— J'ignorais que tu t'intéressais à la danse, lui souffla le Cavalier alors que la Tour et lui se tenaient au bord de la salle de bal. D'habitude, tu joues aux cartes avec nous.

La Tour fut tenté de lui dire de s'occuper de ses affaires. Au lieu de quoi, il confessa :

— J'ai signé un carnet de bal.

— Celui de Mlle Garrison, je présume.

— Qu'est-ce qui te fait penser une telle chose ?

Le Cavalier eut un sourire entendu qui irrita passablement la Tour.

— Regina affirme avoir détecté une étincelle entre vous deux durant le dîner de l'autre soir.

— Ta femme a écrit un roman sur une femme amoureuse d'un vaurien.

Il faisait allusion à *Mes désirs secrets*, le journal romancé d'une jeune femme amoureuse du mystérieux lord K. Présenté comme une romance et menacé de censure, le récit était en réalité extrêmement autobiographique par essence.

— Elle imagine sans doute des étincelles un peu partout.

Le Cavalier haussa les épaules.

— C'est possible. Mais dis-moi, avec qui vas-tu danser ?

La Tour n'avait pas de raison de le cacher. Après tout, le Cavalier allait bientôt le voir valser avec elle à travers la vaste pièce d'apparat.

— Mlle Garrison, marmonna-t-il.

En toute sincérité, la Tour ignorait pourquoi il avait réclamé une danse à l'Américaine. Peut-être parce qu'il savait maintenant que sa cheville, son cou-de-pied et ses orteils étaient aussi parfaits que ses lèvres. Et également parce qu'ayant massé son pied délicat, il avait envie de la toucher encore avant que la nuit s'achève.

Il était plus sûr de le faire dans un endroit où il était assuré de se comporter en parfait gentleman, non pas qu'il ait pour habitude de mal se comporter.

À la réflexion, cependant, il serait peut-être avisé de demander une danse à d'autres jeunes femmes afin que personne n'en arrive à la même conclusion, c'est-à-dire que Mlle Garrison était une personne spéciale pour lui.

Encore qu'il pourrait prétendre qu'il essayait d'en savoir plus à propos de cette possibilité d'investissement.

— À la façon dont tu la regardes, reprit le Cavalier, je m'aventurerais à penser que tu ne te contenteras pas d'une seule danse.

La Tour ne souhaitait pas admettre qu'il ressentait de la possessivité à l'égard de Leonora. Il l'avait vue accorder des sourires gracieux mais réservés à ses nombreux partenaires, et il voulait en recevoir un lui aussi. Mais un qui ne soit pas réservé ou simplement dicté par la bonne éducation. Il voulait un vrai sourire lumineux et puissant comme lors de cette première nuit.

— Contrairement à toi dans ta jeunesse, le Cavalier, je n'ai jamais attiré les jeunes filles dans des recoins sombres pour les embrasser.

— Dans ce cas, il serait temps que tu t'y mettes. Tu as toujours été trop bien élevé. Il suffit de croiser la femme idéale pour avoir soudain envie de devenir extrêmement irrespectueux des conventions.

— Et tu en as fait l'expérience.

— Je n'en regrette pas un seul instant. À part, bien sûr, celui où je l'ai abandonnée devant l'autel le jour de notre mariage. Mais c'est du passé. Dieu merci, elle m'a pardonné.

— Rassure-toi, je n'ai pas l'intention de suivre ton ridicule exemple, ni celui du Roi ou celui du Fou.

Une chose était sûre, il ne risquait pas d'abandonner qui que ce soit devant l'autel, car c'était un voyage qu'il s'était juré de ne jamais entreprendre.

— Dis-moi une chose, si j'avais plus en tête qu'une danse, continua-t-il – et il allait sans doute regretter d'avoir posé la question –, étant donné que la pluie ne paraît pas vouloir s'arrêter de sitôt, et que les jardins seront de toute façon trempés et boueux, où pourrais-je trouver un peu d'intimité dans ce château ?

Quelles que puissent en être les conséquences, il n'avait pas l'intention de s'en aller sans avoir extrait la dernière parcelle de plaisir de cette bouche qui le hantait jour et nuit.

— Vous semblez vous être remise à merveille des dommages causés par le gravillon dans votre soulier.

Ils n'en étaient qu'aux premiers pas de leur valse, et déjà la Tour regrettait de ne pas en avoir demandé une seconde pendant qu'il en avait la possibilité. À présent, le carnet de bal de Mlle Garrison était rempli jusqu'à la dernière ligne.

Elle avait les joues roses, et il avait envie de poser les doigts contre sa peau pour sentir sa chaleur se communiquer à lui.

— C'était un minuscule gravillon. Ça ne me causait pas véritablement d'inconfort. Disons que c'était simplement irritant.

Il haussa un sourcil, tandis qu'un coin de sa bouche se retroussait narquoisement.

— C'est étrange qu'il n'ait pas laissé de marque. Je n'ai pas pu discerner le moindre accroc dans votre bas.

Avec une adorable moue, elle lui adressa un regard agacé.

— Fort bien, il n'y avait pas de gravillon. J'ai menti afin d'avoir une excuse pour m'éloigner de ma mère qui déployait tous ses efforts pour me mortifier.

Ravi que Leonora lui ait dit la vérité, la Tour lui offrit un sourire de sympathie.

— Je m'en doutais un peu.

— Je suppose que vous ne mentez jamais.

— En effet, parce que je connais le secret des mensonges.

Un petit pli apparut entre les sourcils de Mlle Garrison, et il eut envie de l'effacer du bout de son pouce.

— Quel secret ?

— Quand vous mentez, vos yeux deviennent rouges.

Elle resta bouche bée quelques secondes.

— Que dites-vous ? Ce n'est pas vrai.

— Bien sûr que si. Ma mère m'a tout expliqué quand j'étais petit garçon. Aussi, à chaque fois que je mentais, je fermais les yeux pour qu'elle ne puisse pas voir qu'ils étaient devenus rouges.

Elle rit. Seigneur, il avait fait une erreur de vouloir l'amuser. À présent il allait devoir choisir s'il la préférait en lady des Soupirs ou en lady des Rires.

Le son cristallin de son rire était envoûtant, mais ses soupirs l'étaient également. Serait-il en quête des deux ?

Et pourquoi elle ? D'autres femmes mystérieuses avaient croisé sa route au fil des années, mais ses béguins avaient été de courte durée. Il ne pouvait pas imaginer que Mlle Garrison devienne un jour moins intéressante à ses yeux. Qu'est-ce qui la rendait si différente ? Si ensorcelante ?

— Vous n'avez sûrement pas fait ça, dit-elle.

— Je l'ai fait. Mais, pour ma défense, je n'avais que quatre ou cinq ans. Mon expérience à l'époque était quelque peu limitée, donc j'étais un peu naïf.

Elle sourit, et cela la transfigura totalement. Peut-être même n'avait-il jamais vu de visage aussi ravissant.

— N'est-ce pas ironique que votre mère vous ait menti à propos du mensonge ?

— En effet. Je la taquine souvent à ce sujet.

— J'en déduis que vous vous entendez bien avec elle.

Il espéra que sa réponse ne lui causerait pas de tristesse, parce que sa propre mère était très différente de celle de Mlle Garrison.

— Oui. Nous avons toujours été proches. Je pense...

Il secoua la tête.

— Que pensez-vous ? insista-t-elle.

Pourquoi avait-il envie de lui confier les sombres et cruels secrets concernant ses parents ? De lui révéler leur passé et de quelle façon ils l'avaient influencé ? Peut-être pour une raison toute simple : si Mme Garrison considérait qu'il était le gendre idéal, sa fille avait le droit de connaître la vérité sur sa scandaleuse famille, et de quelle manière ils avaient façonné l'homme qu'il était devenu. Mais ces mots ne pouvaient être prononcés dans cette salle de bal, dont les majestueux lustres de cristal faisaient scintiller la chevelure de la jeune femme tandis qu'ils glissaient sur le parquet, leurs gestes parfaitement accordés comme s'ils ne faisaient plus qu'un.

Un changement de sujet était donc requis.

— Vous ne m'avez jamais dit si j'étais doué pour embrasser.

Le regard de Mlle Garrison se réchauffa, et elle esquissa un sourire.

— J'étais passablement ivre l'autre nuit. Je pense que je n'étais pas dans l'état idéal pour en juger. Après tout, j'imaginais que nous avions terminé, tandis que vous prétendez le contraire.

— Dans ce cas, il est grand temps que nous nous remettions à l'ouvrage et que nous en finissions en beauté avec cette histoire.

7

Leonora aurait voulu que la danse soit terminée, que l'orchestre ait définitivement fini de jouer et que le bal ait fermé ses portes. Mener ce baiser à sa conclusion était la dernière chose qu'elle souhaitait, car elle ignorait tout de ce qui l'attendait.

Si elle se fiait à la manière dont le regard de la Tour retenait le sien, à la couleur assombrie de ses prunelles et à l'intensité avec laquelle il la dévisageait, tout lui faisait penser que le baiser n'était qu'un prélude à quelque chose de beaucoup plus plaisant… et audacieux. Plus fascinant que la fée verte, plus susceptible de provoquer des complications et de laisser des regrets dans son sillage.

Quelque chose d'illicite.

Quelque chose qu'une vraie lady éviterait.

Quelque chose qui franchissait les limites de la décence.

Dans la façon qu'avait la Tour de la contempler, elle discernait aussi un défi et une promesse. « Osez me suivre, et je vous emmènerai dans un voyage où vous apprendrez les périls du plaisir, ce pour quoi vous me remercierez. Affronter ces dangers peut créer une dépendance, laquelle procure un besoin puissant de les vivre de nouveau. »

Elle chercha son souffle, passa le bout de sa langue sur ses lèvres parcheminées et constata qu'il suivait son geste d'un regard où vibrait une flamme nouvelle. Après le premier mouvement de surprise, elle se réjouit du petit pouvoir qu'elle avait sur lui.

— Je vous ai vu discuter avec quelques jeunes femmes, dit-elle. Je n'ai pas songé à vous demander, l'autre nuit, si vous courtisiez quelqu'un.

Leonora ne comprit pas pourquoi ces mots lui causèrent une violente douleur dans la poitrine.

— Si c'était le cas, je ne vous aurais jamais embrassée.

— Vous êtes donc loyal.

— Extrêmement.

Contrairement à son père. Elle fut heureuse de l'apprendre, même si cela n'avait pas vraiment d'importance. Une fois leur baiser terminé pour de bon, ils en auraient fini l'un avec l'autre. À cette pensée, une inexplicable tristesse l'envahit.

— J'ai envisagé de retourner à l'Elysium, confia-t-elle.

— Comme je vous l'ai dit, je n'y travaille pas.

— Peut-être pourriez-vous organiser quelque chose avec votre frère, de sorte que le salon des baisers soit disponible, et que vous puissiez m'y retrouver.

— C'est trop compliqué, et il faudrait attendre. J'avais autre chose en tête. Ici. Maintenant. Ce soir.

Elle écarquilla légèrement les yeux.

— Maintenant ? Pendant que nous dansons ?

Le sourire de la Tour éclaira son visage d'une aura incroyablement séduisante. Il était aussi empli de compassion devant sa naïveté.

Il était même possible que la Tour rie intérieurement, car il semblait quelque peu amusé.

— En aucune façon, une telle démonstration nous conduirait tout droit devant l'autel.

Ainsi, il n'envisageait pas de l'épouser. C'était bon à savoir dans la mesure où elle n'avait aucune envie de se marier. C'était en tout cas ce qu'elle avait toujours pensé. Cette perspective ne l'avait jamais séduite jusqu'à présent. Mais avec les manigances de sa mère, toutes ces petites graines que cette dernière plantait insidieusement dans son esprit... il était bien possible que l'idée ait commencé à faire son chemin.

— Dans le hall, où je me suis occupé de votre pied...

Le visage de Leonora s'échauffa à cette évocation.

— Si vous continuez sur votre droite, vous arriverez à une bifurcation. Empruntez le couloir de gauche. Au bout, vous verrez sur un piédestal la statue passablement impressionnante d'un loup montrant les dents. Si vous la contournez, vous découvrirez une petite alcôve. Je vous y attendrai.

— Mon carnet de bal est plein.

— Dans ce cas, je suppose que certains vont être déçus.

La mimique narquoise qu'il affichait laissait entendre qu'il savait que lui ne le serait pas.

Il s'arrêta, et Leonora s'aperçut que la valse était terminée. Fascinée par la voix profonde de la Tour et par l'audace de sa proposition, elle n'avait pas remarqué que l'orchestre égrenait les dernières notes.

Sans ajouter un mot, il l'escorta hors de la piste de danse et lui adressa un signe de tête empli d'une telle confiance teintée d'arrogance – comme s'il était persuadé qu'elle serait incapable de lui résister – qu'elle décida de ne pas suivre les instructions si méticuleusement fournies.

Ce baiser resterait définitivement en suspens.

Pour finir, elle se chagrina elle-même... et elle chagrina lord Lawrence Brinsley-Norton, le jeune frère du duc de Kingsland.

Tandis qu'elle se hâtait à travers le corridor, elle se dit que cela ne prendrait guère de temps – pas plus d'une danse ou deux – et qu'elle ne désappointerait ainsi qu'un nombre réduit de lords.

Si toutefois ils étaient déçus qu'elle leur ait fait faux bond. Elle soupçonnait en effet que la plupart de ses cavaliers ne dansaient avec elle que dans le but de s'attirer les faveurs de son frère ou de sa mère – que ce soit pour des raisons professionnelles ou matrimoniales –, persuadés qu'elle n'avait voix au chapitre dans aucun de ces domaines. Passer du temps en sa compagnie était une obligation, pas un souhait.

Sauf dans le cas de la Tour. Il n'agissait pas par désir, elle en était à peu près certaine, mais par esprit de compétition, afin de prouver qu'il embrassait suffisamment bien pour la détourner des autres gentlemen.

Elle lui offrait une victoire, ce qui ne faisait pas partie de ses intentions. Cependant, elle avait l'impression qu'elle y gagnerait quelque chose elle aussi.

Si toutefois elle parvenait jusqu'à cette maudite alcôve.

Cela représentait une jolie distance depuis la chaise où elle s'était assise pendant qu'il inspectait minutieusement son pied. Cela signifiait que leur lieu de rendez-vous était éloigné de la salle de bal et que, lorsqu'elle aurait atteint la bifurcation mentionnée, elle serait passablement isolée des autres invités qui seraient amenés à déambuler dans le hall.

Il lui apparut qu'il pourrait être malavisé de continuer. Mais un second baiser pourrait sans doute prouver que l'émerveillement causé par le premier n'était que le résultat de son ébriété, plutôt du talent de la Tour. Et la chaleur qui envahissait son corps chaque fois qu'elle se le remémorait se dissiperait peut-être, la laissant dormir paisiblement sans qu'elle ait la sensation de suffoquer, et sans considérer qu'il était le seul à posséder la solution pour la faire respirer correctement.

Enfin, elle découvrit la statue qu'elle cherchait. D'un côté du couloir se trouvait une porte fermée qui menait probablement à une bibliothèque. De l'autre côté, il y avait l'alcôve. En regardant derrière la croupe du loup, elle ne vit que l'obscurité. Aucun lustre ne fournissait d'éclairage dans cette partie du couloir. Il n'y avait qu'une lampe sur une console un peu plus loin.

Si la Tour connaissait ce recoin secret, cela voulait probablement dire qu'il avait embrassé des dizaines de femmes ici. Elle aurait dû s'en réjouir. Si elle n'était qu'une conquête parmi tant d'autres, il savait certainement comment s'y prendre. Pourtant, une fois dans sa vie, elle aimerait qu'on lui fasse sentir qu'elle était spéciale. Elle avait failli y croire à l'Elysium. Mais son esprit logique ne pouvait pas oublier qu'elle avait dû demander qu'on lui envoie quelqu'un.

Seulement, ce soir, c'était lui qui avait demandé, ou plutôt exigé. D'un ton tellement autoritaire, à l'image d'un général donnant des ordres à ses troupes, qu'il avait été impossible de l'ignorer.

S'il était déjà là, comme il l'avait promis, alors il pouvait observer son hésitation. Si elle s'en allait maintenant, la Tour saurait qu'elle était lâche.

Mais peut-être n'était-il pas là. Après tout, elle avait dansé avec un autre gentleman après le départ de la Tour. Il avait pu perdre patience et quitté sa cachette.

Toutefois, s'il était là...

Le cœur battant à tout rompre, elle se glissa derrière la statue. Aussitôt, un bras s'enroula autour de sa taille et l'attira contre un solide mur de muscles dissimulé sous un costume de soirée. Son surnom de la Tour était finalement approprié. D'une certaine façon, il était le château de son petit groupe d'amis, la fortification qui offrait la protection. Avec lui, elle se sentait en sécurité.

Ici, à l'écart des autres invités, elle aurait dû éprouver un rien d'anxiété. Qui l'entendrait s'il essayait de profiter de la situation ? Pourtant, elle était détendue entre ses bras – exactement comme si elle avait bu un grand verre d'absinthe – et libérée de sa timidité et de ses doutes.

Une main enveloppa sa joue, inclina légèrement sa tête en arrière, puis les lèvres de la Tour se posèrent sur les siennes avec une précision qu'elle admira. Une précision digne d'un délicat assemblage mécanique.

Comme ce baiser était la continuation du précédent, il n'y eut pas besoin de lente séduction pour l'inciter à ouvrir la bouche. Elle le fit d'instinct, et il vint en conquérant, presque en assaillant. Loin de le vivre comme une reddition, elle eut la sensation d'une victoire.

La Tour grommela et la vibration de sa cage thoracique se transforma en frémissement contre sa poitrine, écrasée contre son torse ferme et puissant. Il avait toujours le goût des ténèbres et du danger. Sans doute s'était-il autorisé quelques gorgées de scotch avant de venir ici pour l'attendre. Elle aimait sa saveur. Elle aimait la façon dont sa langue s'unissait à la sienne, explorant les confins de sa bouche avec une lenteur exquise, comme s'il avait tout son temps.

Soudain, elle eut l'impression qu'ils avaient en effet tout le temps devant eux, et elle aurait voulu que l'éternité tout entière se déroule ici, dans cette alcôve.

Il était fort possible que trois gentlemen au moins soient chagrinés par son absence, car elle était certaine de manquer trois danses, si ce n'était quatre.

Elle espérait ne pas décevoir la Tour mais, si ce baiser lui déplaisait, sa bouche serait-elle toujours sur la sienne ? Sa main s'aventurerait-elle sur ses hanches, empoignant les rondeurs de ses fesses, avant de la plaquer plus étroitement contre son corps durci ? D'ailleurs, sa virilité se manifesterait-elle si magnifiquement s'il n'était pas aussi troublé qu'elle-même l'était ?

Ce soir, il n'était question que d'elle et de lui. Il n'y avait pas de fée verte pour se mettre en travers du chemin de façon intrusive. C'était plus puissant que dans son souvenir. Il y avait de la faim. Un besoin irrépressible. De l'envie. Du désir.

C'était un tourbillon d'émotions et de sensations.

Et elle avait envie que cela ne s'arrête jamais.

La Tour n'avait jamais souhaité aussi désespérément qu'un baiser ne s'arrête pas. Mlle Garrison était délicieusement sucrée, même si aucun arôme d'absinthe ne parfumait sa langue. Et les sons qu'elle produisait ! Ce mignon miaulement de chaton caressé avec douceur. Sa lady des Soupirs.

Il prenait soin de se montrer tendre, de ne pas l'assaillir, comme ses propres besoins le lui commandaient. Elle avait réveillé la faim animale qui sommeillait en lui. La faim sans doute héritée de son père, qui était dans son sang et se transmettrait de génération en génération. La faim qu'il avait enchaînée dans le donjon de la fortification qu'il était devenu – pour se protéger et protéger ceux qui souffriraient s'il laissait libre cours à ses appétits. S'il ouvrait la porte rien qu'une seule fois à cette pulsion farouche, il ne pourrait probablement plus jamais la contrôler à nouveau.

Jamais il n'avait éprouvé autant de désir que maintenant. Cette jeune femme – qui semblait à la fois innocente et aventureuse, qui donnait autant qu'elle prenait, qui ne retenait pas sa passion, qui avait osé demander ce dont elle avait envie, et le laissait faire ce qu'il voulait de sa bouche – le rendait fou.

Leurs langues s'entrelaçaient et s'exploraient. Il eut l'audace de faire courir ses doigts sur les portions dénudées de ses épaules. Sa robe était légèrement plus sophistiquée que celle qu'elle portait à l'Elysium, mais dans la même nuance de rose, comme si elle avait compris que cette couleur flattait son teint.

Il l'imagina nue sur des draps de la même couleur, et fut soudain traversé par l'envie folle de s'agenouiller, de relever ses jupes et de goûter le cœur secret de sa féminité avec autant d'enthousiasme qu'il mettait à dévorer sa bouche.

Mais elle n'avait demandé qu'un baiser, et c'était tout ce qu'il donnerait.

Cependant, il s'assurerait de rendre ce baiser inoubliable, au point que les attentions des autres hommes pâliraient en comparaison.

Avec un grognement rauque, il l'inclina légèrement en arrière pour que son baiser devienne plus sensuel et plus passionné.

Leonora avait eu raison de ne pas se lever de la méridienne où la Tour lui avait donné son premier baiser, car ses jambes pouvaient à peine la porter à présent et menaçaient de flancher sous elle. Encore que, si elle se fiait à la façon solide et puissante qu'il avait de la tenir, elle ne risquait probablement pas de tomber.

Elle s'accrocha à lui comme s'il était sa bouée de sauvetage. Comment était-il possible que quelque chose d'aussi simple lui coupe ainsi le souffle ? Elle commençait à se dire qu'il faisait durer le baiser, car celui-ci représentait pour lui une sorte de récompense.

Des grognements sourds lui échappaient, et chacun était comme une musique céleste à ses oreilles. Elle était véritablement médusée d'avoir la capacité de lui arracher des sons aussi splendides.

Aurait-elle le courage de regagner la salle de bal, alors que tout en elle aspirait à rester ici et à savourer les sensations que la Tour éveillait en elle ? Elle n'en était pas certaine.

Jamais elle n'aurait pu imaginer que quelque chose qui se trouvait dépourvu de ressorts et de rouages puisse être aussi compliqué ni que cela pourrait la fasciner à ce point.

Elle eut le désir saugrenu de demeurer ici avec lui pour toujours. Mais bien sûr c'était impossible, et la Tour semblait conduire tout doucement ce baiser vers sa conclusion. Bientôt, il s'immobilisa, gardant encore quelques instants son visage dans sa main, avant de s'écarter.

— Nous avons terminé, n'est-ce pas ?

D'un esprit curieux, toujours en éveil, elle avait besoin de connaître toutes les réponses en toutes circonstances, et de les connaître avec certitude.

— Oui.

Il passa son pouce sur sa lèvre inférieure, et elle se demanda comment il avait fait pour la trouver dans une telle obscurité.

— Comment se fait-il que vous n'ayez jamais été embrassée ? Vous êtes pourtant audacieuse, à vous rendre à l'Elysium comme vous l'avez fait, à me retrouver ici dans cette alcôve.

« Audacieuse » ? Leonora supposait que de pires descriptions pouvaient être appliquées à son comportement : scandaleuse, indisciplinée, immorale. Sa mère lui jetterait tous ces mots au visage si elle venait à apprendre ce qu'elle avait fait. Mais la Tour faisait sans doute des efforts de diplomatie, simplement dans l'hypothèse où ils deviendraient partenaires en affaires.

— Sans compter que je suis une vieille fille qui a eu de nombreuses années pour le faire ?

— Vous n'êtes pas vieille. Mais vous avez sûrement eu des soupirants.

— Non. Je n'étais pas intéressée par les hommes de mon entourage. Mère concentrait tous ses efforts sur Sam, persuadée qu'il serait son billet d'entrée dans la bonne société. Il est beau, charmant, assuré de susciter l'intérêt d'une jeune femme. Moi, en revanche, je suis trop têtue, pas assez obéissante, trop curieuse de sujets auxquels je ne devrais même pas envisager de m'intéresser.

— Comme les baisers, par exemple ?

Leonora rit doucement, concevant difficilement que son appétence pour les baisers soit déplacée. Sincèrement, où était le mal dans ce qu'elle avait fait ? Il n'y aurait aucune conséquence. Aucune lettre écarlate n'entacherait son corsage pour la désigner comme une pécheresse, selon la tradition au temps des puritains.

— Je pensais plutôt aux objets mécaniques, répondit-elle.

— Voilà qui pique ma curiosité. Racontez-moi.

Elle inspira profondément pour se donner du courage.

— Quand j'avais huit ans, j'ai démonté la montre de mon père. Maman était furieuse quand elle a découvert toutes les pièces disposées sur une table. Elle m'a envoyée au lit sans dîner. La déception que j'ai lue dans les yeux de mon père a été bien pire. Le lendemain matin, il m'a assise devant la table et m'a demandé de remonter la montre et de faire en sorte qu'elle fonctionne. Je me rappelais l'emplacement de chaque ressort et rouage. Quand la tâche a été achevée, non seulement la montre marchait, mais j'avais appris de quelle manière.

— J'avoue que je n'en ai pas la moindre idée.

— Je pourrais vous l'expliquer, mais ça n'a pas grand intérêt sans faire de démonstration. En outre, démonter une montre une fois dans ma vie m'a suffi.

Dans son testament, son père lui avait laissé la montre, pas à Sam. Cela aussi avait contrarié sa mère.

— Après cela, quand je voulais savoir comment quelque chose fonctionnait, mon père me conduisait à quelqu'un qui pouvait me l'expliquer à l'aide de croquis, ou dans une usine où je pouvais voir comment étaient assemblées les différentes pièces d'un objet ou d'une machine : trains, boîtes à musique, n'importe quoi pourvu que ce soit doté de pièces en mouvement. Et si c'était quelque chose qu'il pouvait m'acheter, j'étais autorisée à le démonter. Ça me fascinait. Je trouvais ça tellement excitant. Mais, quand un gentleman vous prête de l'attention, qu'il danse avec vous ou vous propose une promenade au parc, il a tendance à regarder dans le vide dès que vous vous lancez dans des explications techniques. Je soupçonne que vous avez exactement ce regard à cet instant, mais je ne peux pas le voir, car il fait trop noir.

— Je vous promets que ce n'est pas le cas. Mais vous devez encore me dire comment il se fait que vous avez évité d'être embrassée. Continuez.

« Évité », comme si cela avait été son choix. Encore que, d'une certaine façon, c'était peut-être un peu le cas.

— Avec le temps, j'ai développé la réputation d'être un peu… étrange. Un jour, j'ai entendu au détour d'une conversation…

Elle s'arrêta brusquement. Elle s'était autorisé une coupe de champagne plus tôt. Cela lui déliait la langue. Ou alors, c'était l'ivresse de ce baiser. À moins que ce ne soit tout simplement dû à l'intense intérêt de l'homme qui lui tenait compagnie.

— Qu'avez-vous entendu ?

Elle secoua la tête.

— Ce n'était rien, je vous assure.

— Si ce n'était vraiment rien, je ne crois pas que vous vous seriez interrompue. Ce que vous avez entendu a dû vous affecter profondément. Vous pouvez me révéler vos secrets en toute confiance.

Il en connaissait déjà un : sa visite à l'Elysium. Et elle lui avait démontré sa confiance en lui donnant sa bouche.

— C'est stupide, et j'y accorde peut-être trop d'importance, mais j'ai entendu un gentleman dire à un groupe de ses amis que je trouverais probablement le moyen d'expliquer le mécanisme d'un…

Elle s'éclaircit la gorge, pour rassembler le courage nécessaire pour répéter exactement ce qu'il avait dit, ou pour choisir la métaphore appropriée pour transcrire la laideur du propos.

— Le mécanisme d'un... coup de reins... le soir de ma nuit de noces.

Les joues brûlantes d'embarras, elle s'empressa de poursuivre :

— Je n'oublierai jamais de quelle façon les autres gentlemen ont acquiescé tout en riant. J'ai cessé de me rendre aux bals, et j'ai passé plus de temps avec mon père parce qu'il ne semblait pas contrarié par ma curiosité. Maintenant, vous connaissez toute l'histoire de ma vie.

Leonora peinait à croire qu'elle avait confié cela à un homme qu'elle connaissait à peine. Il y avait tant de choses qu'elle aurait voulu savoir sur lui, car le peu qu'elle en connaissait la fascinait.

— Je doute que vous ayez partagé votre vie tout entière. Vous êtes trop compliquée pour une histoire aussi simple. Et ces types étaient des imbéciles. Je considère que j'ai beaucoup de chance de vous avoir donné votre premier baiser. J'espère ne pas avoir placé la barre trop haut pour les autres hommes que vous rencontrerez.

Elle savait qu'il pensait exactement le contraire. La Tour ne manquait certainement pas de confiance en lui. Il était aussi devenu étrangement immobile, comme pris au dépourvu et retenant son souffle dans l'attente de quelque chose d'extraordinaire.

Elle aurait aimé discerner clairement ses yeux, son visage, afin de pouvoir déterminer son état d'esprit. Elle avait le sentiment qu'il n'était plus d'humeur à plaisanter, que quelque chose de plus sérieux s'était emparé de lui.

— Si vous ne retournez pas très vite à la salle de bal, votre absence va être remarquée... si ce n'est pas déjà le cas. Si quelqu'un vous interroge à ce sujet, vous direz que vous avez éprouvé le besoin de vous reposer quelques instants dans le boudoir des dames. Veillez seulement à ne pas fermer les paupières quand vous mentirez.

Elle rit le plus doucement possible.

S'écartant tout à coup d'elle, il se pencha prudemment en avant et inspecta le couloir, avant de reculer et de lui prendre le menton au creux de sa main.

— Je vais y aller le premier, au cas où un quelconque invité errant aurait besoin d'être guidé hors de votre chemin.

Comme un chien border collie ramenant au sein du troupeau un mouton égaré. Leonora le soupçonnait d'être doué pour cela, et elle préférait ne pas songer au nombre de femmes à qui il avait déjà offert ce service pour protéger leur réputation.

Cependant, elle était impuissante à réprimer un frisson d'excitation à la pensée qu'elle pourrait ajouter cette audacieuse parenthèse à la liste des aventures qu'elle ne s'attendait pas à expérimenter un jour.

Il la libéra, commença à contourner la statue, s'arrêta et jeta un coup d'œil en arrière.

— Je suis content de ne pas être celui à qui vous avez posé un lapin ce soir.

Puis il disparut.

8

La Tour ignorait combien de baisers il avait échangés dans sa vie. Ceux-ci lui offraient un soulagement dénué de danger. Ils n'engendraient pas d'enfants, même s'ils étaient souvent le prélude à un acte susceptible de procréer. Cependant, si un homme était capable de contrôler ses élans charnels, ils permettaient une certaine sécurité.

Si ce n'est que les baisers de Mlle Garrison n'avaient rien d'inoffensif. Surtout dans cette étroite alcôve secrète où le corps de la jeune Américaine avait dû se plaquer contre le sien pour qu'ils tiennent à deux dans cet espace réduit.

Il avait rêvé de faire courir ses lèvres depuis sa bouche généreuse jusqu'à ces rondeurs affolantes qui jaillissaient juste au-dessus de son corsage, d'écarter l'étoffe qui les recouvrait et de dévorer ses seins, saisissant entre ses dents les pointes dressées, les mordillant, les léchant, les aspirant. Il avait brûlé d'envie de s'accroupir, de lever ses jupes et de faire aller ses doigts depuis sa cheville jusqu'à l'intérieur de sa cuisse, là où la peau était douce comme de la soie.

À vrai dire, il n'était pas certain qu'il aurait pu s'arrêter là. Les soupirs de Mlle Garrison étaient comme le chant des sirènes attirant les marins vers des eaux dangereuses.

Mais leur étreinte n'était que la poursuite de ce qu'ils avaient commencé à l'Elysium, et la demande de Mlle Garrison portait alors sur un baiser et rien d'autre.

Il s'était donc contrôlé et n'avait pris que ce qu'elle offrait.

En la laissant, il s'était s'assuré, avant de quitter la résidence du duc de Wolfford, que la voie était libre pour elle jusqu'à la salle de bal. Il n'avait pas trouvé la force de rester, car quelque chose en lui se révulsait à l'idée de la regarder danser avec d'autres hommes.

Il ne se rappelait pas avoir déjà éprouvé de la jalousie. Quoi qu'il en soit, il était relativement certain que ce sentiment qui le hantait n'avait rien à voir avec la jalousie. Il la connaissait à peine et n'avait assurément pas eu assez de temps pour développer une quelconque forme d'affection pour elle. Pourtant, il ne pouvait se défaire de l'étrange sensation que la bouche charnue et sensuelle de Mlle Garrison lui appartenait.

Ce fut sans doute pourquoi il se servit de son poing plutôt que du heurtoir pour frapper à la porte de la résidence, qu'il avait finalement atteinte. Ou alors peut-être était-il seulement irrité par la pluie qui tombait en biais, rendant son parapluie peu utile.

La porte s'ouvrit enfin. Le majordome lui adressa un bref signe de tête et s'effaça pour lui permettre de se glisser dans le hall.

— Milord.

— M. Trewlove est-il chez lui ?

— Oui, milord, dans la bibliothèque. Si vous voulez bien avoir l'obligeance de me suivre...

— Je sais où elle se trouve. Je vais y aller seul.

Après avoir ôté son manteau qui l'avait, pour l'essentiel, protégé de la pluie battante, la Tour le tendit ainsi que son chapeau au domestique. Il n'avait pas envie d'emboîter le pas au placide majordome, qui aurait sans doute avancé à la vitesse d'un escargot. Il ne connaissait pas son état d'esprit précis, mais il était convaincu que cela nécessitait un verre d'alcool.

À grandes enjambées décidées, il se dirigea vers la bibliothèque et y entra comme s'il était chez lui. Il y trouva Aiden assis derrière son bureau.

Son frère leva les yeux, avant d'énoncer, sans la moindre émotion :

— Il est mort.

— Non, notre père respire encore.

Ou en tout cas, pour autant qu'il en était informé.

— J'avais envie d'un verre, et je me demandais si tu voudrais m'accompagner au Mermaid and Unicorn. Ma voiture nous attend.

— Sous cette pluie ?

Aiden se redressa et alla jusqu'à une desserte.

— J'ai ici un excellent scotch qui devrait faire l'affaire. Tu sembles avoir affronté les éléments déchaînés. Approche-toi du feu.

La Tour s'installa dans un fauteuil de cuir capitonné, laissant les flammes sécher ce que la pluie avait mouillé – la partie inférieure de ses jambes de pantalon.

Lorsque Aiden lui tendit un verre, il le leva en guise de rapide salutation, avant de le vider d'un trait, accueillant avec plaisir la brûlure de l'alcool qui le réchauffa agréablement jusqu'aux os. La pluie l'avait frigorifié.

Il attendit qu'Aiden ait pris place dans l'autre fauteuil, puis constata :

— Tu n'étais pas au bal des Wolfford.

Son frère haussa les épaules.

— Parce que de nombreux gentlemen et ladies de la bonne société fréquentent mon établissement, ma présence aux événements qu'ils organisent a tendance à les mettre mal à l'aise. Aussi, je limite mes apparitions aux soirées données par la famille.

— Ta femme ne regrette pas d'être privée de festivités ?

Cette dernière était la fille d'un comte et la veuve d'un duc.

Aiden eut un sourire goguenard.

— Les festivités que je lui offre dans la chambre à coucher les lui font largement oublier.

La Tour ignorait pourquoi son frère se plaisait toujours à faire ses sous-entendus à caractère sexuel. Venir ici avait sans doute été une erreur, car il avait à présent en tête des festivités d'un genre particulier avec Mlle Garrison.

Un rapide changement de sujet était nécessaire. Il désigna d'un signe de menton le bureau d'Aiden.

— Pourquoi n'engages-tu pas un comptable pour administrer tes affaires ?

— Parce que je ne veux pas que quelqu'un d'autre sache avec précision combien d'argent se trouve dans mes coffres. Le vice peut s'avérer très lucratif, mais je préfère que les détails restent entre le diable et moi.

L'expression d'Aiden redevint sérieuse.

— Alors, qu'est-ce qui te préoccupe ?

— Rien, prétendit la Tour.

Il leva son verre.

— Je voulais seulement boire un bon scotch.

— Comme si tu n'avais pas ce qu'il faut chez toi. Je suis prêt à parier que quelque chose d'autre t'amène ici. Et je ne perds jamais un pari.

La Tour avala une petite gorgée de l'alcool ambré.

— La femme que tu m'as fait embrasser… elle évolue dans notre cercle.

— Notre ? Tu veux dire le tien ? La noblesse.

— À quel autre cercle crois-tu que j'appartiens ?

— Va savoir. Et donc, concernant cette femme… Entre toi et moi, je ne pensais pas qu'elle serait appréciée par tes amis.

Le sang de la Tour ne fit qu'un tour. Il éprouva soudain le besoin de défendre Mlle Garrison.

— Et pourquoi pas, je te prie ?

Son ton sec, presque agressif, provoqua chez Aiden un haussement de sourcils déconcerté.

— Rien de spécifique ne me vient à l'esprit. Disons qu'elle est plutôt ordinaire.

— Ordinaire ? Elle est tout sauf ordinaire.

Aiden adopta une posture plus confortable, comme s'il se préparait à apprécier un bon spectacle.

— Comment cela ?

Elle embrassait comme un ange déchu, mélange d'innocence et de malice. Depuis son poste d'observation dans l'étroite alcôve, la Tour avait assisté à la bataille qu'elle menait avec sa conscience : devait-elle le rejoindre ou s'en aller ?

Elle avait courageusement pris le risque de faire un saut dans l'inconnu, ce pour quoi il avait su qu'il lui serait éternellement reconnaissant à l'instant où il avait posé sa bouche sur la sienne.

— Elle est curieuse, fureteuse, avec un esprit extraordinairement vif et ouvert.

— C'est ce qu'a montré sa demande à mon club, mais il y a sûrement autre chose.

— Elle est ici avec son frère et sa harpie de mère pour chercher des investisseurs. Elle est très enthousiaste à propos de l'équipement qu'ils veulent produire, une machine à écrire. Ils ont prévu d'en faire la démonstration prochainement. Peut-être pourrais-je t'obtenir une invitation.

— En quoi cela en fait-il une personne extraordinaire ?

— Elle démonte des choses, les étudie, les réassemble…

La description était par trop simpliste quand il y avait tant d'aspects chez elle, comme un diamant à multiples facettes reflétant la lumière différemment en fonction de l'angle selon lequel on le tenait.

— Elle est juste différente des femmes que je connais.

— Était-elle au bal des Wolfford ?

— Oui.

— Ah.

— Que diable signifie ce petit ton condescendant ?

— Ce n'était pas condescendant. J'entérinais seulement la précision que tu m'apportais. Je suppose que tu as dansé avec elle.

— C'était la moindre des choses.

— L'as-tu aussi embrassée ?

La Tour observa les flammes d'un air morose. Il n'aimait pas qu'on puisse déchiffrer si facilement ce qui se tramait dans son esprit, alors que cela n'avait jamais été le cas avant.

— Tu l'as fait, dit son frère d'un ton flegmatique.

Tournant la tête vers Aiden, la Tour s'interrogea sur la raison de sa venue ici.

— Elle aime prendre des risques.

— Encore une fois, j'aurais pu le deviner à la demande qu'elle a exprimée à mon club, mais il semblerait que le fait de t'avoir envoyé à elle t'ait été favorable.

Il en avait résulté un maelström d'émotions. Quand Mlle Garrison avait osé lui faire part de la moquerie dont elle avait été victime, au sujet du mécanisme d'un coup de reins, il avait eu envie de sauter dans un bateau en partance pour l'Amérique, et de distribuer quelques gifles afin de rappeler les bonnes manières à quelques fieffés malotrus.

— Ce n'était qu'un simple baiser.

— C'est aussi ce que je pensais la première fois que j'ai embrassé Selena. Elle était également venue à mon club. N'est-il pas étrange que deux frères aient été bouleversés par des femmes rencontrées à l'Elysium ?

— Je ne suis pas bouleversé. J'étais à la recherche d'un verre et de compagnie. Étant donné que les autres Joueurs d'échecs sont au bal, il ne me restait plus que toi pour me changer les idées. Ce que tu fais très mal, soit dit en passant.

— Mais j'ai un excellent scotch.

La Tour ne put s'empêcher de rire. Il adorait rendre visite à son frère.

— C'est vrai.

Il termina son verre.

— Il est tard. Je devrais rentrer chez moi. Ta femme a sûrement hâte que tu la rejoignes.

— Je l'ai fait plus tôt dans la soirée, mais j'ai effectivement l'intention de la retrouver pour de nouvelles festivités. Il semblerait que je n'en aie jamais assez.

— Je n'ai pas besoin des détails, marmonna la Tour en se levant. Merci pour le scotch, et pour la compagnie.

— Tout le plaisir était pour moi. Fais-moi savoir comment les choses progressent avec la femme pas ordinaire.

— C'est fini entre nous.

— J'ai pensé la même chose après avoir embrassé Selena. Heureusement, je me trompais.

Mais c'était différent pour la Tour.

« La pomme ne tombe jamais loin de l'arbre », avait-il entendu dire à son propos à Eton. Tout le monde l'associait à son père. D'ailleurs, les fils ne rêvaient-ils pas de marcher dans les traces de leur père ?

Il avait eu beaucoup de mal à se faire des amis là-bas, et y avait passé une grande partie de sa scolarité seul et isolé. En entrant à Oxford, il avait fait la connaissance de trois garçons qui détestaient leur père respectif et, pour la première fois, il avait découvert l'amitié, et pour finir la fortune.

Mais cela n'avait pas suffi à laver l'empreinte nauséabonde de son père, à ce qu'il ne soit plus jugé en fonction de la réputation du comte, mais sur la sienne uniquement. Il avait fallu pour cela qu'il s'astreigne à une conduite irréprochable.

Tandis que ses amis s'enorgueillissaient d'être considérés comme des voyous, il était vu comme un saint. Il ne tirait jamais avantage d'une femme, ne volait jamais un baiser, pas plus qu'il n'assiégeait une jeune lady dans un recoin sombre pour se livrer à quelques explorations. Les filles n'étaient pas en butte à ses avances, car il ne faisait jamais rien de déplacé.

Jusqu'à ce soir. Jusqu'à ce que Mlle Garrison entre dans sa vie.

Dans cette alcôve, tandis qu'il l'embrassait, il avait désiré tellement plus, au point qu'il avait été tenté de briser le vœu qu'il s'était fait de ne jamais mettre au monde un enfant illégitime. Mlle Garrison pourrait représenter un danger pour cette promesse et pour sa santé mentale, car il n'avait jamais eu envie d'une femme avec une telle intensité.

Était-ce cela qu'avait vécu son père ? Ce besoin de posséder qui annihilait toute raison, qui empêchait de penser à autre chose qu'à l'intimité qu'il pourrait partager avec elle ?

Oh, combien il désirait la voir nue, combien il souhaitait caresser ce qu'aucun autre homme n'avait encore touché.

S'il avait le moindre bon sens, il l'éviterait à l'avenir. Mais, aurait-il la force de résister à la tentation ?

Rejoindre les invités dans la salle de bal sans se faire remarquer fut plus facile que Leonora ne l'avait imaginé. S'étant glissée discrètement dans la foule, elle s'installa près d'un mur entièrement couvert de miroirs, là où se trouvait déjà un groupe de femmes.

Elle n'avait pas la moindre idée du nombre de danses qu'elle avait manquées et ne reconnut pas l'air qui était joué, mais son cavalier ne devrait pas avoir de mal à la rejoindre. Elle se déplacerait vers un endroit où elle serait plus visible dès qu'elle aurait complètement retrouvé son souffle et que ses jambes auraient cessé de trembler.

Balayant la vaste salle du regard, elle ne parvint pas à repérer la Tour. Peut-être était-il dans le salon de jeu, dans la salle à manger, où avait été dressé un copieux buffet, ou bien en train de chercher quelque chose de plus fort que du champagne. Pour sa part, elle boirait volontiers un whisky.

Elle lutta contre la tristesse qui l'envahit à la pensée de ne plus le revoir – en tout cas, pas avant la démonstration qui devait avoir lieu la semaine suivante. Elle s'assurerait qu'il reçoive une invitation. Le lendemain, elle devait se rendre chez un imprimeur pour les faire réaliser. Mais peut-être devrait-elle plutôt utiliser la machine à écrire pour les créer.

Oui, voilà ce qu'elle devait faire. Cela ne lui prendrait pas plus d'un jour ou deux. Sa mère ne l'aiderait pas, naturellement, et Sam prétexterait qu'il était contraint de sortir arpenter Londres pour dénicher des investisseurs. Mais elle puisait du réconfort dans le cliquètement des touches tandis que celles-ci accomplissaient leur travail. Pour elle, le son était aussi beau qu'une rhapsodie jouée par le plus talentueux des orchestres. Elle avait entraîné ses doigts pour qu'ils sachent précisément où se trouvait chaque touche, de sorte qu'elle n'avait plus besoin de les regarder pour composer des mots sur le papier. Elle était certaine que d'autres personnes éprouveraient de la satisfaction à conquérir les touches de la même manière. Peut-être devrait-elle créer un manuel pour apprendre à maîtriser la technique, un peu comme cela se faisait pour le piano.

— Mademoiselle Garrison.

Surprise, elle tourna la tête et sourit à lord Chidding, le vicomte à qui lady Knightly l'avait présentée plus tôt dans la soirée.

— Milord.

Il tendit la main.

— La prochaine valse est la nôtre.

— Bien sûr, je l'attendais avec impatience.

Elle glissa sa main dans la sienne et s'avança avec lui vers la piste de danse.

Son sens de l'à-propos était parfait : la musique s'arrêta, puis, après quelques secondes de silence, un nouvel air s'éleva de l'orchestre, et elle se retrouva à évoluer sur le parquet avec le vicomte Chidding. Elle dut faire un effort pour lui conserver son attention et ne pas commencer à étudier les couples qui passaient près d'eux pour voir si la Tour avait regagné la salle de bal et avec qui il pouvait bien danser.

— Vous sembliez perdue dans vos pensées lorsque je vous ai approchée, remarqua Chidding avec gentillesse.

— Je songeais à notre machine à écrire, un appareil que nous avons créé pour faciliter et accélérer la production de correspondance. Trouver des investisseurs qui croient également à son potentiel est une des raisons pour lesquelles…

Que disait-elle ? C'était la seule raison de leur présence ici, même si on l'avait détournée de son but par des lèvres exagérément sensuelles.

— Une des raisons pour lesquelles nous avons fait le voyage jusqu'à votre charmant pays.

— Ah oui, Knightly l'a évoqué.

Elle fut ravie d'apprendre qu'on en parlait.

— Favorablement, j'espère.

— Il a dit que c'était intéressant, quoique…

Le vicomte avait laissé sa phrase en suspens, comme s'il prenait soudain conscience qu'il parlait de choses ennuyeuses pour les dames. Ou bien, peut-être craignait-il de heurter ses sentiments.

— Intéressant, quoique ? insista-t-elle.

Au fil des années, elle s'était endurcie et la critique ne l'atteignait plus.

— Il considère cela comme un projet intéressant mais déroutant. Il est perplexe quant à la raison pour laquelle nous aurions besoin d'une machine à écrire.

— J'ai entendu dire que son écriture était difficile à déchiffrer.

Chidding eut un sourire chaleureux et bienveillant, et elle découvrit qu'elle appréciait beaucoup cet homme.

— Il a récemment rédigé un document avec des propositions d'investissements pour moi. Par chance, il m'en avait parlé avant, sinon il m'aurait fallu un temps fou pour déchiffrer ce que diable il avait bien pu écrire.

Leonora sentit son cœur s'emballer d'excitation.

— Vous êtes un investisseur ?

Le vicomte parut embarrassé. Sa peau pâle de roux s'était soudain empourprée.

— Je suis novice. Je fais mes premiers pas dans ce domaine.

— Je pourrais vous présenter le projet de notre entreprise, si vous êtes intéressé.

De rose, ses joues passèrent au rouge écarlate.

— Pour être honnête, mademoiselle Garrison, je n'ai pas les moyens d'investir dans quoi que ce soit pour le moment. Je dois attendre que mes autres investissements commencent à rapporter.

Leonora se sentit embarrassée de l'avoir humilié en l'obligeant à révéler son manque d'aisance financière, et elle se reprocha son avidité à vendre son projet. Elle aurait pu leur épargner à tous deux cette situation gênante si elle avait opté pour des sujets plus anodins.

— Quand bien même, j'espère que vous viendrez à notre démonstration la semaine prochaine. On ne sait jamais quand la chance va nous sourire. Vous croulerez peut-être un jour sous l'argent.

Le vicomte eut un rire bon enfant.

— J'en doute, mais je serais ravi de découvrir votre machine.

Elle avait très envie de la lui décrire, tout simplement parce qu'elle souhaitait éveiller son intérêt. Mais elle ne voulait pas que le bruit coure qu'elle était confondante d'ennui, de sorte que plus personne ne voudrait danser avec elle.

À la place, elle se creusa l'esprit pour trouver un sujet inoffensif que toute jeune femme qui se respectait pouvait évoquer avec un gentleman.

Elle opta pour le premier qui lui vint.

— Quel temps charmant nous avons !

Au même moment, un coup de tonnerre retentit si brutalement qu'elle sentit le sol vibrer sous ses pieds.

Il ne lui restait plus qu'à espérer que ce ne soit pas un mauvais présage, et que leur voyage, pour le moment assez mal engagé, ne s'achève pas en fiasco.

9

DU MARIAGE DANS L'AIR ?

Les dames de la bonne société ont poussé un cri de surprise qui a résonné à travers tout Londres quand lord Wyeth a été aperçu un genou à terre devant l'héritière américaine Mlle Leonora Garrison.

Un léger souci avec son soulier semble avoir été à l'origine de ce geste grandiloquent et de l'attention qu'il lui a montrée. Cependant, cette attitude a fait palpiter les cœurs et causé l'ire de celles qui espéraient que le vicomte s'agenouille devant elles.

Peu après, l'insaisissable lord a été vu en train de danser avec la nouvelle venue. Il n'est pas connu pour manifester des signes d'affection aux dames. Sa préférence va plutôt aux jeux de cartes et aux parties de billard. Néanmoins, on ne peut s'empêcher de se demander à quel jeu il joue avec l'Américaine.

Assise à la table du petit déjeuner, Leonora ne bronchait pas tandis que Mme Garrison lisait à voix haute, avec un air triomphal, la rubrique mondaine. Même Sam, qu'il soit maudit, paraissait bien trop satisfait par la tournure de l'article.

Elle posa le journal et lui adressa un regard sévère.

— Il a tout intérêt à commencer sa cour en bonne et due forme.

— Tu en tires des conclusions trop hâtives, protesta Leonora. Il m'aidait seulement à retirer un gravillon de ma chaussure. Puis nous avons dansé, rien de plus.

— Tu n'as pas quitté la salle de bal en catimini pour un rendez-vous galant ? demanda Sam.

Leonora espéra que ses joues – son visage tout entier – n'étaient pas devenues écarlates. Mais, si elle en croyait la chaleur qui l'envahissait, sa peau devait être en feu.

— Absolument pas, dit-elle avec aplomb.

Son frère eut une moue déçue.

— Quel dommage. Cela aurait fait avancer les choses.

— Quelles choses ?

— Eh bien, nous aurions un investisseur tout trouvé.

— Je pensais, compte tenu du nombre d'invités au bal, que nous n'aurions aucun mal à en dénicher.

— J'ai cru comprendre que l'affluence n'avait que très peu à voir avec nous, et beaucoup plus avec le récent scandale entourant la famille du duc de Wolfford, remarqua Mme Garrison d'un ton pincé.

Du plat de la main, elle lissa le journal.

— Néanmoins, tu as fait l'objet d'une mention dans cette gazette qui fait autorité au sein de la bonne société, et cela arrange bien nos affaires. Si jamais vos chemins se croisaient de nouveau, tu ne devrais pas hésiter à encourager le vicomte Wyeth.

— Si on en croit l'article que tu viens de nous lire, il ne cherche pas à se marier.

— Peu d'hommes y sont enclins, jusqu'à ce qu'ils se fassent capturer.

— Ce ne sont pas des proies, pour l'amour du ciel !

Sa mère inclina la tête, l'air entendu.

— Avec l'appât approprié, ils le deviennent tous.

Leonora n'avait aucunement l'intention de manipuler la Tour pour le contraindre à investir dans leur entreprise. Ils devraient être capables d'obtenir des fonds sur la base seule de leurs mérites professionnels.

— La chasse sera peut-être plus fructueuse lors de la soirée des Rosemont, dit Sam de façon laconique.

— Qui sont les Rosemont ? demanda Leonora.

Elle s'y perdait dans tous ces patronymes que portaient les aristocrates : prénom, nom de famille, titres divers, surnoms… Tout cela prêtait à confusion.

— C'est un comte qui s'est marié à une fille Trewlove. Quant aux hommes de ladite famille, s'ils sont à l'origine des roturiers, leurs épouses appartiennent toutes à la noblesse. Ils doivent donc posséder une solide fortune. En tout cas, ils se disent en recherche d'investissements.

— Pourquoi ne pouvons-nous pas simplement les rencontrer ? demanda Leonora. Il suffirait de leur envoyer une invitation à notre démonstration.

Elle allait s'atteler à la rédaction des cartons juste après le déjeuner.

— Pourquoi devons-nous encore assister à un bal ?

— Parce que c'est ainsi que cela fonctionne ici, dit Mme Garrison d'un ton sec. Je connais des femmes à New York qui vendraient leur âme pour une invitation à un bal donné par un membre de la noblesse. Quand elles liront dans le *New York Times* par qui nous avons été reçus – car je ferai en sorte qu'un entrefilet paraisse dans le journal –, elles regretteront amèrement de m'avoir snobée.

Les poings serrés, elle se leva et quitta la salle à manger, et Leonora devina qu'elle avait envie de gifler l'une après l'autre les matrones qui avaient toujours refusé de l'inviter.

— Ces invitations la rendent heureuse, constata Sam.

— Oh, oui, il n'y a qu'à voir toute cette joie qui émane d'elle.

Insensible à son ironie, son frère se pencha vers elle.

— J'ai cru comprendre qu'une des épouses a un frère qui pourrait te plaire, un certain lord Camberley. Il est comte.

— Sam, je n'ai vraiment aucune envie de me marier.

— Ce n'est pas ce que je te demande. Sois simplement aimable avec lui. Sois agréable avec tout le monde. Nous voulons qu'ils nous apprécient.

— Les décisions professionnelles ne sont pas basées sur la personnalité.

— Mais le caractère a un rôle à jouer. Ils doivent avoir confiance en nous pour nous confier leur argent.

Elle était impressionnée que Sam ait fini par le comprendre.

— Je le sais. Et c'est pourquoi je suis opposée à la stratégie de Maman, qui consiste à faire croire aux hommes que je pourrais leur accorder ma main. C'est trompeur et malhonnête.

— Tu n'as pas besoin de faire croire que tu cherches un mari, mais ça nous aiderait grandement si tu te montrais simplement... aimable.

Leonora ignorait pourquoi sa mère et elle déambulaient à travers Hyde Park, à cette heure d'affluence, quand il y avait à côté de l'hôtel un jardin public des plus charmants. Apparemment, c'était une nouvelle stratégie élaborée par sa mère pour faire en sorte qu'elle croise le chemin d'un lord. Comme d'habitude, Sam s'était défilé, prétextant un rendez-vous dans un club avec des investisseurs potentiels.

— Aie l'air plus intéressante, marmonna Mme Garrison.

Comment Leonora était-elle supposée faire cela ?

Elle avait emporté son carnet de croquis, espérant s'accorder quelques minutes pour s'asseoir sous un arbre et travailler, mais elle était à peu près certaine que cette activité ne l'avantagerait pas aux yeux des gentlemen.

Tandis qu'elle croisait un groupe de femmes, ces dernières la dévisagèrent avec insistance, et elle se demanda si c'était lié à la rubrique mondaine du matin. La considéraient-elles comme une menace, sur le point de leur voler l'un de leurs précieux lords ? Peut-être devrait-elle utiliser la machine à écrire pour rédiger une lettre à l'attention du rédacteur en chef du journal, afin de l'informer qu'elle ne cherchait pas un mari mais plutôt un investisseur, et qu'elle n'avait pas pour projet de demeurer dans ce pays. Le mariage était donc exclu.

Mais alors elle se ferait houspiller par sa mère et recevrait un nouveau sermon de la part de Sam.

Elle distingua soudain un homme chevauchant une jument à la robe bai brun, qui semblait venir dans leur direction. Il lui fallut un instant pour le reconnaître, car elle ne l'avait rencontré qu'une fois, quand il avait signé son carnet de bal. Lord Lawrence Brinsley-Norton. Il faisait partie des hommes à qui elle avait posé un lapin. Elle ne l'avait pas recroisé quand elle avait regagné la salle de bal, et elle en avait été soulagée. Mais le moment semblait venu pour elle de faire amende honorable.

Il arrêta sa monture près d'elle et en descendit prestement.

Ôtant son chapeau, il sourit aimablement.

— Madame Garrison, mademoiselle Garrison, quel plaisir de voir que vous appréciez notre parc.

— Il paraît que c'est ici, et à cette heure en particulier, que se retrouvent tous les gens qui comptent, déclara Mme Garrison.

— Cherchez-vous une personne précise ? demanda-t-il.

— Non, s'empressa de répondre Leonora, avant que sa mère dise qu'elle cherchait un mari pour sa fille.

En réalité, elle n'avait cessé de surveiller les parages, espérant apercevoir la Tour.

— Nous profitons simplement du beau temps après la pluie d'hier.

— Il est recommandé de profiter du soleil chaque fois que nous en avons l'occasion, dit plaisamment Brinsley-Norton.

L'abandonnant, le regard de l'homme dériva vers sa mère.

— Madame Garrison, me donnerez-vous la permission de faire quelques pas avec votre charmante fille ?

La mère hésita, probablement parce qu'il n'hériterait pas d'un titre, celui-ci ayant été transmis à son frère, le duc de Kingsland.

— Je ne vois pas de mal à ce que vous lui accordiez votre attention pendant quelques minutes, décida-t-elle finalement.

Lord Lawrence lui offrit son bras, et Leonora le prit. Tandis qu'ils marchaient, sous la surveillance de Mme Garrison qui s'attardait quelques pas en arrière, elle chercha une façon polie d'excuser son faux bond de la veille.

— Je suis désolée d'avoir manqué notre valse. N'étant pas habituée à danser autant, j'ai senti ma tête tourner, et j'ai dû prendre un peu de repos dans le boudoir des dames. Malheureusement, je me suis assoupie quelques instants.

Elle avait donné la même excuse aux autres gentlemen avec qui elle aurait dû danser. Elle n'était pas très heureuse de la facilité avec laquelle le mensonge avait roulé hors de ses lèvres. Visiblement, depuis son arrivée dans ce pays, elle devenait coutumière des arrangements avec la vérité, de la dissimulation et de la ruse, elle qui était pourtant irréprochable avant.

— Nul besoin de vous excuser. Même si votre absence m'a naturellement attristé, j'en ai profité pour me rendre à la salle de jeux de cartes, et la chance m'a tant et si bien souri que j'y ai passé toute la nuit et que j'en suis ressorti avec une belle somme.

Leonora songea à lui proposer d'investir ce pactole inespéré dans leur entreprise, mais elle ne voulait pas paraître à ce point désespérée. Si son frère aîné venait à investir, il suivrait probablement son exemple. Et si le duc ne se lançait pas dans l'aventure, alors lord Lawrence en conclurait que cela n'en valait pas la peine.

— Eh bien, je suis ravie de cet heureux retournement de situation, déclara-t-elle aimablement. Ne dit-on pas qu'à toute chose malheur est bon ?

Il haussa les épaules.

— De toute façon, je sais bien que je ne peux pas entrer en concurrence avec la Tour.

Leonora s'aperçut qu'il lui était soudain difficile de respirer.

— Que voulez-vous dire ?

— Pardon si je vous ai choquée, mais on raconte que vous auriez retenu son attention.

— Il m'a simplement aidée à ôter un gravillon coincé dans mon soulier. C'est tout. Rien d'importun ne s'est produit entre nous.

— C'est dommage. Je l'ai toujours trouvé beaucoup trop guindé. J'ai pensé qu'il se relâcherait un peu en votre compagnie.

— Pour quelle raison ?

— Les Américaines, en tout cas celles que je connais, ne semblent pas aussi prudes que les Anglaises.

— Je puis vous assurer que je me suis toujours comportée convenablement.

À une exception près.

— Je ne voulais pas vous insulter.

— Et ce n'est pas ainsi que je l'ai pris.

— Dans ce cas, peut-être me ferez-vous l'honneur d'une danse lors du prochain bal où nous serons conviés ?

— J'en serais enchantée.

— Formidable ! Je vais devoir vous laisser, à présent.

Il se pencha et lui murmura à l'oreille :

— D'après ce que j'ai compris, votre mère n'apprécie pas que vous perdiez du temps avec les gentlemen non titrés.

Entre tous ces ragots et la réputation que sa mère lui faisait par sa recherche fort peu discrète de lords susceptibles de l'épouser, Leonora se dit qu'elle allait devenir folle. Mais elle comprenait aussi ce qu'une personne pouvait ressentir quand elle était cataloguée comme n'étant pas à la hauteur.

— Je n'ai personnellement rien contre eux, affirma-t-elle à lord Lawrence. Et j'ai trouvé tout à fait charmants ceux que j'ai rencontrés jusqu'à présent.

— Comme c'est aimable à vous de le dire, mademoiselle Garrison. Je suis impatient de partager une danse avec vous.

Il inclina son chapeau à l'intention de sa mère.

— Bonne journée, madame Garrison.

À peine avait-il enfourché sa jument pour s'éloigner au trot que sa mère se précipita à côté d'elle.

— Il ne fera pas l'affaire.

— Je ne pense pas qu'il songe à se mettre sur les rangs.

— Voici une perspective autrement intéressante.

Leonora n'eut pas à chercher longtemps avant de remarquer la Tour qui chevauchait un étalon noir.

La Tour avait espionné Mlle Garrison se promenant avec Lawrence, et il avait dû faire appel à tout son sang-froid pour ne pas galoper tout droit vers eux, passer un bras autour de sa taille, la hisser en selle et détaler.

Les commères auraient adoré cela.

Quelque chose lui disait que lui-même en aurait été enchanté. Il l'aurait installée en amazone devant lui, entre le pommeau de la selle et ses cuisses écartées. Elle aurait placé un bras autour de sa taille pour ne pas basculer. Et peut-être lui aurait-elle offert ses lèvres.

Mais il n'était pas du genre à perdre la tête pour une femme. Il gardait toujours le contrôle de ses émotions et de ses actions. Aussi avait-il exercé une ferme pression sur les rênes afin d'inciter son cheval à rester au trot.

Arrivé à la hauteur de Mlle Garrison et sa mère, il arrêta sa monture, en descendit et ôta son chapeau.

— Bonjour, madame Garrison. Oserai-je espérer que vous m'accorderez la liberté de déambuler le long du lac Serpentine avec votre fille ?

« Au moins sera-t-elle à l'abri de vos pincements cruels », eut-il envie d'ajouter.

— À condition que vous respectiez une distance décente entre vous. Je ne tolérerai pas davantage de ragots.

S'amusant à l'imaginer avec les yeux rouges, la Tour n'eut aucun mal à deviner qu'elle mentait. Non seulement l'horrible harpie se délectait des ragots, mais elle était prête à faire n'importe quoi pour les alimenter.

— Je veillerai à me comporter au mieux, affirma-t-il.

Il n'aurait pas eu à le dire à une mère anglaise, car tout le monde savait que son attitude avec les femmes était irréprochable.

Sauf ces derniers temps.

Il reconnaissait à peine l'homme qu'il était devenu dans cette petite alcôve, alors que ses sens étaient saturés de la présence de Mlle Garrison.

— Je suppose que vous avez lu l'article au sujet de ma fille et de vous.

— En effet. J'espère qu'il ne vous a pas causé trop d'embarras.

— Vous arrive-t-il souvent de figurer dans les colonnes à scandales ?

— Je vous assure que c'est la première fois.

Et cela l'avait fichtrement irrité.

— Je veillerai à ce que cela ne se reproduise pas, affirma-t-il.

Semblant plus déçue que satisfaite, Mme Garrison pinça les lèvres et hocha la tête.

Il n'offrit pas son bras à Mlle Garrison, car il n'était pas certain, s'il la touchait, de pouvoir se retenir de l'embrasser. Elle portait une robe rose pâle, de la couleur de ses lèvres, boutonnée jusqu'au cou, et il songea au plaisir qu'il aurait à libérer un à un tous ces boutons.

Tenant les rênes, il croisa les mains dans son dos et commença à marcher tranquillement, se réjouissant que Mme Garrison observe une distance de quelques pas derrière eux.

— Comment s'appelle votre cheval ? l'interrogea Mlle Garrison.

Ainsi, ils allaient parler de sujets sans importance. Il se demanda si elle avait fait de même avec Lawrence.

— Bienséant.

— Quel genre de nom est-ce là pour un cheval ?

— Comment l'auriez-vous appelé ?

— Je ne sais pas. Onyx. Ombre. Nuit.

— J'ai préféré un nom qui me rappellerait comment je dois me comporter en toutes circonstances. À ce propos, je suis désolé que les ragots vous aient embarrassée.

Mlle Garrison observa par-dessus son épaule, avant de tourner vers lui son magnifique regard bleu.

— Elle se plaint, mais en réalité elle est ravie. Mon nom n'était encore jamais apparu dans une publication. Nous avons cela en commun, vous et moi. Cette mention dans la rubrique de ce matin était une première pour l'un comme pour l'autre. J'envisage de l'encadrer et de la garder en souvenir de mon séjour dans votre pays.

— Un souvenir est généralement l'évocation de quelque chose d'agréable. Dois-je en déduire que vous voulez vous remémorer le temps que nous avons passé ensemble ?

Il parlait à voix basse, pour que sa voix ne porte pas jusqu'aux oreilles de sa mère.

Mlle Garrison avait un chapeau à large bord qui protégeait son visage du soleil. Pourtant, elle avait les joues écarlates. Mais ce n'était peut-être pas à cause de la chaleur.

— C'était instructif, dit-elle finalement.

Pour lui aussi, même s'il ne l'admettrait sous aucun prétexte.

Jamais il n'avait rencontré de femme qui communiquait autant d'enthousiasme à un baiser. Ou plus exactement, tous les baisers avant elle lui avaient semblé passablement simples. Ceux de Mlle Garrison, en revanche, étaient compliqués. Ils lui faisaient aspirer à quelque chose d'intangible, quelque chose qu'il ne parvenait pas à identifier.

— J'ai regagné la salle de bal sans difficultés, ajouta-t-elle.

— Je sais. J'ai attendu pour partir que vous entriez dans la pièce sans encombre.

— Je ne vous ai pas vu.

— Je suis assez doué pour me fondre dans le décor.

Il avait développé ce talent dès son plus jeune âge, afin d'éviter de se faire remarquer par son père.

— Je me suis excusée auprès des gentlemen à qui j'avais fait faux bond, à l'exception de lord Lawrence, que je n'ai pas pu retrouver à la soirée. Il s'est présenté, il y a quelques instants à peine, et s'est montré des plus compréhensifs.

La Tour ne put s'empêcher d'être flatté que Mlle Garrison l'ait choisi plutôt que Lawrence. Pour autant, cela n'en diminuait pas son irritation de les avoir aperçus déambuler ici, bras dessus bras dessous, alors que lui-même s'était refusé ce plaisir par crainte qu'il ne lui soit trop difficile de lui résister.

— Est-ce vraiment avisé de nous montrer en train de marcher comme cela ? s'enquit-elle. Ne risque-t-on pas de parler de nouveau de nous dans les gazettes ?

Il laissa échapper un soupir de frustration.

— J'espère que ça ne sera pas le cas.

Il la regarda et constata qu'elle l'observait attentivement, les sourcils froncés et l'air sérieux.

Il grimaça.

— Sinon, ça vous fera un souvenir de plus.

Le sourire de Mlle Garrison s'épanouit, doux, taquin, chaleureux et enivrant. Il ne se souvenait pas qu'on lui ait adressé une expression si joyeuse. C'était addictif.

— Les dames de New York seront folles de jalousie quand elles sauront qu'on a parlé de moi dans les journaux.

— Si elles ont cette mentalité, je ne suis pas sûr d'apprécier les dames de New York.

— En tout cas, elles se seraient entichées de vous en un clin d'œil.

« Et vous, m'appréciez-vous ? », eut-il envie de demander, sans bien comprendre de quel recoin de son esprit était sortie cette déconcertante question. Mais finalement, peu importait que Mlle Garrison l'apprécie ou pas. Physiquement, ils étaient compatibles. Le baiser le prouvait. Que fallait-il de plus pour une aventure sans lendemain ?

— Avez-vous pour habitude de vous promener avec votre carnet de croquis à la main ? s'enquit-il.

Les joues de Mlle Garrison s'empourprèrent de nouveau. Avait-il déjà rencontré une femme qui rougissait autant ?

— J'espérais m'asseoir sous un arbre et dessiner mais, d'après Maman, une telle attitude ne me rendrait pas intéressante.

Que le diable emporte sa mère ! Encore qu'elle considérerait sans doute comme très intéressant que sa fille s'asseye quelques minutes en compagnie d'un lord.

Il regarda un instant par-dessus son épaule.

— Madame Garrison, nous allons nous reposer un peu sous cet arbre. Si vous souhaitez continuer votre déambulation, n'ayez crainte. Nous avons des centaines de chaperons qui nous observent.

Se retournant vers Mlle Garrison, dont les yeux bleus s'étaient soudain écarquillés, il se décida finalement à lui proposer son bras, parce que ce qu'elle souhaitait outrepassait largement ses propres envies. Cependant, quand ses doigts gantés se placèrent sur sa manche, avec la délicatesse d'un papillon se posant sur un pétale, il eut l'impression qu'elle lui offrait la lune.

À leur arrivée près de l'arbre, Mlle Garrison ôta sa main, et la Tour laissa aller les rênes, son cheval étant suffisamment bien dressé pour ne pas s'enfuir au galop. Puis il retira sa redingote d'équitation et la déploya au sol, à l'ombre des branches touffues.

— Que faites-vous ? s'étonna Mlle Garrison.

— La terre est sans doute encore humide de la pluie d'hier.

— Oh, je n'y avais pas pensé. S'asseoir sur l'herbe était une idée stupide.

— Vous ne serez pas assise sur l'herbe. Vous serez assise sur ma veste.

Il lui tendit la main pour l'aider à s'installer.

— Je ne peux pas. Ça va la salir.

— Mon valet est un fanatique du nettoyage de vêtements. Il considère cela comme un défi personnel. Ne le privez pas de cette joie.

Elle rit, et il trouva remarquable qu'elle possède un tempérament aussi heureux malgré la constante censure que sa mère faisait peser sur elle.

— Je ne vous crois pas.

Leonora n'avait jamais rien entendu de plus ridicule. Les yeux de la Tour pétillaient de malice, tandis que sa main restait tendue vers elle sans vaciller.

— C'est la vérité, affirma-t-il. Et vous devez le savoir, car je n'ai pas fermé les paupières.

Riant presque de nouveau, elle plaça sa main dans celle de la Tour, s'émerveillant de sa force tandis qu'elle prenait appui sur lui pour s'asseoir, le plus gracieusement possible.

Quand elle fut installée, il s'accroupit devant elle.

— Je suppose que votre valet aime également relever le défi de cirer vos bottes crottées de boue, dit-elle sur le ton de la plaisanterie.

— Il est intransigeant sur l'éclat de mes bottes.

Elle lui sourit et regarda du côté de sa mère, qui s'était arrêtée pour converser avec une dame âgée, dont la tenue et la posture indiquaient qu'elle était une personne importante.

— Ma mère discute avec une lady que je ne connais pas.

La Tour pivota légèrement.

— Il s'agit de la mère de Kingsland.

Leonora soupira.

— Maman va immanquablement lui demander des renseignements sur les lords à marier.

La Tour reporta son attention sur elle.

— Ignorez-la pour le moment, et profitez de l'occasion pour dessiner vos machines.

Elle ne cacha pas sa surprise.

— Comment le savez-vous ?

— Je ne vous imagine pas dessiner des paysages ou des couples en train de se promener. Accepteriez-vous de me montrer vos travaux ?

— Je réfléchis à une nouvelle sorte de machine, mais je n'ai pas élaboré tous les détails.

— Ce doit être la partie la plus intéressante, quand se forme le début d'une idée et que tout est encore à développer.

Leonora fut étonnée qu'il décrive aussi bien ce qu'elle éprouvait. C'était un peu comme ouvrir un cadeau en prenant tout son temps : défaire soigneusement le nœud, écarter le papier sans le déchirer, apercevoir un bout du présent, en révéler petit à petit l'entièreté. Elle avait toujours aimé faire durer le plaisir quand elle déballait ses cadeaux.

— C'est ce que vous ressentez quand vous investissez ? Vous savez qu'il y a des éléments que vous ne maîtrisez pas, et vous attendez de voir comment l'ensemble se développe ?

Il sembla y réfléchir, et elle fut flattée qu'il considère sérieusement sa question.

— Je suppose que oui. J'éprouve toujours une forme de fébrilité tandis que j'attends de découvrir si mes risques vont se révéler payants ou funestes.

— Notre entreprise va prendre de l'essor, ne put-elle s'empêcher d'affirmer.

Comme s'il admirait sa capacité à ne pas laisser passer une occasion de lui vanter les mérites de sa société, il sourit avec bienveillance, avant de désigner le carnet d'un mouvement de menton.

— Mettez fin au suspense, et faites-moi l'honneur de confirmer si j'ai vu juste.

Le cœur de Leonora battait à tout rompre, car elle ne montrait jamais ses croquis en cours de réalisation, avant que son projet ait entièrement pris forme dans son esprit. Elle pouvait en parler à Sam, mais elle ne lui dévoilait rien avant que ce soit terminé.

Cependant, elle était flattée que la Tour s'intéresse à ses travaux.

Elle inspira profondément pour se donner du courage et souleva la couverture du carnet, tournant les pages pour lui montrer ce à quoi pourrait ressembler le produit final.

Il étudia son croquis comme s'il s'agissait d'une œuvre d'art dans un musée. Puis il tendit la main.

— Puis-je ?

Elle hocha la tête et le regarda contempler ses dessins.

— Qu'est-ce que ce sera ?

— Une machine à tenir les comptes.

Il leva les yeux vers elle, et Leonora n'y discerna aucune moquerie, seulement de l'intérêt.

— En quoi cela consiste-t-il ?

— Tout au long de la journée, elle additionnera l'ensemble des ventes d'une boutique, de sorte que, à la fermeture, le commerçant n'aura plus qu'à compter l'argent dans sa caisse, et cette somme devrait correspondre au montant total indiqué par la machine.

— Si la somme diffère, il saura que des employés indélicats détournent de l'argent.

— Oui, bien sûr. Mais le but est surtout de lui faire gagner du temps. N'ayant plus à recompter une par une ses ventes, il pourra retrouver sa famille plus tôt.

— Je me demande comment fonctionne votre esprit pour imaginer de telles machines.

— De façon radicalement ennuyeuse.

— Au contraire, c'est brillant.

Leonora récupéra son carnet.

— Eh bien, je n'ai pas encore tout à fait trouvé comment la faire marcher.

— Vous y arriverez.

La confiance que la Tour avait en elle était à la fois déstabilisante et réconfortante. Seul son père avait fait preuve d'une foi similaire dans ses travaux et, au cours de l'année qui venait de s'écouler, elle avait ressenti son absence comme si un voile avait recouvert la lumière du soleil.

— Si c'est ce que vous croyez, je vais donc persévérer, dit-elle.

Leurs regards se retrouvèrent captifs l'un de l'autre, et Leonora ne trouva pas la force de regarder ailleurs.

— Vous avez suffisamment abusé du temps de ma fille, annonça soudain une voix tonitruante. Nous devons poursuivre notre promenade, car il est important que nous soyons vues.

Avec une petite mimique déçue destinée à Leonora seule, la Tour se redressa, lui offrit sa main et l'aida à se relever.

Puis il récupéra sa redingote et, bien qu'elle soit légèrement humide, froissée et sale, il l'enfila parce qu'il était après tout un gentleman et que, dans son monde, on ne se promenait pas en bras de chemise.

Enfin, il lui sourit et lui adressa un discret clin d'œil.

— Mon valet sera ravi devant le défi qui l'attend.

Haussant le ton, il ajouta :

— Bonne journée, madame Garrison.

— Bonne journée, milord.

Il se hissa alors en selle et s'en alla au trot, laissant à Leonora l'impression que la charge qui pesait sur ses épaules n'était plus tout à fait aussi lourde.

10

Ce soir-là, à la requête de leurs hôtes – le comte et la comtesse de Rosemont –, Leonora, sa mère et Sam se présentèrent de bonne heure afin d'avoir la possibilité de rencontrer les six frères et sœurs Trewlove et leurs conjoints avant l'arrivée des invités.

Leonora reconnut tout de suite Aiden Trewlove, bien qu'elle ait eu l'esprit confus quand elle lui avait exposé sa requête. À présent, elle voyait mieux la ressemblance entre lui et la Tour.

Aiden ne laissa rien paraître, et elle se dit qu'il ne se souvenait pas d'elle, ce qui était pour le mieux, cela rendrait la soirée moins embarrassante.

À sa grande surprise, Althea et son mari faisaient partie du groupe. Ce dernier, surnommé Beast, avait apparemment été élevé dans la famille Trewlove.

Avec un sourire complice, Althea l'accueillit chaleureusement et lui prit les mains.

— J'espère que vous n'avez pas de souci avec un gravillon ce soir.

Leonora rit doucement.

— Jusqu'à présent, tout va bien. Cependant, je me réserve le droit d'en découvrir un à tout moment.

Du sherry fut proposé à tous, et Mick Trewlove, le propriétaire de l'hôtel où ils étaient réunis, et qui semblait être l'aîné de la famille, porta un toast.

— À la poursuite de nouvelles aventures. Puissions-nous nous apercevoir qu'elles en valaient la peine.

— Hourra ! s'exclama-t-on à travers la pièce, avant que tout le monde boive.

Mme Garrison commença à expliquer à la mère du comte de Rosemont, Fancy, qu'elle comptait sur elle ce soir pour présenter Leonora à des gentlemen désireux de se marier. Ne voulant pas être prise à partie, Leonora s'éloigna discrètement.

Toutefois, avant qu'elle ait eu le temps de s'échapper complètement, Aiden Trewlove la rejoignit.

Il lui faisait vraiment penser à la Tour, avec ses cheveux et ses yeux sombres, mais il y avait chez lui une rudesse sans doute acquise dans les rues où il avait grandi.

Il la détailla ostensiblement, et avec une franchise indiquant qu'il n'était pas du genre à jouer un rôle.

Finalement, il baissa légèrement la tête et murmura :

— Je dois vous prévenir qu'une personne que vous avez récemment rencontrée à mon club sera présente ce soir.

La Tour.

Bien sûr qu'il serait là. Elle aurait dû y penser. Étrangement, l'inquiétude qu'elle avait à propos de ce que son frère ou sa mère pourrait dire ou faire dans le but, délibéré ou non, de l'embarrasser commença à s'apaiser.

— Merci de me l'avoir dit.

— Il sera enchanté.

Le regard d'Aiden devint soudain inquisiteur, et Leonora eut l'impression qu'il essayait de percer les secrets de son âme.

— Je serais tenté de dire que quelque chose de plus important qu'un baiser a eu lieu ce soir-là, dit-il d'un ton docte.

— Mais non, pas du tout.

Aurait-ce été le cas si elle ne s'était pas endormie ?

Il eut un sourire narquois, et elle se rendit compte que, malgré les épreuves qu'il avait rencontrées dans la rue quand il était jeune, il était plus à l'aise et détendu que son frère. Elle était convaincue que La Tour avait subi une éducation plus difficile.

— Je trouve que la jeune dame proteste un peu trop.

— Vous pouvez bien penser ce que vous voulez…

— Leonora !

Comme à son habitude, sa mère l'interrompit sans le moindre tact, et d'un ton acerbe.

— J'aimerais te présenter à lord Camberley. C'est un comte, beau-frère de M. Trewlove.

Celui-ci était aussi blond que la Tour et Aiden étaient bruns. S'inclinant au-dessus de sa main gantée, il demanda :

— J'espère que vous me ferez l'honneur de m'accorder une danse.

— Bien sûr.

Elle lui tendit son carnet de bal, qu'elle n'avait pas encore suspendu à son poignet. Après y avoir inscrit son nom, le comte lui restitua le carnet.

— J'ai hâte de vous retrouver pour une valse.

L'air vaguement mal à l'aise, il adressa un signe de tête à Aiden.

— On se parle après.

Dès qu'il se fut éloigné, sa mère lui pinça le bras.

— Tu aurais pu te montrer un peu plus enthousiaste. Il a le souhait de prendre femme.

— Mais je ne cherche pas de mari, rétorqua Leonora.

Elle se tourna vers Aiden.

— Veuillez excuser cette petite querelle. C'était tout à fait déplacé.

— Je crois volontiers, mademoiselle Garrison, que n'importe quel gentleman serait prêt à excuser tout ce qui vient de vous. Et maintenant, mesdames, je dois rejoindre mon épouse, cela fait trop longtemps que je me suis éloigné d'elle.

Après un signe de tête, il les quitta à son tour, laissant Leonora à portée d'un nouveau pincement, qui ne tarda pas à arriver, avec un peu plus de force encore.

— Cet homme va dire à Camberley que tu ne veux pas te marier, sapant ainsi tout mon dur travail, lui reprocha Mme Garrison.

Travail qui se résumait sans doute à avoir échangé quelques mots avec le gentleman et à l'avoir guidé vers elle, tel un cheval mené à l'abreuvoir. En l'occurrence, l'eau n'avait pas envie d'être bue.

— Maman, peut-être pourrais-tu te montrer un petit peu plus subtile dans tes démarches ?

— Je ne vois vraiment pas pourquoi je me donne autant de mal, puisque tu t'évertues à faire échouer tous mes plans. Si tu faisais un minimum d'efforts, les hommes se presseraient pour demander ta main.

— Une fois que nous aurons déniché nos investisseurs, je retournerai à New York pour aider Sam à faire face aux changements requis à l'usine et aux défis qui se présenteront. Penses-tu qu'un mari, contraint de rester ici parce qu'il est appelé à siéger à la Chambre des lords, s'accommodera de cette situation ?

Sa mère leva les yeux au ciel.

— Tu serais davantage utile à Sam en te mariant, de sorte que nous n'aurions plus à nous soucier de trouver des fonds pour continuer à faire tourner l'entreprise. Les affaires de Sam seraient alors florissantes, et il pourrait savourer comme il se doit son succès.

Les affaires de Sam.

Parce que, dans son testament, leur père avait laissé l'entreprise à son fils. Ce n'était pas juste, alors qu'elle avait travaillé aux côtés de son père durant tant d'années, alors qu'elle connaissait les tenants et les aboutissants des contrats, et qu'elle puisait une telle satisfaction dans la bonne marche des affaires.

— Pourquoi Sam ne se marierait-il pas ? Il n'a qu'à trouver une jeune fille richement dotée par son père.

— Parce que les femmes ne sont pas titrées. Il faut que tu mettes le grappin sur un noble. J'ai besoin de toi pour m'élever dans la société.

— Mais à quel prix, Maman ?

— Un prix que tu devrais mettre un point d'honneur à payer.

— Ne devrions-nous pas nous marier par amour ?

— Une femme se marie pour survivre. Dans un bon mariage, on s'appuie l'un sur l'autre pour s'en sortir.

Mais on ne parlait pas ici de sa survie à elle, constata amèrement Leonora. Il s'agissait de la survie d'une entreprise. Et il devait bien exister un moyen d'y pourvoir sans qu'elle soit obligée de se marier.

La Tour avait envisagé de ne pas se rendre au bal des Rosemont, mais l'information avait couru à son club que les Garrison y seraient, et il n'avait pu résister à l'envie de la revoir.

Il n'arriva pas de bonne heure, et les invités étaient déjà fort nombreux quand il entra dans la salle de bal. Il parvint cependant à repérer Mlle Garrison dans la foule. L'apercevant qui valsait avec le comte de Camberley, il fut surpris par l'élan de mauvaise humeur qui le traversa, tel un éclair déchirant le ciel.

Se demandant d'abord comment Aiden le prendrait s'il assassinait le frère de sa femme, il s'interrogea ensuite sur la réaction de Mlle Garrison, laquelle n'était certainement pas ici dans le but de faire tapisserie.

— Je commençais à croire que tu ne viendrais pas.

En entendant la voix familière, la Tour plaqua un sourire sur son visage et se tourna vers son frère.

— Je ne voulais pas paraître trop empressé à écouter ce que Sam Garrison aurait à dire ce soir. En matière de négociations, il vaut mieux ne pas montrer trop d'intérêt tant que tu n'as pas pris la main.

— Peut-être pourrais-tu donner des conseils à Camberley. J'essaie de l'aider à remettre son domaine à flot, mais c'est long. Un apport de capital serait bénéfique, et ton avis grandement apprécié.

Aiden grimaça.

— Mais, si j'en crois l'expression que tu avais, il y a quelques instants, je soupçonne que tu aimerais mieux l'assassiner plutôt que l'aider. Et je peux le comprendre. Après tout, il danse avec ta dulcinée.

La Tour eut conscience qu'un muscle jouait nerveusement sur sa mâchoire.

— T'ai-je déjà dit à quel point tu peux être irritant parfois ?

Aiden eut l'audace de rire.

— En de nombreuses occasions, mais tous mes frères me le répètent.

— Combien en connais-tu ?

L'expression d'Aiden s'assombrit.

— Je faisais référence aux Trewlove, pas aux enfants que ton père a engendrés.

La Tour hocha la tête. Bien qu'il n'ait aucunement le désir de porter le poids d'une naissance illégitime, il enviait à Aiden les liens étroits qu'il avait tissés avec ses frères et sœurs de cœur, même s'ils n'étaient pas du même sang.

Dans sa jeunesse, la Tour avait souvent souhaité avoir un frère avec qui partager les bons comme les mauvais moments. Néanmoins, mieux valait tard que jamais.

— Et ce n'est pas ma dulcinée ! ajouta-t-il.

— Ce n'est pas l'impression que j'ai eue quand tu m'as rendu visite l'autre soir.

Pourquoi perdait-il son temps à discuter avec ce type ? Aiden avait le don de percevoir ce que les gens désiraient vraiment. C'était une des raisons pour lesquelles il possédait deux affaires très rentables.

La musique s'était tue. La Tour regarda vers la piste de danse. Mlle Garrison et Camberley étaient restés au milieu, à parler. Pourquoi ne la raccompagnait-il pas à sa chaise ?

Une polka commença, et l'impudent personnage la prit de nouveau dans ses bras. Exécuter deux danses à la suite ne se faisait pas. Il en résultait immanquablement des ragots et des spéculations quant aux intentions du chevalier servant.

Il était fort possible que Camberley ne survive pas à cette soirée.

— À quel jeu joue donc cet imbécile ? marmonna-t-il.

— Je l'ignore. Sa mère a dit qu'il cherchait à se marier. C'est la première fois que j'en entends parler. Encore que, quand il était ivre, il a raconté qu'il devait se dégotter une fille avec une belle dot. Étant donné que les Américains sont ici pour trouver des investisseurs, je ne pense pas que Mlle Garrison soit assez fortunée pour lui apporter le train de vie qu'il recherche.

— Il doit croire que leurs affaires vont se développer suffisamment pour leur assurer la fortune.

— Est-ce le cas ?

La Tour fut surpris que son frère lui demande son avis, comme si sa parole pouvait faire la différence et l'inciter à investir son argent durement gagné. La réponse ne pouvait être donnée à la légère.

— Je n'en suis pas encore sûr. Mais, si tu veux bien m'excuser, j'ai quelque chose à faire.

Leonora aimait bien le comte de Camberley. Il était charmant, et converser avec lui était aisé. Par ailleurs, il n'hésitait pas à se moquer de lui-même : sa propension à faire des paris – que ce soit aux cartes ou aux courses –, sa dépendance à l'égard d'Aiden pour mettre ses affaires en ordre, l'aide que ce dernier lui avait apportée pour marier deux de ses sœurs – il ne comptait pas celle qu'Aiden avait épousée. Il n'en restait plus qu'une à caser, mais lady Alice était d'une nature très indépendante et ne voulait pas entendre parler de mariage. Leonora aurait aimé que sa famille la soutienne autant pour ses décisions en la matière.

— Peut-être devriez-vous demander à M. Trewlove de vous aider à trouver une femme, suggéra-t-elle, tandis qu'ils évoluaient vivement sur la piste.

Il avait eu la gentillesse de s'inscrire pour deux danses. Jamais personne n'avait dansé plus d'une fois avec elle. Forcément, elle s'était sentie flattée.

Il rit.

— Je ne crois pas qu'il défendrait au mieux mes intérêts, pas plus qu'il ne comprendrait ce que je cherche chez une femme.

Elle se retint de demander ce que c'était, de crainte qu'il ne réponde : « Il me faudrait quelqu'un comme vous. » Mais que pouvait-elle dire ?

— Je suppose, quand il s'agit de trouver un partenaire pour la vie, qu'il est préférable de le choisir soi-même.

— Absolument. Cherchez-vous l'amour, mademoiselle Garrison ?

— Je cherche le bonheur.

Que l'amour en fasse partie était un autre sujet.

— Qu'est-ce qui vous rendrait heureuse ?

Des investisseurs.

— Puisque vous aimez parier, pourquoi ne pas miser sur la réussite de notre entreprise, plutôt que sur une main aux cartes ?

Elle aurait souhaité avoir les talents de séduction nécessaires pour battre des cils sans avoir l'air d'avoir une poussière dans l'œil.

— Dans un cas comme dans l'autre, c'est le destin qui décide.

Il eut une petite moue contrite, tandis qu'il secouait lentement la tête.

— Je n'ai pas les fonds. Il faudrait que je sollicite un crédit...

N'ayant pas le cœur à le pousser à s'endetter, Leonora fit machine arrière.

— Dans ce cas, oubliez ma suggestion.

Il lui sourit gentiment.

— Quoi qu'il en soit, ça me fait regretter que mes affaires ne soient pas en ordre, auquel cas j'aurais pu combler vos souhaits, ce qui m'aurait été des plus agréa...

Une large main gantée de blanc s'abattit soudain sur l'épaule de Camberley, le forçant à s'arrêter. Leonora faillit trébucher. Elle serait sans doute tombée si un bras ne s'était pas enroulé autour de sa taille pour la soutenir.

— Je crois qu'il s'agit de ma danse, affirma la Tour, avec une telle conviction et une telle arrogance que Leonora n'aurait pas été surprise de découvrir sur son carnet de bal que son nom avait remplacé celui de Camberley.

— Mais je l'ai retenue, insista le comte.

Les têtes commençaient à se tourner vers eux, les cous à se démancher, tandis que des couples se rapprochaient du trio immobile, comme si de rien n'était.

— Laissez-moi faire un tour de piste avec elle, et je vous la ramène aussitôt. Et, à titre de compensation, je paierai votre ardoise au Twin Dragons.

Camberley ouvrit la bouche, dans l'intention sans doute de protester, la referma et opéra une rapide retraite vers les confins de la salle.

Avant qu'elle ait eu le temps d'objecter, ou même de reprendre son souffle, Leonora fut de nouveau en mouvement, mais cette fois avec la Tour.

— C'était très grossier, parvint-elle finalement à commenter.

— Lui asséner un coup de poing, voilà qui aurait été grossier.

Son intonation était tellement glaciale que Leonora fut surprise de ne pas voir des cristaux de gel se former dans l'air.

— Et pourquoi auriez-vous fait une telle chose ? Il m'a paru tout à fait charmant. Et il est lié à votre frère par alliance, ce qui, par association, en fait un de vos proches.

Les traits durcis de la Tour exprimaient la fureur et la possessivité. Se pouvait-il qu'il soit jaloux ? Cette éventualité procura à Leonora un petit frisson de satisfaction.

Elle ne se rappelait pas qu'un homme ait jamais été contrarié parce qu'un autre lui accordait son attention. Mais il est vrai qu'ils étaient si peu nombreux.

— Ce n'est pas un mauvais bougre, marmonna-t-il finalement. Simplement, j'ai l'intention de vous embrasser de nouveau ce soir, et je n'ai pas envie de sentir le goût de sa bouche sur la vôtre. Pas plus, je suppose, que vous n'aimeriez sentir celui d'une autre femme sur la mienne.

Leonora comprit mieux le besoin qu'il avait de frapper Camberley, et éprouva à son tour un élan barbare. Elle s'imaginait aisément tirer les cheveux d'une jeune femme si celle-ci monopolisait un peu trop l'attention de la Tour.

« Il est à moi », avait-elle envie de clamer, même si ce n'était pas du tout le cas. Le destin l'avait mis sur son chemin, et il pouvait le lui reprendre à tout moment. Il ne lui était pas réservé. Et son comportement ne devait pas donner lieu à des conclusions hâtives. C'était un homme qui ne supportait pas la concurrence et qui voulait être le meilleur en tout. C'était d'ailleurs grâce à cette volonté de fer que le succès était au rendez-vous pour lui.

— Et si je n'avais aucune intention de vous laisser m'embrasser ? demanda-t-elle.

— Pourquoi vous refuseriez-vous quelque chose dont vous avez envie ?

Parce qu'elle était en grand danger de se retrouver sous l'emprise de cette bouche.

— Camberley pourrait-il me le procurer, d'après vous ?

Elle n'était pas certaine qu'il soit avisé de provoquer la Tour. À cet instant, il avait l'air tout à fait apte à commettre un meurtre.

— Non.

Le mot claqua telle une balle jaillie d'un revolver, avec une précision destinée à ne pas manquer sa cible. Il se heurta à ses doutes et les fit voler en éclats.

Il était le seul à avoir la capacité de lui donner ce qu'elle voulait. Un autre homme y échouerait lamentablement.

— Vous êtes bien sûr de votre talent.

Un coin de ses lèvres se retroussa tandis qu'une touche d'arrogance scintillait dans ses yeux.

— N'avez-vous pas été en mesure de le constater par vous-même ?

Oh oui, mais pour rien au monde elle ne l'admettrait.

La danse ne tarderait pas à s'achever.

— Dès que vous le souhaitez, dirigez-vous vers le jardin. Je vous trouverai.

Son intonation basse et sensuelle la fit vibrer d'impatience, et elle eut du mal à retrouver son souffle.

— Une fois encore, mon carnet de bal est complet.

— Et une fois encore, quelqu'un va être déçu. J'espère sincèrement que ce ne sera pas vous.

Sur ces mots, il la confia à Camberley et disparut dans la foule des observateurs. Bien que tentée de le suivre aussitôt, Leonora resta et adressa un sourire embarrassé à son cavalier.

— Je crois que je devrais vous présenter mes excuses pour son atroce manque de savoir-vivre.

Il rit.

— N'en faites rien. Je suis soulagé que ma dette au Twin Dragons soit soldée. Le montant est absolument indécent, aussi me sentirai-je vengé quand il s'en acquittera.

— Qu'est-ce donc que le Twin Dragons ?

— Un enfer du jeu. Et les femmes y sont admises tout comme les hommes. J'y ai vu votre frère.

— Oh, vraiment ?

Sans doute Sam espérait-il trouver des investisseurs en ces lieux. À moins qu'il n'ait cherché à se divertir. Son frère n'était jamais en reste quand il s'agissait de s'amuser.

Les dernières notes de musique s'égrenèrent, et la danse s'acheva.

Tandis que Camberley l'escortait hors de la piste, elle ne prit pas la peine de consulter son carnet de bal pour découvrir qui elle allait décevoir. Une chose était sûre, elle ne décevrait pas la Tour.

Leonora ne savait pas comment la Tour ferait pour tenir sa promesse et la trouver. Le jardin était immense, et plongé dans l'obscurité. Des torches brûlaient le long de l'allée, mais elle n'avait pas voulu rester dans la lumière et risquer d'être vue en train de se faufiler à travers la végétation.

Mais, juste au moment où elle pensait s'être lancée dans une mission perdue d'avance, elle eut conscience d'une présence dans son dos et reconnut l'odeur d'orange citronnée qui n'appartenait qu'à lui, l'homme qu'elle cherchait et qu'elle avait envie de trouver.

Sans un mot, il plaqua sa main dans le creux de ses reins, doigts écartés, et la conduisit vers d'épais buissons. Ils avancèrent en silence pendant plusieurs minutes. Jusqu'à présent, elle n'avait pas su que différentes nuances d'obscurité existaient. Mais, plus ils marchaient, plus la pénombre s'apparentait à la couleur de l'encre de Chine, au point qu'elle se demanda s'ils parviendraient à se voir l'un l'autre.

Puis elle distingua un mince filet de lumière qui filtrait à travers la végétation. Ce n'était qu'un étroit rai d'argent, mais cela suffisait.

La Tour la guida jusque-là, plaqua son dos contre un muret de brique et s'empara de sa bouche comme un homme affamé à qui on tendrait enfin un morceau de pain.

Il n'y avait pas cette fois de tendre encouragement, rien que la faim, rien que le besoin.

Elle n'était pas en reste, en proie à l'étrange pensée qu'elle aurait pu le dévorer. Elle voulait goûter chaque parcelle de lui. Cette bouche, ces lèvres et cette langue ne suffisaient pas. Elle voulait davantage. Elle le voulait tout entier.

L'écartant légèrement du muret, il fit courir ses mains le long de son dos, s'arrêta à la base de son cou, où il massa un moment ses muscles crispés, avant de glisser vers la courbe de ses hanches, caressant ses fesses, les pressant doucement.

La sensation était divine, tout comme l'était le fait de savoir qu'il la désirait autant.

Elle plaça la paume sous sa veste, la posa d'abord sur son torse, puis descendit le long de son estomac, cherchant la ceinture de son pantalon. Avec audace, elle tira sur sa chemise pour en libérer l'ourlet puis passa ses mains sous l'étoffe, impatiente de sentir sa peau sous ses doigts.

Tandis qu'il dévorait sa bouche avec fièvre, elle se perdit en caresses sensuelles, explorant les solides reliefs de son ventre, remontant vers le torse couvert d'un duvet dont elle percevait la texture plus rêche, s'attardant sur les aréoles dont elle fut surprise de découvrir les pointes dressées.

Traversé par un long frisson qui vibra à travers elle, il gémit et grogna comme si elle lui faisait subir une quelconque torture médiévale.

Peut-être n'aurait-elle pas dû se réjouir autant du pouvoir qu'elle avait sur lui à cet instant.

Rejetant soudain la tête en arrière, le souffle court, il murmura :

— Le creux de votre cou, votre épaule, votre décolleté... vos seins.

Elle écarquilla les yeux devant des paroles si audacieuses.

— Que dites-vous ?

— Ce soir-là, à l'Elysium, de tous les endroits où vous auriez pu être embrassée, vous avez choisi vos lèvres. J'aurais aimé que vous disiez « partout où vous en avez envie ».

Leonora sourit timidement.

— Je n'ai guère d'imagination, je le crains. J'ai besoin de pouvoir décortiquer les choses pour les comprendre.

— Est-ce pour cette raison que vous avez demandé un baiser ? Vous souhaitiez le comprendre, l'étudier et l'analyser ?

Elle hocha la tête.

— Je voulais en appréhender le mécanisme. Mais ça n'avait rien de mécanique. C'était... sublime.

— Aucun baiser ne ressemble à un autre. Tellement de facteurs entrent en jeu : le couple, le moment, le désir. Parfois, c'est brutal et passionné. Parfois, c'est doux et tendre. Et parfois, c'est un adieu. Et il s'agit alors du plus douloureux des baisers.

Leonora ressentit une étrange douleur au cœur, comme si une flèche venait de le transpercer.

— Avez-vous déjà donné ce genre de baiser ?

— Tout le monde le fait à un moment ou à un autre. Et parfois, on ne sait pas que c'est un baiser d'adieu, ce qui le rend encore plus douloureux quand on s'en rend compte.

Même s'il n'avait pas précisément répondu à sa question, Leonora eut l'impression qu'il parlait d'expérience, et elle aurait préféré qu'il n'ait pas eu à vivre une situation aussi déplaisante.

— Était-ce un baiser d'adieu que nous venons d'échanger ?

Elle ignorait pourquoi cette perspective l'attristait autant. Après tout, elle connaissait à peine cet homme.

Du bout des doigts, il lui caressa la joue.

— Non. J'avais seulement envie de vous embrasser, car notre précédent baiser m'avait laissé un goût d'inachevé.

Sa réponse était bouleversante et déstabilisante.

— Vous n'en avez rien dit au parc tout à l'heure.

— Vous n'avez pas idée à quel point il m'était difficile de rester civilisé. Même à présent, j'ai furieusement envie de vous entraîner dans des activités délicieusement polissonnes.

— Mais vous ne l'avez pas fait.

— Jamais sans votre permission.

Soudain, elle s'aperçut qu'elle avait toujours les mains sous sa chemise, ses doigts dessinant langoureusement des cercles sur sa peau. Elle les fit glisser de sous l'étoffe.

— Avant que les choses aillent trop loin, je ferais mieux de retourner à la salle de bal.

— N'êtes-vous pas curieuse de savoir ce qui se passe après un baiser ?

Était-ce une invitation ou un défi ?

D'une façon comme d'une autre, même si elle était rongée de curiosité, elle avait conscience que c'était réservé au lit conjugal et n'avait pas sa place dans un jardin au clair de lune.

Elle secoua la tête.

— Je ne peux pas.

Si elle se mariait un jour, comment expliquerait-elle à son époux qu'elle s'était donnée à un homme par curiosité ?

Cela lui paraissait si mal d'unir son corps à celui d'un homme qu'elle n'aimait pas. Plus important encore, à celui d'un homme qui ne l'aimait pas.

— J'ai peut-être eu suffisamment d'audace pour réclamer un baiser, mais ma vertu… Je ne peux pas aller aussi loin… en dehors des liens du mariage.

Un pli apparut au milieu du front de la Tour, tandis que son regard, posé sur elle avec une intensité presque insoutenable, semblait vouloir percer les secrets de son âme.

Un peu trop tard, Leonora se rendit compte que ses paroles avaient pu donner à la Tour des raisons de croire qu'elle suggérait qu'il la demande en mariage.

— Non, je... je ne voulais pas dire que... vous... que nous... Je voulais dire que, si je changeais un jour d'avis et souhaitais me marier... mon mari devrait être le premier à... enfin, vous comprenez.

C'était ce que sa mère lui avait répété un nombre incalculable de fois. Un homme n'allait pas acheter une vache s'il pouvait avoir le lait gratuitement. Quelle façon élégante de faire valoir son opinion, en s'assurant que sa fille se sente comparée à du bétail !

— Un homme et une femme peuvent se donner du plaisir sans avoir une relation charnelle au sens où on l'entend généralement.

Sa voix ensorceleuse semblait receler un secret qu'il brûlait de partager.

— Pour être honnête, j'ai une grande expérience en la matière. Il suffit que vous me donniez la permission...

Il ne termina pas sa phrase, laissant en suspens beaucoup de non-dits, mais tout en ayant déjà sous-entendu trop de choses.

Leonora se jura de résister. Si elle avait appris quelque chose ce soir, c'était que la Tour détenait un trop grand pouvoir, et qu'il pouvait la transformer en poupée de chiffon pantelante de désir, par le seul biais d'un regard assombri par la promesse d'un baiser.

— Ma mère est sans doute en train de me chercher frénétiquement.

Il la gratifia d'un sourire moqueur, puis il recula de quelques pas et commença à remettre de l'ordre dans sa tenue, glissant l'ourlet de sa chemise dans la ceinture de son pantalon.

Leonora peinait à croire qu'elle s'était montrée audacieuse au point de quasiment le déshabiller. Pourtant, elle ne regrettait pas d'avoir découvert à quel point sa peau était chaude et ferme.

— Je vais vous escorter jusqu'au chemin, dit-il d'un ton égal. Mais ensuite, vous continuerez seule. Il ne faut pas qu'on nous voie ensemble.

— Vous n'avez pas envie de vous retrouver dans la gazette mondaine ?

— Ce qui nous arriverait serait pire, avec cette obsession qu'a votre mère de vous faire épouser un aristocrate.

Insinuait-il qu'il considérait le mariage avec elle comme un horrible destin ? Eh bien, elle allait clarifier les choses concernant ses propres sentiments sur le sujet.

— Elle est peut-être obnubilée, mais pas moi. Je pense qu'un mari peut s'avérer… fâcheux.

La tête légèrement penchée, il l'observa.

— Pas si c'est le bon.

— Comment le savoir quand la période où un couple est autorisé à apprendre à se connaître, il reste assis dans un salon à boire du thé ?

— Que préférez-vous au mariage ?

— Diriger une entreprise.

— N'y a-t-il pas des hommes compétents pour s'en occuper ?

Leonora se sentit bouillir de déception. Quelques instants plus tôt, la bouche de la Tour procurait à la sienne de délicieuses sensations. À présent, elle proférait des conseils dont elle se serait bien passée, sur un sujet qui ne le concernait aucunement.

— Les femmes sont compétentes.

Son ton quelque peu agressif lui fit écarquiller les yeux.

— Je n'ai jamais prétendu le contraire.

— Vous l'avez laissé entendre.

Il semblait perdu. Ou peut-être n'avait-il pas l'habitude d'argumenter avec des femmes. Ou que l'une d'elles défie ses préjugés.

— Je ne voulais pas vous offenser. Simplement, je n'ai jamais vu de femmes diriger de grandes entreprises.

— Ne croyez-vous pas qu'il est compliqué de diriger une maisonnée ?

— Je n'y ai jamais vraiment songé.

— C'est le cas de la plupart des hommes. Ils pensent que tout apparaît par magie, ou que ce sont les fées qui s'en occupent pendant la nuit.

Il la dévisagea de nouveau avec une intensité qu'elle ne parvint pas à déchiffrer.

— J'espère que vous trouverez vos investisseurs, mademoiselle Garrison.

Pour la voir réussir ? Ou pour la voir échouer ? Elle n'osa pas lui poser la question.

— Nous devrions y aller, dit-elle à la place.

— Mais certainement.

Il lui offrit son bras, et elle hésita. Si elle le touchait, ne risquait-elle pas de demander un autre baiser, et peut-être de supplier pour l'avoir, même si c'était un baiser d'adieu ? Mais n'avait-elle pas fait que supplier du début à la fin ?

Enroulant les doigts au creux du coude de la Tour, elle se laissa guider vers le chemin.

— Votre valet a-t-il apprécié de se voir confier votre redingote maculée de boue ? s'enquit-elle.

— Il était aux anges.

Elle aimait partager ce moment avec lui, une parenthèse de quelques minutes qui n'appartenait qu'à elle et dont elle pourrait chérir le souvenir.

— Il semble qu'il y ait dans cette ville beaucoup d'endroits où les femmes peuvent se divertir, remarqua-t-elle.

— Certes.

— Êtes-vous déjà allé au club des Belles et des Seconds ?

— Les fils aînés n'y sont pas admis.

— Ah, je me souviens en effet de cette règle maintenant.

— Le propriétaire, un fils puîné, pense que les seconds ne sont pas appréciés et reçoivent moins d'attention dans les clubs de gentlemen. Comme votre mère, les femmes veulent des maris titrés, d'où son idée d'annoncer la couleur dès l'entrée.

Leonora fut soulagée qu'il ait fait référence à sa mère et non à elle.

— Et le Twin Dragons ?

— J'en suis membre, et j'y vais presque tous les soirs. Si je ne suis pas aux tables de jeu, alors on peut me trouver dans la bibliothèque, le plus souvent avec mes amis les Joueurs d'échecs. Pariez-vous, mademoiselle Garrison ?

— Diversifier les activités de notre entreprise est un pari, dont les risques et les enjeux sont élevés.

— Mais vous pensez que ce sera un succès ?

— De tout mon être.

Il s'arrêta et agita la main devant lui.

— Le chemin est juste après ce promontoire.

Libérant son bras, elle lui fit face.

— Songez à investir, milord, dit-elle avant de s'esquiver.

Parce que c'était pour cette raison qu'elle était là, après tout. Pour trouver le moyen de développer son entreprise, pas pour découvrir les arcanes de la sexualité.

11

Deux nuits s'étaient écoulées depuis le baiser dans le jardin, et deux jours depuis la promenade dans le parc. Étonnamment, c'était cette dernière qui le hantait le plus. Dans l'esprit de la Tour se rejouaient l'hésitation de Mlle Garrison à partager ses croquis – comme si elle avait réalisé de scandaleux dessins d'hommes nus –, le doute inscrit dans son regard quand elle avait finalement révélé son projet, son touchant enthousiasme quand elle avait expliqué être sûre de réussir à assembler tous ces rouages, ressorts et autres mécanismes…

En proie à une agitation que rien ne semblait pouvoir calmer, il s'était rendu au Twin Dragons, en mal de divertissement. Mais dame Fortune ne lui souriait pas. À ce stade, il avait déjà perdu une coquette somme aux cartes.

Ses amis Joueurs d'échecs passaient la soirée avec leurs épouses, faisant une chose ou une autre, et l'abandonnant à son triste sort. Pour autant, il n'enviait pas leur bonheur conjugal. Le mariage n'était vraiment pas fait pour lui.

— Alors, la Tour, que penses-tu de la proposition d'investissement présentée par Sam Garrison ?

Lord Kipwick avait posé la question d'un ton dégagé, comme s'il faisait simplement la conversation. Mais lorsque la Tour leva les yeux vers lui, son expression avide lui fit regretter que tout le monde se croie autorisé à lui demander son avis.

Investir comportait immanquablement un danger, et il lui était arrivé au début de se tromper. On pouvait toujours limiter le risque en faisant une recherche approfondie, en faisant appel à son bon sens, mais on ne pouvait l'éliminer.

— J'en saurai plus quand j'aurai assisté à la démonstration, dit-il.

— J'ai reçu une invitation aujourd'hui, l'informa Kipwick.

Lui aussi. Des caractères uniformes ne venant de toute évidence pas d'un imprimeur. Pas de gaufrage. Rien de décoratif ou sophistiqué. C'était tout à fait en accord avec le caractère de Mlle Garrison : simple et direct.

Il y était également indiqué qu'un bal s'ensuivrait. La Tour était à peu près certain que l'idée était de sa mère, qui signalait par ce biais être toujours à la recherche d'un gendre.

Les trois autres joueurs de cartes hochèrent la tête et marmonnèrent, confirmant qu'ils avaient aussi été sollicités. Tout comme lui, ils étaient sans attache. Comme lui, ils étaient des lords. Et s'ils ne pouvaient s'enorgueillir de posséder sa fortune, ils n'étaient pas mal lotis.

La perspective qu'ils investissent dans les projets modernistes de Mlle Garrison, s'attirant ainsi sa gratitude, ne l'enthousiasmait pas spécialement. Sans doute les considérerait-elle comme des héros, des chevaliers de conte de fées venus sauver l'entreprise familiale du marasme.

Il était fort possible qu'il lui propose de lui verser les fonds nécessaires, la prochaine fois qu'il la verrait.

Quelque chose le dérangeait dans l'idée qu'elle dépende de quelqu'un d'autre. Et en même temps, il ne voulait pas de sa gratitude. Il ne voulait pas qu'elle le regarde comme s'il lui avait décroché la lune, uniquement parce qu'il avait injecté des capitaux dans son entreprise.

Il ne voulait pas acheter son cœur.

Son cœur ? Que diable se passait-il dans son esprit ? Depuis quand était-il question d'amour entre eux ? Il n'était pas du genre à tomber amoureux. Plus maintenant, en tout cas. Et il ne voulait assurément pas qu'elle s'entiche de lui. Un gentleman ne jouait pas avec les sentiments d'une femme s'il n'avait pas l'intention de glisser un anneau à son doigt.

— Sam Garrison semble au moins aussi anxieux de marier sa sœur que de trouver des investisseurs, commenta lord Landon.

— C'est une drôle de fille, cependant, observa lord Falstone, sans relever les yeux de ses cartes.

— De quelle façon, exactement ? demanda la Tour, sans chercher à déguiser la menace qui faisait vibrer sa voix.

Falstone avait dû le remarquer, car il leva un regard surpris vers lui.

— Les rumeurs seraient donc vraies, la Tour ? Tu la courtises ?

— Je pense juste qu'il est inélégant de porter un jugement dévalorisant sur une jeune femme, surtout quand elle n'a commis aucune offense, et je suis sincèrement curieux de savoir ce qui t'a incité à faire ce commentaire.

— Eh bien, tout simplement sa conversation quand nous avons dansé ensemble.

La Tour haussa un sourcil.

— Continue, je te prie.

Falstone s'éclaircit la gorge.

— Eh bien, vois-tu... hum... elle a mentionné qu'il serait pratique d'accompagner le carnet de bal d'un petit crayon mécanique, appelé portemine, plutôt qu'un modèle qu'il faut tailler pour exposer davantage de... graphite, je crois que c'est le terme qu'elle a employé. Puis elle a expliqué dans le détail comment marche le portemine. Elle m'a dit aussi que cet instrument avait été breveté dans les années 1820 par deux Anglais.

Avant l'accession au trône de la reine Victoria, voilà qui était tout à fait fascinant. La Tour était persuadé que Mlle Garrison avait déjà démonté un portemine pour en comprendre le fonctionnement.

— Tu n'as pas trouvé ça intéressant ?

— C'est un instrument pour écrire, mon vieux. Il n'y a pas de quoi s'extasier.

— De nombreux gentlemen auraient apprécié une conversation ne se limitant pas aux sujets habituels comme le climat, la mode et les fleurs.

— Mais son enthousiasme pour des détails techniques est tout de même des plus étranges. Une femme ne devrait pas se soucier de cela.

La Tour fut tenté de rétorquer qu'une femme ne devrait pas se soucier d'un type comme Falstone. Le fait qu'il ne reconnaisse pas la valeur et l'intelligence de Mlle Garrison prouvait à quel point il était stupide.

Kipwick éclata de rire.

— Dans ce cas, tu ferais mieux de l'éviter, Falstone. La prochaine fois qu'il te sera donné de danser avec elle, elle te fera probablement un compte rendu détaillé du fonctionnement d'une table de roulette.

— Qu'est-ce qui te fait imaginer que ce sujet de conversation pourrait l'intéresser ? s'enquit la Tour, sincèrement curieux de savoir comment il en était arrivé à cette conclusion.

— Ça doit bien faire dix minutes qu'elle est en train d'en observer une là-bas, intervint Kipwick en indiquant un point par-dessus l'épaule de la Tour.

Ce dernier se retourna et repéra aussitôt Mlle Garrison. Elle semblait en effet fascinée par la roulette, et il n'eut pas de mal à deviner qu'elle essayait de comprendre comment celle-ci fonctionnait.

Impatient d'aller la rejoindre, il jeta ses cartes sur la table.

— Messieurs, si vous voulez bien m'excuser, je vais aller me divertir ailleurs.

Dans les jours qui avaient suivi le bal des Trewlove, Leonora avait demandé à Sam s'il avait déjà visité l'enfer du jeu dont lord Camberley avait parlé. De fait, comme elle le soupçonnait, il fréquentait le club pour y rencontrer des gentlemen et leur décrire leurs projets industriels.

En tout cas, c'était ce que son frère avait prétendu. Mais à peine avaient-ils franchi les portes du Twin Dragons que Sam s'était précipité vers une table de jeu.

Aussitôt, Leonora avait été intriguée par la roulette. Assurément, cela ne pouvait pas être aussi simple qu'elle le pensait. La roue tournait d'un côté, la bille voyageait dans la direction opposée, jusqu'à ce qu'elle perde son élan, et tombe dans une case.

Des cris de joie se mêlaient à des grognements de dépit. On se tapait dans le dos, quel que soit le résultat. Un club de jeux accueillant des hommes était bien plus bruyant que l'Elysium, dont la clientèle était totalement féminine.

Il y avait tellement de monde. La plupart des dames étaient assises, tandis que les hommes se tenaient debout derrière elles, et se penchaient pour placer leur mise sur la table. Le mécanisme de la roue et le rebond de la balle faisaient un bruit d'enfer. Leonora observa le croupier utiliser une sorte de raclette en forme de T pour rassembler les jetons perdus – y compris ceux de Sam.

Quand son frère avait confessé où il passait son temps, Leonora avait souhaité l'accompagner afin de distribuer des invitations à sa démonstration. Les gentlemen qui étaient membres ici devaient posséder un minimum d'argent, à moins qu'ils ne se soient tous endettés comme lord Camberley.

En tout cas, elle avait consacré presque toute la journée à taper les invitations – elle avait décidé d'appeler ainsi l'action exercée sur la machine à écrire. Une vingtaine d'exemplaires alourdissaient son réticule.

Malheureusement, l'étiquette interdisait qu'elle approche un gentleman qui ne lui avait pas été dûment présenté. Sam, en revanche, pouvait parler avec qui il voulait. Mais il était occupé à autre chose, tout au moins jusqu'à ce qu'il perde tous ses jetons.

Elle allait donc devoir attendre.

— Mademoiselle Garrison.

En entendant la voix suave à son oreille, et la folle accélération de son cœur, Leonora dut s'avouer qu'elle n'était pas vraiment venue pour distribuer des invitations.

En réalité, elle espérait croiser le chemin de la Tour. En sachant qu'il passait de nombreuses soirées ici, elle avait prévu de déambuler nonchalamment, essayant de le repérer, mais avait été distraite.

Elle se tourna lentement.

— Milord.

— Vous ne pariez pas ?

— Je pense qu'il vaut mieux s'en abstenir quand on ne peut pas se permettre de perdre de l'argent.

— Votre frère ne semble pas partager cette philosophie.

Elle jeta un coup d'œil aux piles de jetons vacillantes de Sam.

— On le dirait bien.

— Je me demandais si nous pourrions nous éclipser un moment.

Le regard de Leonora fut irrésistiblement attiré vers ses lèvres si douées, et elle fut à peu près sûre que la Tour avait en tête de l'embrasser. Assurément, il devait y avoir ici des recoins secrets où les couples pouvaient s'isoler quelques instants.

— Permettez-moi de prévenir Sam, afin qu'il ne s'inquiète pas.

Mais son frère se contenta d'agiter la main avec nonchalance.

— Amuse-toi.

Elle faillit lui dire qu'elle était sur le point de se laisser séduire, mais elle n'était pas certaine que ces paroles scandaleuses auraient suffi à détourner son attention de la table, alors que toute personne ayant les oreilles qui traînaient aurait pu penser qu'elle disait vrai.

Tandis qu'elle s'adressait à Sam, d'autres joueurs s'étaient groupés autour de la table, et elle se trouva encerclée. Ses excuses polies pour passer furent ignorées, sans doute à cause du bruit ambiant, mais elle ne s'imaginait guère crier à tue-tête, ce qui n'aurait pas été très convenable pour une dame.

Puis, telle l'ouverture de la mer Rouge, une voie se dessina soudain, et la Tour lui tendit la main. Seigneur, mais cet homme avait vraiment une présence magistrale !

Elle mit sa main dans la sienne, reconnaissante qu'il lui fasse traverser la foule sans effort.

Quand ils eurent davantage de place, il cala en douceur la main de Leonora dans le pli de son coude.

— Je suppose que c'est votre première visite au club.

— Effectivement. Il y a beaucoup d'énergie.

Il rit à mi-voix.

— C'est une façon de le décrire.

— Les gens dilapident leur argent avec une telle hâte.

Elle secoua la tête tandis qu'ils zigzaguaient entre les tables où se jouaient des parties de dés ou de cartes.

— Je ne comprends pas pourquoi ils sont si timorés quand il s'agit de parier sur quelque chose de beaucoup moins risqué, comme le développement de notre entreprise familiale.

— Investir demande de la patience et, comme vous le savez fort bien, la rétribution peut prendre du temps. Mais ici, la gratification est immédiate, quand on gagne, bien sûr. Sinon, c'est la déception qui règne. Pour ma part, je suis du genre à penser que la désillusion ne fait qu'exacerber la joie de gagner.

— Avez-vous joué ce soir ?

— Au poker à trois cartes. Je n'ai pas gagné. Mais avec vous à mon bras maintenant, je crois bien que ma chance va tourner.

Leonora ne put s'empêcher de rire.

— Quel ridicule badinage !

Horrifiée que ce soit sorti aussi rapidement et facilement de ses lèvres, elle s'arrêta, contraignant la Tour à faire de même.

— Veuillez m'excuser. Je ne souhaitais pas sous-entendre que vous flirtiez.

— C'est exactement ce que je faisais. Et vous avez raison, c'était ridicule. Mais peut-être ceci me permettra-t-il de me rattraper.

Tel un magicien voulant attirer l'attention sur le tour qu'il venait d'exécuter, il lui tendit le bras de façon grandiloquente.

Ils avaient traversé la vaste salle des jeux et atteint un recoin discret : il y trônait une unique table de roulette entourée de cordes qui évoquèrent à Leonora celles d'un ring où s'était tenu un match de boxe auquel elle avait autrefois assisté avec son père.

— C'est pour une partie privée ? l'interrogea-t-elle.

Elle songea que les jetons pourraient être remplacés par des baisers, auquel cas il n'y aurait pas vraiment de perdant.

— Non.

Les yeux pétillants de malice, le sourire triomphal, la Tour la contempla.

— Vous allez la mettre en pièces.

Le ravissement qui était apparu sur le visage de Mlle Garrison était comme un rayon de soleil déchirant le voile opaque des nuages dans un ciel d'orage.

Son regard fit plusieurs fois l'aller-retour entre la table et lui.

— Vous n'êtes pas sérieux.

— On ne peut plus sérieux. J'ai remarqué de quelle façon vous observiez la roulette, et j'ai pensé que vous aviez envie de la démonter pour comprendre son fonctionnement.

Il avait donc parlé au propriétaire du club, qui était un ami, et avait appris que c'était relativement simple à démonter et à remonter. Et il se trouvait que cette table n'avait pas été réservée ce soir.

— Je n'ai pas d'outils, déclara Mlle Garrison avec une note de déception dans la voix.

— Apparemment, aucun n'est requis.

Il décrocha la corde d'un des potelets et lui fit signe de le précéder dans la zone privée.

Autour d'eux, des curieux commençaient déjà à se regrouper.

— Que se passe-t-il par ici, lord Wyeth ? s'enquit un gentleman.

— Mlle Garrison a été autorisée à explorer le fonctionnement d'une roulette.

— Ça alors. Je me suis toujours demandé…

L'homme se rapprocha de la corde, bientôt imité par plusieurs autres personnes.

— Alors, vous avez de la chance. Mlle Garrison trouve toujours le moyen de satisfaire sa curiosité.

— Je suppose que vous avez demandé comment faire pour la démonter, dit-elle.

Elle paraissait si concentrée sur le mécanisme qu'elle n'avait sans doute pas remarqué qu'elle avait un public.

— Effectivement. Vous voulez un indice ?

— Non, je... je pense que la clé de tout est probablement la partie supérieure de l'axe. Il doit exister un moyen de la dévisser...

Il aurait été galant de lui apporter rapidement la solution, mais il suspectait qu'elle avait envie de la trouver toute seule. C'était à la fois exaltant et un peu déconcertant de s'apercevoir qu'il la connaissait aussi bien.

Elle referma les doigts sur le repose-bille, au-dessus du manchon avec lequel le croupier actionne la rotation, et tenta de le desserrer.

— Ce serait peut-être plus facile sans vos gants, suggéra la Tour. Permettez-moi de vous les ôter.

Il regarda les muscles délicats de sa gorge tandis qu'elle déglutissait.

— Je peux le faire.

Elle les retira à la hâte et les enfouit dans son réticule.

Savait-elle qu'il aurait pris son temps et en aurait fait une expérience sensuelle pour l'un comme pour l'autre ?

Malheureusement, l'absence de gants n'aida pas Mlle Garrison à faire bouger le repose-bille.

— Puis-je vous proposer mon aide ? la questionna la Tour.

— J'aimerais mieux le faire seule, sinon j'aurais l'impression que la machine a gagné.

— Il n'y a pas de honte à avoir un coéquipier, mademoiselle Garrison. Vous devez le comprendre, ou vous ne chercheriez pas d'investisseurs.

Elle hocha la tête, mais il devina qu'elle avait quand même la sensation d'avoir échoué.

Couvrant sa main qui tenait l'axe, il raffermit sa prise. De l'autre, il s'employa à débloquer le repose-bille, qui n'était rien d'autre qu'un écrou un peu sophistiqué. Quand il n'y eut plus qu'à le faire tourner, il passa le relais à Mlle Garrison. Elle le dévissa entièrement et désassembla les différentes pièces.

— C'est bien ce que je pensais, dit-elle finalement d'un ton légèrement déçu. Ce n'est qu'un bol avec un genre de couvercle et un écrou pour maintenir le tout.

— Je suis désolé que ce ne soit pas plus compliqué que ça.

Elle leva vers lui ses magnifiques yeux bleus, vibrants de sincérité.

— Ne le soyez pas. La plus simple des machines peut fournir l'inspiration pour quelque chose de beaucoup plus élaboré. Aucune découverte n'est un gâchis.

— Lord Wyeth, inclinez la table pour que nous puissions voir ce qu'il y a à l'intérieur ! cria quelqu'un.

Plutôt que de faire cela, la Tour défit la corde et laissa la quinzaine de spectateurs s'approcher. Quand leur curiosité fut satisfaite, il aida Mlle Garrison à tout remettre en place.

— Accepteriez-vous de me rejoindre à la bibliothèque pour prendre un verre ? demanda-t-il.

Jamais Leonora n'avait été aussi reconnaissante d'avoir reçu une invitation. Avec ses rayonnages chargés de livres de toutes sortes, ses journaux sur les tables et ses fauteuils profonds en cuir capitonné, la bibliothèque était précisément le genre de pièce qu'elle affectionnait. C'était bien plus calme que l'étage des jeux.

Deux secondes après qu'ils se furent assis face à face, un jeune homme en livrée s'approcha.

— Brandy ? suggéra la Tour en interrogeant Leonora du regard.

— Je préférerais un whisky.

La Tour s'adressa au valet.

— Du scotch pour la dame et moi, Peter. Votre meilleure bouteille.

— Oui, milord.

— Vous connaissez son prénom ? s'étonna Leonora, quand le garçon se fut éloigné.

— Je n'apprécie pas que le personnel soit traité par le mépris ou l'indifférence.

Le valet revint très vite et déposa devant eux deux grands verres en cristal taillé.

La Tour lui glissa discrètement une pièce.

— Merci beaucoup, milord.

Apparemment, la Tour savait aussi se montrer généreux, et Leonora s'en réjouit.

Il leva son verre.

— Aux nouvelles découvertes.

Tandis que toutes les découvertes qu'elle avait partagées avec lui traversaient l'esprit de Leonora, elle redouta que son sourire ait l'air quelque peu timide ou embarrassé. Cependant, elle hocha la tête et but une gorgée.

— Alors, qu'est-ce qui vous a conduite au Twin Dragons ? demanda la Tour.

Vous. Le désir de vous voir.

Ces deux jours passés sans lui parler lui avaient semblé une éternité. Personne ne lui faisait sentir que ce qu'elle disait était important comme la Tour.

— Sam et moi voulions distribuer des invitations.

Elle en sortit une de son réticule, comme pour étayer ses propos.

— Mais nous nous sommes laissé distraire.

— Combien y en a-t-il ?

— Une vingtaine.

— Puis-je les voir ?

Cette requête était étrange alors qu'il en avait reçu une cet après-midi. Mais peut-être n'avait-il pas encore eu le temps de la lire.

— Toutes ?

— S'il vous plaît.

Elle les exhuma et les lui tendit. Puis elle le regarda inspecter la première, passant le bout du doigt sur les légers creux formés par la frappe sur le papier des lettres.

Elle ne s'attendait pas à être jalouse d'une simple feuille, mais elle aurait bien aimé qu'il dessine de la même façon la carte de ses courbes, de ses vallons et de ses collines.

Luttant pour ne pas se tortiller sur son siège, elle but une autre gorgée d'alcool, et tenta de donner l'impression qu'elle n'était pas affectée par sa manière sensuelle de caresser les mots.

— C'est vous qui les avez faites ?

— Il m'a semblé que c'était une bonne façon de vanter les mérites de la machine à écrire. C'est un exemple parmi tant d'autres de ce qu'il est possible de faire avec.

— Avez-vous conscience que vous allez priver les imprimeurs de travail ?

— Pas du tout. Cela m'étonnerait beaucoup que quelqu'un d'autre ait la patience de créer une abondance de duplicatas.

— Verriez-vous un inconvénient à ce que Peter les distribue pour vous ?

Comme elle l'avait découvert un peu plus tôt, Leonora ne pouvait s'adresser directement aux hommes sans que des présentations formelles aient été faites. Elle pourrait sans doute demander à la Tour de l'accompagner – car il devait connaître à peu près tout le monde. Mais ce n'était pas son produit, et il ne lui revenait pas de le vendre. En outre, elle voulait passer du temps avec lui, à rester simplement assise là, dans cette ambiance chaleureuse. Ils avaient eu si peu de moments où ils ne s'adonnaient pas à la passion.

— Je vous en serais reconnaissante.

Il leva le bras et fit un signe à Peter, qui les rejoignit presque immédiatement.

— Soyez aimable de distribuer ceci aux membres, de la part de Mlle Garrison. Demandez d'abord s'ils ont déjà reçu une invitation. Si oui, donnez-la à quelqu'un d'autre.

— J'en serais honoré, milord.

Quelques pièces supplémentaires atterrirent dans la paume du jeune homme avec les invitations.

Quand il se fut éloigné, la Tour se laissa aller en arrière contre le dossier, étira ses longues jambes devant lui et croisa les chevilles. Ainsi, il faisait penser à un grand chat prenant position devant un trou de souris.

— Je suppose que votre frère transporte également une poignée d'invitations dans sa poche pour les distribuer.

Il s'exprimait avec le détachement de quelqu'un qui lui aurait demandé si elle voulait du lait avec son thé. Pourtant, elle ressentait comme un agacement dans ses paroles.

— Non, mais nous avions prévu de distribuer ensemble les miennes. J'avais besoin de lui pour faire les présentations. Il est doué pour parler aux gens. Il sait comment attirer leur attention et la conserver.

— J'ai bavardé avec lui deux ou trois fois depuis le dîner chez le Roi, et on sent bien qu'il n'est pas à l'aise pour discuter de votre entreprise. Pour être honnête, la première impression que j'ai eue au dîner, c'est qu'il n'y connaît rien, et que c'est vous qui dirigez en réalité. Est-ce que je me trompe ?

Leonora eut un moment de gêne à la pensée qu'elle allait trahir Sam, mais la Tour avait le droit de connaître la vérité s'il songeait sérieusement à investir.

— Il était si jeune quand Père est mort, vingt-deux ans. Il venait d'obtenir son diplôme de l'université et n'était pas préparé pour assumer une telle responsabilité.

— Il était plus âgé que moi quand mon père a exigé que je m'occupe du domaine familial à la campagne. Je l'ai fait, tout en cherchant une solution pour gagner en autonomie et ne plus rien lui devoir. Seriez-vous trop bonne pour dire que votre frère est un paresseux ?

Il semblait cruel de lui apposer cette étiquette.

— Il n'a tout simplement jamais eu l'occasion d'apprendre le fonctionnement de l'entreprise avant qu'elle lui soit confiée.

La Tour inclina légèrement la tête.

— Vous n'appliquez pas la loi de la primogéniture en Amérique. Pourquoi l'entreprise n'a-t-elle pas été divisée entre votre frère et vous ?

— À quoi riment toutes ces questions ? En quoi est-ce important ?

— Si je dois investir, ce que je n'ai pas encore décidé de faire, je veux comprendre la structure de l'entreprise. Je dois avoir la certitude qu'elle engrangera des profits.

— J'en suis sûre. Ça pourrait prendre un peu de temps, mais tous les intervenants du monde des affaires verront l'avantage que représente la possibilité de rédiger des correspondances, des listes et que sais-je encore, qui puissent se lire facilement.

— Peut-être êtes-vous de parti pris, si la moitié de cette affaire vous appartient.

Mais pourquoi insistait-il là-dessus ?

— Ce n'est pas le cas. Tout est allé à Sam.

Une petite étincelle de triomphe s'alluma dans les yeux de la Tour, comme s'il s'en doutait depuis le début, et voulait seulement en avoir confirmation.

— Qu'avez-vous reçu ? Une dot ?

— Non, uniquement la montre de gousset de Père. Je la conserve dans mon réticule, car elle m'est infiniment plus précieuse que l'entreprise.

Pour être tout à fait honnête, elle aurait bien aimé quand même en détenir quelques parts.

— Puis-je la voir ?

C'était tellement personnel, pourtant elle ressentait un besoin irrépressible de partager ce souvenir avec lui.

Ouvrant son sac, elle y plongea la main et en sortit la montre, qu'elle tendit à la Tour.

Il se pencha, la prit, posa les coudes sur ses cuisses et contempla la pièce d'horlogerie en or et sa chaîne épaisse avec la même intensité qu'il avait employée à observer Leonora quelques instants plus tôt.

Il retourna la montre, puis la porta à son oreille pour entendre fonctionner le mécanisme.

— C'est celle que vous avez démontée ?

— Oui.

Il leva le regard vers elle.

— Elle est de bonne facture. Ça en dit beaucoup sur la confiance que votre père avait en vous pour avoir accepté que vous la remontiez plutôt que de la confier à un horloger.

Quand il lui restitua la montre, Leonora remarqua qu'elle avait absorbé la chaleur de la Tour, et elle referma les doigts plus étroitement dessus.

— C'est sans doute une des raisons pour lesquelles l'administration de l'entreprise vous est revenue, dit-il. Tout repose sur vos épaules, n'est-ce pas ?

Visiblement, peu de choses lui échappaient.

— Nous ne le divulguons pas car… eh bien, tout le monde n'accepterait pas que ce soit une femme qui tienne les rênes quand il existe un risque de perdre de l'argent.

— Toutefois, vous n'avez pas l'intention d'en perdre, n'est-ce pas ?

— Non, en effet.

Un silence s'ensuivit. Il n'était pas inconfortable, et Leonora n'éprouva pas le besoin de le combler avec des mots. Elle trouvait apaisant d'être simplement là, en compagnie de la Tour.

— Il est fort probable que vous récoltiez votre deuxième souvenir demain, l'informa-t-il. Je ne suis pas connu pour m'asseoir en compagnie de femmes dans la bibliothèque de ce club.

Elle se demanda s'il avait lu dans ses pensées ou si, peut-être, il ressentait le même contentement qu'elle-même.

— Où vous asseyez-vous avec elles ?

Il sourit.

— Il vaut mieux que vous ne le sachiez pas.

Elle rougit et but une autre gorgée de scotch, regrettant d'avoir posé la question, car elle n'avait pas envie de l'imaginer avec d'autres femmes.

— Je suis curieux, mademoiselle Garrison…

— La curiosité est une bonne chose. Je n'ai jamais pensé que c'était un vilain défaut, au contraire.

Il sourit.

— J'aimerais savoir pourquoi votre mère vous laisse vagabonder sans chaperon.

— J'en ai un, Sam.

— Et quel bon chaperon il fait ! J'aurais pu quitter le club avec vous, et il ne se serait rendu compte de rien. D'ailleurs, je doute qu'il soit au courant d'où nous nous trouvons en ce moment.

La Tour avait raison, mais Leonora ne pouvait pas reprocher à son frère son manque d'attention, dans la mesure où il n'avait jamais eu à s'occuper d'elle avant. Elle avait toujours fait ce qu'elle voulait. Voilà une raison de plus pour laquelle elle n'avait pas envie de se marier, un époux ferait tout pour lui couper les ailes et la priver de son indépendance.

— Assurément, il ne vous a pas escortée à l'Elysium.

— Non, il passait la soirée dehors. Donc, j'ai attendu que Maman se soit retirée dans sa chambre. Une fois que c'est fait, elle n'en sort plus jusqu'au lendemain. Mais ce soir, comme nous voulions aller au même endroit, il a eu la gentillesse de m'attendre, et nous nous sommes faufilés dehors ensemble.

Elle l'entendit grommeler, désapprouvant sans doute le manque d'attention de Sam. Mais elle n'avait pas vraiment besoin de lui. Une femme de son âge, quoique n'ayant pas encore atteint le nombre d'années acceptable pour sortir sans chaperon, était parfaitement capable de se protéger. Son père lui avait appris comment faire.

— De toute façon, j'ai toujours un revolver dans mon sac, annonça-t-elle de but en blanc.

Il écarquilla les yeux.

— Vous savez vous en servir ?

— Vous semblez oublier que l'entreprise était à l'origine une manufacture d'armes. Quel genre d'ambassadrice de la marque serais-je si j'en ignorais le maniement ?

Son ton sous-entendait qu'il était idiot d'avoir posé la question. Il la regarda avec un mélange d'étonnement et d'admiration.

— Vous transportez dans votre réticule un revolver, une montre de gousset et des invitations, des objets que je n'aurais jamais pensé à réunir.

Il secoua la tête.

— Je peux dire honnêtement, mademoiselle Garrison, que vous ne ressemblez à aucune autre femme de ma connaissance.

Évidemment qu'il n'avait jamais rencontré quelqu'un comme elle. Elle ne correspondait en rien aux critères qu'on associait à une lady.

— Vous devez me trouver un peu ridicule.

— Je ne suis pas comme ces goujats ignorants de New York.

— Jamais je n'aurais émis une telle comparaison. Si je me base uniquement sur ce que je sais de vous pour le moment, ce serait mettre sur le même plan un poisson rouge et un requin.

— J'ose espérer que je ne suis pas le poisson rouge.

Elle rit.

— Non, mais vous n'êtes pas vraiment un requin non plus.

Bien qu'il paraisse parfois représenter un danger pour son cœur.

— Je n'ai pas trouvé autre chose à opposer à un petit poisson, avoua-t-elle.

— Vous avez un très joli rire.

Il sembla aussi surpris par ses paroles qu'elle l'était.

Comme s'ils étaient tous deux pris au dépourvu, ils portèrent leurs verres respectifs à leurs lèvres.

— Je ne pense pas qu'un gentleman ait jamais aimé quoi que ce soit à mon sujet.

— Ce sont tous des idiots, alors. Pour ma part, j'aime le bleu de vos yeux et vos taches de rousseur.

Elle faillit plaquer les mains sur son visage.

— Les taches de rousseur sont le drame de ma vie, d'autant que j'en ai énormément.

— Le soleil doit donc beaucoup vous aimer, pour vous avoir embrassée autant.

— Êtes-vous en train de badiner avec moi, milord ?

— De toute évidence, je m'y prends mal, puisque vous êtes obligée de poser la question.

Il semblait un peu vexé, comme lorsqu'il avait fait remarquer qu'il avait dû l'ennuyer pour qu'elle s'endorme pendant qu'il l'embrassait.

— Pour être honnête, je n'ai aucune expérience dans ce domaine, dit-elle.

— Eh bien, si nous devons être honnêtes…

Il l'observa attentivement pendant quelques secondes.

— Mes talents en la matière sont assurément rouillés, car je ne les ai pas employés depuis longtemps. Mais, non, ce n'était pas un jeu de séduction, mademoiselle Garrison. J'exprimais simplement la vérité.

12

La Tour avait le sentiment qu'on n'avait pas souvent dit la vérité à Mlle Garrison – à l'exception de son père, bien sûr. D'après ce qu'il avait pu observer, sa mère ne lui trouvait que des défauts, et son frère ne pensait qu'à ses propres intérêts.

Quant aux hommes qui avaient croisé son chemin…

Elle était un joyau si rare qu'ils n'avaient pas été en mesure de reconnaître sa vraie valeur.

Cependant, la Tour possédait la capacité mystérieuse de percevoir la valeur que recélait un investissement ou une personne. Pour cette raison, il avait des amis pour qui il aurait sacrifié sa vie, et il savait que ces derniers feraient de même. Pour cette raison aussi, il avait vu qu'Aiden et Finn Trewlove étaient des hommes bien, des hommes qu'il était fier d'appeler ses frères. Pour cette raison enfin, il perdait rarement l'argent qu'il avait investi. Même quand il semblait qu'il avait commis une erreur de jugement, il devait faire preuve d'un peu de patience et il s'avérait que son instinct ne s'était pas trompé.

C'est ainsi qu'il savait que Mlle Garrison devrait être choyée comme le plus grand des trésors. Pas par lui, pas par quelqu'un qui avait juré de ne jamais se marier, et qui croyait préférable que cette branche de sa famille pourrisse et meure.

Mlle Garrison posa son verre vide et consulta l'heure à sa montre.

— Il n'est pas loin de 23 heures, dit-elle.

Elle leva les yeux vers lui, et la Tour aurait pu jurer qu'il y avait un regret dans son regard.

— Je devrais probablement rejoindre Sam pour que nous rentrions à l'hôtel à présent.

— À quel hôtel êtes-vous ?

— L'hôtel Trewlove.

— Splendide établissement.

— Y avez-vous séjourné ?

— Non. J'ai une maison en ville.

— Bien sûr. Je suppose que vous connaissez bien les Trewlove grâce à Aiden.

— Je commence à les connaître. En face de l'hôtel se trouve une librairie qui appartient à lady Rosemont, dans le jardin de qui vous vous êtes livrée à quelques espiègleries l'autre soir.

— Un gentleman n'y aurait pas fait allusion, rétorqua-t-elle en rougissant.

— C'est un de mes meilleurs souvenirs.

Elle rit de nouveau, et il songea qu'il aurait aimé détenir le secret pour qu'elle ne s'arrête jamais de rire.

— Voilà que vous recommencez vos badineries stupides.

Il n'y avait rien de stupide dans ce qu'il lui disait. Il pensait chaque mot. Le moment qu'ils avaient passé dans le jardin était sans doute son souvenir préféré. Mais leur étreinte dans l'alcôve derrière la statue arrivait presque ex æquo. Si les souvenirs étaient des chevaux de course, ces deux rencontres chevaucheraient au coude à coude.

Mais il n'allait pas en discuter avec Mlle Garrison, car il ne savait pas comment elle réagirait en apprenant que toutes ses pensées la concernaient.

— Ma voiture n'est pas loin. Je serais enchanté de vous conduire, vous et votre frère, à votre hôtel.

— J'accepte avec plaisir.

Mais ils ne parvinrent pas à localiser Sam Garrison, dans aucune des pièces, publiques ou privées, de l'établissement.

La Tour sentit la colère s'emparer de lui, car ce bougre d'Américain avait quitté les lieux sans se soucier de la sécurité de sa sœur.

— Ce serait déplacé que je voyage seule avec vous dans votre voiture, dit Mlle Garrison, alors qu'ils se trouvaient tous deux dans le hall, près de la porte d'entrée. Je vais héler un fiacre.

— Vous croyez que c'est prudent de voyager seule en pleine nuit dans un fiacre ?

— Plus que d'être avec vous.

— Vous avez été seule avec moi dans une chambre, dans une alcôve et dans un jardin. Mais vous vous formalisez pour une voiture ?

— Il n'y aura personne pour s'assurer que nous nous tenons convenablement.

Avait-elle envie de ne pas agir correctement ? Lui y songeait. Mais la Tour pensait avant tout à sa sécurité. Et si le cocher cherchait à abuser d'une femme seule ? Si le fiacre était accosté par des scélérats ? Puisque Mlle Garrison ne voulait pas monter dans sa voiture, il pouvait au moins suivre le fiacre, bien qu'il eût apprécié de passer un peu plus de temps en sa compagnie.

Il abattit ses dernières cartes.

— Je jure que je ne vous toucherai pas. Vous ai-je déjà donné des raisons de douter de ma parole ?

— Non, bien sûr que non.

Elle regarda autour d'eux, l'air agité. Puis elle inspira profondément et redressa les épaules.

— Personne ne doit nous voir. Il ne faut pas que nous sortions en même temps.

— Ne voulez-vous pas un autre souvenir pour votre collection ?

— Il vaudrait mieux éviter cela. Si je suis à l'origine d'un nouveau scandale, qui souhaitera investir ? Les gens ont besoin de savoir qu'on peut nous faire confiance.

— Bien vu. Je vais sortir le premier et vous attendre sur le côté droit du bâtiment. Patientez deux minutes, et rejoignez-moi.

Elle hocha la tête. Se sentait-elle mieux en ne donnant pas verbalement son accord à sa douteuse proposition ?

Au bénéfice des quelques personnes qui se trouvaient dans le hall, il s'inclina au-dessus de sa main.

— Merci pour cette fort agréable conversation dans la bibliothèque, mademoiselle Garrison.

— Je vous en prie, milord. Et merci à vous.

Libérant sa main, il lui adressa un clin d'œil.

— J'espère que nos chemins se croiseront de nouveau.

Elle sourit, tandis qu'une lueur d'amusement pétillait dans son regard, et il eut l'impression que peu d'hommes avaient fait l'effort de la divertir ainsi.

Il sortit d'un pas léger, tourna à l'angle du bâtiment et prit appui contre la façade.

Il n'aurait pas dû se sentir aussi triomphant parce qu'elle lui faisait confiance. C'était pourtant le cas. Si beaucoup de gens avaient confiance en lui, le crédit que lui accordait Mlle Garrison lui faisait l'effet d'un cadeau précieux. Il n'avait pas l'intention d'en abuser. C'est pourquoi il ne la toucherait pas dans la voiture, même s'il en avait terriblement envie.

Quelque chose en elle calmait la tempête qui faisait rage en lui, une tempête qui n'était jamais très loin de la surface, et qui menaçait de se déchaîner, balayant tout sur son passage.

Durant presque toute sa vie, il avait combattu le déshonneur qu'il y avait à être le fils du comte d'Elverton, son héritier. Mais avec Mlle Garrison, il avait l'impression que cela n'avait pas d'importance. Elle ne connaissait pas son père. Elle n'avait pas eu à souffrir de ses avances déplacées ni à s'entendre dire qu'il n'y avait pas de plus grand honneur que celui d'être sa maîtresse.

Mlle Garrison ne tarda pas à franchir la porte du club, et il ne sut pas quoi penser de l'élan de joie qui le traversa quand il l'aperçut. Cela ne tenait pas seulement à ses cheveux, ses yeux, son visage en forme de cœur. C'était plutôt lié à cette aura qui émanait d'elle quand elle était intriguée et cherchait à résoudre une énigme. Même si la roulette l'avait finalement déçue, il avait été fasciné par son enthousiasme tandis qu'elle analysait les différentes pièces qui composaient le dispositif.

Elle arriva à sa hauteur et il lui offrit son bras.

— Ma voiture se trouve un peu plus loin.

— J'aime Londres la nuit.

— Même avec le brouillard qui envahit tout ?

— Surtout avec le brouillard. Ça ajoute à tout un caractère féerique et irréel.

— Ça peut vous tremper aussi sûrement que la pluie si vous vous y exposez trop longtemps. Heureusement, ce ne sera pas notre cas.

Ils arrivèrent à hauteur de la voiture, et son cocher s'empressa d'ouvrir la portière.

La Tour aida Mlle Garrison à prendre place à l'intérieur et se hissa sur la banquette opposée la sienne.

— Hôtel Trewlove, annonça-t-il. Faisons le grand détour.

— Bien, milord.

La portière fut refermée.

— Le grand détour ? s'étonna-t-elle.

— Puisque vous aimez Londres la nuit, nous n'avons aucune raison de nous précipiter.

La Tour éteignit la lanterne pour qu'ils puissent voyager dans l'obscurité sans avoir à tirer les rideaux. Il ne voulait pas qu'elle soit clairement vue et reconnue.

Il apprécia que l'odeur de jasmin de son parfum envahisse l'espace confiné, où celui-ci demeurerait sûrement longtemps après qu'elle fut partie.

Pour quelle raison l'attirait-elle autant ? Il n'aurait su le dire. Il y avait du désir, bien sûr, mais cela tenait probablement aussi à cet intrigant mélange chez elle de timidité et d'audace.

— Votre frère vous laisse-t-il souvent sans escorte ? s'enquit-il.

— Il est rare qu'il m'emmène. Il doit avoir oublié que j'étais là.

La Tour ne pouvait imaginer qu'on puisse l'oublier. Les lumières des réverbères de la rue éclairaient son profil à contrejour tandis qu'elle regardait défiler le paysage. Détaillant ses traits délicats, il songea qu'il n'avait jamais trouvé si apaisant un déplacement en voiture.

— Je me demande toutefois où il a pu aller, murmura-t-elle.

— Ce ne sont pas les endroits qui manquent pour divertir les gentlemen.

Elle tourna la tête vers lui.

— Vous voulez sans doute parler des maisons closes ?

Il adorait son audace. Peu d'autres femmes de sa connaissance auraient osé prononcer ces mots.

— Ou des cercles de jeu.

— Je crois être plus proche de la vérité. Sam n'aime pas mentir, et il a résolu ce problème en ne me disant jamais où il va.

— Y a-t-il des gens qui aiment mentir ?

— Les charlatans et les criminels, je suppose.

Elle observa la rue.

— Oh, le palais de Westminster ! Siégez-vous à la Chambre des lords ?

— Pas encore, pas avant le décès de mon père.

— Je ne peux imaginer endosser une telle responsabilité.

Que croyait-elle porter sur ses épaules, si ce n'était d'immenses responsabilités ? Y était-elle tellement habituée qu'elle n'y prêtait plus attention ? Ou bien, avait-elle seulement accepté que s'occuper des siens soit son fardeau ?

Mais qui prenait soin d'elle ?

Elle-même. Avec un revolver dans son réticule, des invitations destinées à des investisseurs potentiels, et la montre de son père, qui l'aidait à se rappeler ce qu'elle avait perdu.

Où trouverait-elle de nouveau cet amour et cette acceptation ? Avait-elle juste conscience de ce qu'elle cherchait vraiment ?

Il savait ce que c'était de vouloir être accepté. Toute sa vie, il avait modelé ses actions de façon à susciter l'approbation. En conséquence de quoi, il devait sans doute être un peu ennuyeux par moments.

Pourquoi avait-il l'impression qu'il était davantage lui-même avec elle ? En tout cas, il ignorait s'il devait réfréner son intérêt pour elle ou y céder. D'une façon comme d'une autre, il y aurait un prix à payer : la perdre ou perdre sa respectabilité.

Soudain, Big Ben se mit à sonner 23 heures.

— Pouvons-nous nous arrêter ? demanda Mlle Garrison.

Aussitôt, la Tour frappa au plafond et son cocher arrêta les chevaux. Elle tendit la main vers la portière, mais la Tour la prit de vitesse. Bondissant hors de la voiture, il l'aida à en descendre.

À peine ses pieds avaient-ils touché terre que Mlle Garrison se précipitait vers la berge. La Tamise les séparait du palais de Westminster et de Big Ben, tous deux enveloppés par le brouillard.

Pour empêcher l'humidité de s'abattre sur elle, la Tour ôta sa veste et la déposa sur ses épaules. Elle parut à peine le remarquer tandis que l'horloge continuait à sonner.

— Big Ben semble tellement solennelle et seule à cette heure de la nuit, constata-t-elle en murmurant, comme si elle redoutait de réveiller un géant. Peut-être parce qu'il n'y a personne dans les rues, et qu'on n'entend ni conversation ni rire ou bruit d'activités d'aucune sorte.

Grâce à la lumière diffusée par les réverbères, la Tour distinguait mieux ses traits que dans la voiture. Elle paraissait émerveillée comme une enfant, et elle lui fit penser à un ange en visite sur terre pendant un temps restreint. Raison de plus pour qu'il profite de sa présence autant que possible.

— Y a-t-il quelqu'un qui sonne les cloches ? s'enquit-elle.

— Non, c'est mécanisé, grâce à un jeu compliqué de leviers et de poulies qui permettent au marteau de frapper chaque cloche au bon moment.

Un procédé qui enchanterait sans doute Mlle Garrison, se dit-il en imaginant toutes les pièces du mécanisme de Big Ben éparpillées dans la rue.

Elle le regarda avec ravissement.

— Vous avez vu la machinerie ?

— J'ai eu droit à une visite, il y a quelques années.

— Oh, comme je vous envie.

Elle reporta son attention sur la tour.

— Comment l'horloge est-elle illuminée ?

— Avec un éclairage au gaz.

— C'est ce que je supposais. Mais j'aime toujours avoir confirmation. Ça mettait mes professeurs en colère quand je leur demandais une preuve de ce qu'ils essayaient de m'enseigner. Pourtant, ce qui forme la connaissance est généralement plus intéressant que la connaissance elle-même.

L'horloge se tut, et ce fut comme si le dernier coup frappé restait suspendu dans l'air, telle la promesse que le temps ne s'arrêterait pas, et la Tour regretta qu'il n'existe pas une heure requérant d'être scandée par mille sonneries.

Que lui arrivait-il pour qu'il trouve ce moment à ce point apaisant ? Sans doute s'était-il tellement habitué aux cloches qu'il ne les entendait même plus.

Mais il savait maintenant qu'il ne pourrait plus jamais les entendre sans songer à Mlle Garrison.

— Merci d'avoir arrêté la voiture. Vous devez penser que je suis stupide…

Saisissant son menton entre son pouce et son index, il déposa un tendre baiser sur ses lèvres, lui dérobant la fin de sa phrase.

Il venait de briser sa promesse de ne pas la toucher. Il n'était plus un homme de parole. Mais le moment réclamait qu'il ne laisse pas passer l'occasion de lui montrer combien elle était spéciale à ses yeux.

Il s'écarta.

— Aucunement stupide, je vous rassure. Au contraire, vous êtes extraordinaire, mademoiselle Garrison.

— Nora, corrigea-t-elle.

Il était curieux qu'ils aient partagé trois baisers passionnés, et que ce soit celui-ci, aussi léger qu'un papillon se posant sur un pétale de rose, qui ait initié une plus grande intimité entre eux.

— Johnny, dit-il.

Elle sourit.

— Je ne sais pas si j'ai déjà rencontré quelqu'un qui réponde à tant de noms différents. Cela ne crée-t-il pas de la confusion parfois ?

— Pas du tout. Chaque nom correspond au lien que j'ai avec la personne qui l'utilise. Lord Wyeth pour les simples connaissances, les employés, les fournisseurs. La Tour, pour mes amis. Johnny, pour les personnes qui me sont particulièrement chères.

Johnny, pour quelqu'un pour qui il aurait donné sa vie. Enfin, même si les Joueurs d'échecs l'appelaient la Tour, il aurait également donné sa vie pour eux. Jusqu'à présent, il ne s'était pas rendu compte qu'il aurait fait la même chose pour elle.

Cela ne ferait que compliquer les choses entre eux s'il le lui avouait.

— Je n'ai jamais entendu personne vous appeler Johnny.

— Et je n'ai jamais entendu personne vous appeler Nora. Donc, c'est un échange de bons procédés.

Il ne savait pas exactement ce qu'il avait échangé, mais cela lui paraissait extrêmement significatif.

— Les plus petites cloches ne vont pas tarder à se déclencher. Voulez-vous attendre qu'elles aient sonné le quart d'heure ?

— Si ça ne vous dérange pas.

— Aucunement.

Nora se retourna vers la tour et il se rapprocha d'elle, mais ne la toucha pas. À cet instant, alors qu'ils étaient nimbés par les ombres de la nuit, c'était suffisant.

Dans la voiture qui les transportait à travers les rues de Londres, un silence embarrassé régnait entre Nora et Johnny, le partage de leurs diminutifs ayant créé un lien dont elle ne savait pas quoi faire.

Tandis que les cloches sonnaient le quart d'heure, elle avait été moins attentive à leur son qu'à la chaleur qui émanait de lui, même s'il ne la touchait pas. Au rythme de sa respiration. À son immobilité. À la tension qui irradiait de lui, comme un chien voulant briser sa chaîne, tout en étant conscient qu'il devait tempérer sa nature sauvage s'il souhaitait avoir une récompense.

De façon ridicule, elle songea qu'elle était peut-être la récompense. Qu'après lui avoir donné un chaste baiser, à peine esquissé, il avait décidé qu'il était préférable de respecter sa promesse de ne pas la toucher pour obtenir davantage au bout du compte.

— Je me demandais, murmura-t-il soudain, s'il vous serait agréable de me retrouver demain soir.

— Vous voulez dire... de façon clandestine ?

— Oui. J'aimerais vous emmener quelque part, vous montrer quelque chose.

Leonora déglutit. Le souffle coupé, elle eut du mal à réfléchir.

— Vous allez me montrer ce qui se passe après un baiser ? s'enquit-elle d'une voix étranglée.

Il eut un petit sourire narquois.

— Pour ça, il faudra que vous me le demandiez.

Elle refusa de laisser paraître sa déception.

— Que voulez-vous me montrer, alors ?

— Je préfère vous réserver la surprise. Mais je vous promets que vous ne serez pas déçue.

— Je n'ai pas encore décidé mais, au cas où j'accepterais, où voulez-vous que je vous rejoigne ?

— Il y a une ruelle derrière la librairie dont je vous ai parlé. Je vous y attendrai.

— J'ignore quand je pourrai m'échapper.

— J'arriverai à 20 heures.

— Vous pourriez patienter un bon moment.

— Mais vous me rejoindrez ?

Si elle était honnête avec elle-même, elle savait depuis le début que sa réponse serait oui. Son hésitation n'était qu'une ruse pour donner l'impression qu'elle n'avait pas succombé à son charme.

— Je vais essayer.

C'était le mieux qu'elle pouvait faire, tout ce qu'elle pouvait promettre.

— Je ne peux imaginer, Nora, que vous ayez déjà échoué dans quelque domaine que ce soit.

Elle était précisément en train d'échouer, ne parvenant pas à s'empêcher de tomber amoureuse de cet homme.

13

— Tu es obligée de faire tout ce raffut ?

Les doigts suspendus au-dessus du clavier de la machine à écrire, Leonora leva les yeux vers l'entrée de sa chambre, dont elle avait laissé la porte ouverte pour signaler qu'elle était prête pour la journée.

Appuyé contre l'embrasure, Sam avait les cheveux en bataille et la mise négligée.

Leonora se redressa prestement, traversa la pièce, saisit son frère par le bras et l'attira à l'intérieur, avant de fermer la porte.

— Tu m'as abandonnée la nuit dernière ! siffla-t-elle entre ses dents.

Sam s'affala dans un fauteuil et prit son crâne entre ses mains.

— Tu pourrais parler un peu moins fort ? J'ai un mal de tête atroce.

— Parce que tu as trop bu ?

— Entre autres choses.

Leonora se rapprocha d'un fauteuil opposé et demeura debout derrière, pas pour se protéger de Sam, mais pour le protéger lui de sa colère.

— Pourquoi m'as-tu laissée toute seule ?

— Tu étais avec la Tour. Je savais qu'il veillerait sur toi.

— Mais il ne fait pas partie de la famille. C'était très déplacé que je reste en sa compagnie sans chaperon. Tu aurais pu venir me chercher et m'emmener.

— L'endroit où j'avais l'intention d'aller n'était pas de ceux qu'une femme devrait visiter.

— De quoi parles-tu, exactement ?

Sam tourna les yeux vers la cheminée où aucun feu ne brûlait.

— D'un établissement dont une femme ne devrait rien savoir.

— Un bordel ?

Il sursauta.

— Tu ne devrais même pas être au courant que de tels endroits existent, et encore moins prononcer ce mot avec une telle aisance.

— Tu me déçois beaucoup, Sam. Tu m'as abandonnée. Je ne t'aurais jamais fait ça. Je t'ai cherché partout.

— Je suis désolé, Nora, mais quand lord Lawrence m'a invité à l'accompagner... ça m'a semblé plus simple de partir sans rien dire. Je savais de toute façon que tu serais capable de revenir ici par toi-même.

Il sourit comme s'il était fier d'elle.

— Et tu l'as fait.

Avec l'aide de la Tour. Ce dernier lui avait montré où il l'attendrait ce soir – si elle trouvait le courage de le rejoindre. Puis il l'avait escortée jusque dans le hall de l'hôtel, distribuant un pourboire suffisamment généreux au portier et au réceptionniste pour qu'ils oublient de l'avoir jamais vu en ces lieux.

— Tu aurais quand même dû prendre la peine de me le dire, pour que je ne m'inquiète pas.

— J'ignorais où te chercher.

— J'étais dans la bibliothèque, bien visible.

Elle faillit lui dire qu'il devrait essayer de se montrer aussi débrouillard que ce qu'il attendait de sa part. Mais il en était incapable, et c'était bien là le problème, cela expliquait également pourquoi elle devait endosser tant de responsabilités.

— Tu as pu convaincre la Tour d'investir ?

C'est ce qu'elle aurait dû faire. Au lieu de quoi, elle avait mis de côté l'entreprise pour passer du temps avec lui sans se mettre martel en tête.

Plutôt que de l'avouer à Sam, elle préféra changer de sujet.

— Quant à mon raffut, figure-toi que je suis en train de taper de nouvelles invitations pour que tu les distribues.

— Plus tard. Là, je ne suis pas en état. J'ai bu trop d'alcool.

— Tu ferais bien de modérer ta consommation. Rappelle-toi ce que Papa disait.

— De renoncer à nos rêves pour poursuivre le sien ?

Surprise par l'agressivité de son frère, Leonora contourna le fauteuil et s'assit.

— Que veux-tu dire ?

Il se tortilla étrangement, comme si son siège était soudain truffé d'épingles.

— Rien.

— Sam, c'est l'entreprise familiale, ton héritage. Sans elle, que ferais-tu ?

Elle ne voulait pas l'humilier, mais quel talent possédait-il ?

Il hocha la tête.

— Je ne suis pas doué pour concevoir des choses.

— Et je n'ai pas ton talent pour m'adresser aux gens en éveillant leur intérêt pour le sujet dont je leur parle, répondit-elle avant d'émettre un petit rire. Je pense que la plupart des gentlemen avec qui j'ai dansé auraient piqué du nez lors de mes explications si nous avions été sur un sofa plutôt que sur la piste.

Un coin des lèvres de Sam se retroussa.

— J'aime bien discuter avec les gens.

— Pas moi. Je trouve toujours ça gênant. Après coup, je passe des heures à me remémorer ce que j'ai dit, et à me demander comment j'aurais pu le formuler pour que ce soit plus pertinent. Parfois cela me réveille au milieu de la nuit.

Elle avait conscience de jacasser comme une pie, mais ne pouvait se retenir de parler.

— J'ai l'impression que mon esprit est en ébullition. J'en arrive à ressasser des choses que j'ai dites il y a des jours, des semaines, voire des mois.

— C'est parce que tu es trop intelligente, Nora. Tu vois les choses d'une façon extraordinaire, d'une façon que des gens comme moi ne peuvent même pas imaginer.

— Nous formons un duo, toi et moi. Les gens de l'usine t'adorent parce que tu prends toujours le temps de discuter avec eux et que tu t'intéresses à ce qu'ils disent. Quant à moi, ce n'est pas qu'ils me sont indifférents... Simplement, je ne suis pas douée pour parler.

— Tu ne semblais pas avoir trop de mal à bavarder avec la Tour, hier soir.

Plissant les yeux, elle l'observa.

— Quand m'as-tu vue avec lui ?

De nouveau, il se trémoussa dans son fauteuil.

— J'ai peut-être jeté un coup d'œil dans la bibliothèque avant de partir.

— Donc, tu savais où j'étais.

— Je voulais m'assurer que tout irait bien pour toi.

— En me laissant seule avec un homme que nous connaissons à peine. Tu ne t'es pas soucié de ma réputation ?

— Tu n'étais pas seule. Il y avait du monde autour de toi.

Leonora ne put s'empêcher de rire.

— Ah, mon pauvre Sam, tu ne comprendras jamais rien aux règles de bienséance des Anglais ! À part ça, dis-moi que j'avais vu juste. C'est bien dans une maison close que tu t'es rendu.

— Évidemment que tu as vu juste. Tu es tellement douée pour comprendre les choses.

Elle soupira.

— J'ai peur que cette démonstration ne soit pas un succès, Sam. Qu'elle ne rassemble pas tous les investisseurs que nous aurions pu souhaiter. Tu devrais noter ceux qui semblent les plus intéressés. Ainsi, nous pourrons reprendre contact avec eux plus tard.

Il hocha la tête.

— As-tu l'intention de sortir avec moi ce soir ? demanda-t-il avec précipitation, mangeant ses mots comme s'il ne voulait pas qu'elle les comprenne.

Elle suspecta que son frère avait prévu de se rendre dans un endroit où sa présence ne serait pas la bienvenue.

— Non.

Sam parut aussitôt soulagé.

Tout en sachant que ce n'étaient pas ses affaires, Leonora ne put s'empêcher de laisser sa curiosité s'exprimer.

— Vas-tu retourner au bordel ?

Il plissa le front.

— Je ne devrais sans doute pas l'admettre, mais c'est bien possible.

— Où trouves-tu l'argent pour ces… divertissements que tu sembles apprécier ?

Ils n'étaient pas pauvres – pas encore –, mais ils n'avaient pas non plus les moyens pour ces frivolités.

Il haussa les épaules nonchalamment.

— Parfois je gagne aux tables de jeu.

Il utilisait cet argent pour s'amuser plutôt que de le dédier aux changements dont ils auraient besoin dans leur usine. De façon puérile, il préférait la satisfaction immédiate plutôt que celle sur le long terme.

— Crois-tu qu'il soit avisé de dépenser ainsi ?

— Je mets à profit mes visites dans les clubs pour approcher des gentlemen qui pourraient désirer faire un investissement.

— Justement. Nous devons faire attention à l'image que nous renvoyons. Penses-tu que ton comportement incite à nous prendre au sérieux ?

Sam soupira.

— Tu t'inquiètes trop. Tout ira bien, surtout après qu'ils auront vu fonctionner ta fabuleuse machine.

Il se leva, paraissant avoir retrouvé un peu d'énergie.

— Il me faut un café et un solide petit déjeuner. Ensuite, j'irai avec lord Lawrence au British Museum pour voir la pierre de Rosette. Avant que tu me réprimandes, c'est un investisseur potentiel, donc le temps passé avec lui ne sera pas perdu.

D'ailleurs, je me suis demandé ce qui t'a empêchée de danser avec lui au bal des Wolfford.

Son regard était si pénétrant qu'elle eut l'impression qu'il savait parfaitement avec qui elle était alors et ce qu'elle faisait.

— Nous avons tous besoin d'escapades, Nora, conclut-il, sans attendre de réponse de sa part.

Tandis que son frère quittait la pièce, elle sentit qu'il essayait de lui faire comprendre qu'elle ne devrait pas lui reprocher ses écarts de conduite. Que, d'une certaine façon, il avait conscience qu'elle n'était pas non plus une sainte.

Il est vrai qu'à certains moments elle avait un peu perdu de vue la raison de leur séjour en Angleterre, s'autorisant pour une fois à ne penser qu'à elle.

C'est ce qu'elle s'apprêtait à faire ce soir.

Peut-être devrait-elle ne pas sortir. Mais elle ne pouvait plus se passer de la Tour. Plus elle goûtait à sa présence, plus elle avait envie d'en profiter de nouveau. Comme l'absinthe, en abuser était mauvais. Mais le mélange de douceur et d'amertume plongeait même les âmes les plus aguerries dans un exquis état d'oubli.

Quand elle était avec la Tour, elle n'avait pas besoin de chercher des sujets de conversation, car il s'intéressait à tout ce qu'elle disait. Il écoutait. Il posait des questions. Ils partageaient une vraie discussion à laquelle ils contribuaient à parts égales. Elle n'avait jamais l'impression de parler dans le vide, devant une personne qui feignait l'intérêt, mais dont l'ennui était perceptible.

Avec lui, elle pouvait être elle-même, sans craindre des récriminations ou des moqueries. Avec lui, elle se sentait en sécurité.

C'est pourquoi elle se glisserait subrepticement hors de l'hôtel ce soir, irait le retrouver et profiterait de ce qu'il avait l'intention de lui montrer, quoi que cela puisse être.

Ce serait son escapade loin des soucis, des attentions qu'elle portait aux autres, et des nombreuses responsabilités.

Et peut-être parviendrait-elle à percer les mystères de cet homme qui, jusqu'à présent, avait réussi à l'empêcher de satisfaire sa curiosité le concernant.

Afin de réduire les risques de se faire repérer, la Tour aurait dû attendre dans la ruelle comme convenu. Mais il voulait s'assurer que Nora ne serait pas importunée en chemin. Si la circulation avait presque cessé, il y avait encore du monde dans les rues, principalement aux abords des pubs.

Depuis son poste d'observation, non loin de la librairie, il avait une vue directe sur l'hôtel, et c'est ainsi qu'il avait pu apercevoir Sam Garrison qui en sortait.

Cela lui avait immensément plu qu'elle lui demande de l'appeler par son surnom. Peut-être était-ce pour cette raison qu'il lui avait promis de lui montrer quelque chose de spécial ce soir, et qu'il avait passé la majorité de sa journée à faire en sorte de tenir son engagement.

Il avait hâte de découvrir la réaction de Nora quand il lui dévoilerait la surprise qu'il lui réservait. Sans doute en conserverait-elle un souvenir impérissable, même s'il ne s'agissait pas de quelque chose qu'elle pourrait démonter et étudier en détail.

Cela faisait presque deux heures qu'il attendait, bouillant plus d'impatience à chaque seconde qui s'écoulait, quand il la repéra enfin franchir la porte vitrée de l'hôtel, tenue ouverte par un portier en livrée. Il traversa alors la rue à grandes enjambées.

En le remarquant, elle sourit doucement, un peu hésitante, presque timide, et il s'aperçut avec stupéfaction que ses rares sourires allaient lui manquer une fois qu'elle serait retournée dans son pays.

Elle patienta sur le bord du trottoir pour qu'il la rejoigne, et il lui offrit son bras. Quand elle le prit, il en éprouva une telle satisfaction qu'il en fut presque inquiet. Mais il refusa de laisser ses doutes gâcher la joie qu'il avait de retrouver Nora, et de pouvoir passer du temps avec elle. Il analyserait plus tard ces émotions déconcertantes.

À présent, ils retournaient d'où il venait.

— J'ai consacré une bonne partie de la journée à essayer de deviner quelle était la surprise que vous me réserviez.

— Je doute que vous y soyez parvenue.

— Est-ce quelque chose que je pourrai raconter ?

— À condition que vous trouviez un moyen de dissimuler le fait que vous n'aviez pas de chaperon, vous pourrez le raconter à qui vous voudrez. Mais, à votre place, je ne perdrais pas mon temps avec lord Falstone.

Le rire qui s'échappa des lèvres de Nora avait la légèreté d'une brise de printemps.

— J'ai dansé avec lui. Je crois que je l'ai ennuyé à mourir.

— Impossible. Ce type est incapable de concentrer son attention sur quoi que ce soit. Un jour, je l'ai vu s'endormir durant un derby. Et un de ses chevaux y courait.

D'une petite pression de la main sur son bras, elle lui fit comprendre qu'elle appréciait ses efforts pour rejeter la faute sur un autre qu'elle, et il se demanda comment un homme pouvait ne pas être tenté de boire ses paroles.

Quand ils furent installés dans sa voiture, roulant à travers les rues, Nora revint à la charge.

— Allez-vous me dire où nous allons ?

— Cela gâcherait la surprise.

Et sa joie à lui de découvrir le ravissement sur ses traits.

Seigneur, elle pouvait à peine croire qu'elle se trouvait à l'intérieur de la tour de l'horloge, devant les trois magnifiques trains d'engrenage qui actionnaient tout : les aiguilles des quatre cadrans, les cloches sonnant les quarts d'heure et Big Ben.

En empruntant l'escalier en colimaçon pour accéder en haut de la tour, elle avait dû poser les pieds sur près de trois cents marches. Elle en aurait escaladé mille pour avoir le privilège de découvrir la salle de l'horloge. Le guide lui avait expliqué qu'il rééquilibrait tous les trois jours les poids contrôlant le balancier, qui était sans doute le plus grand du monde.

Pour un de ses Noëls, son père lui avait offert une pendule à coucou. Elle l'avait démontée avec le plus grand soin, redoutant d'endommager le petit oiseau en bois sculpté, et d'empêcher son apparition et son chant. Cependant, elle avait tout remis en place avec succès. Mais ce qu'elle observait à présent était bien plus compliqué.

— Est-ce plus intéressant qu'une table de roulette ? s'enquit la Tour à ses côtés.

Elle aurait dû être totalement absorbée par la machine, mais elle avait conscience de sa présence, de ses regards attentifs… Elle avait été tellement heureuse de ce cadeau inespéré qu'il lui faisait qu'elle avait été tentée plusieurs fois de le prendre dans ses bras.

Comme il la connaissait bien pour comprendre exactement de quelle façon lui faire plaisir. Il la comprenait. Il ne s'agaçait pas de son constant désir d'obtenir des informations.

— Quel génie que l'homme qui a créé ceci ! s'exclama-t-elle.

— Il s'agit d'Edmund Denison, mademoiselle, intervint le guide. Le beffroi se trouve juste au-dessus, si vous voulez voir les cloches.

Les cloches étaient sans doute magnifiques, mais elle aurait préféré s'attarder ici. Cependant, elle hocha la tête.

— Oui, merci.

Il n'y avait cette fois qu'une quarantaine de marches à gravir pour découvrir les quatre cloches du carillon encadrant le gigantesque Big Ben. Ce fut absolument assourdissant quand sonna le dernier quart d'heure avant minuit, en dépit des boules de coton que le guide leur avait données pour protéger leurs oreilles.

— Voulez-vous aller jusqu'au sommet ? demanda la Tour, quand le silence fut revenu.

Ce que je voudrais, songea-t-elle, *c'est vous embrasser dans cet endroit splendide.*

— Volontiers, dit-elle.

Le guide échangea un regard avec la Tour, avant de lui tendre la lanterne qu'il transportait.

— Je vous attends ici.

Ils s'engagèrent de nouveau dans l'escalier en colimaçon, avec encore une soixantaine de marches.

Tandis que Leonora ouvrait la voie, la Tour la suivit de près, une main posée dans le creux de son dos.

Ils se retrouvèrent bientôt sur la galerie supérieure, où une vive lumière, semblable à celle d'un phare, brillait sur toute la ville.

Leonora s'avança vers l'une des ouvertures et regarda à l'extérieur. Ce soir, le brouillard était quasiment inexistant, et elle distinguait les réverbères à gaz éclairant les rues. S'imaginant contempler un univers de conte de fées, éthéré, pas tout à fait réel, elle ressentit à côté d'elle la présence de la Tour.

— C'est vraiment magnifique, dit-elle. De la pure magie.

— La machinerie ?

— L'ensemble. Comment avez-vous organisé cela ?

— Il faut connaître un membre du Parlement, et il se trouve que j'ai la chance d'en connaître un.

Kingsland, à n'en pas douter.

Elle aurait voulu rire, mais la solennité de l'endroit l'en empêcha. Ici, tout prenait un sens différent. Ici, à quatre-vingt-seize mètres au-dessus du sol, elle rêva, comme elle ne l'avait jamais fait avant, de ce qu'elle n'aurait jamais : un mari qui l'aimerait et qu'elle aimerait en retour, des enfants qu'elle adorerait, une maisonnée heureuse... toutes ces choses auxquelles elle s'était toujours refusée à aspirer, car elle avait conscience qu'elles étaient hors de sa portée.

Oui, cet homme avait su comment lui faire plaisir : pas de fleurs, pas de chocolats, pas d'après-midi interminables passés à siroter du thé.

— Je suis désolé que vous n'ayez pas pu la démonter, dit-il.

— J'ai pu comprendre son fonctionnement dans les grandes lignes. Je continuerai à l'analyser et à la décortiquer en pensées pour les années à venir.

Et chaque fois qu'elle le ferait, elle se souviendrait de lui.

Les cloches commencèrent à sonner la fin du jour et le début d'un autre. Elle plaqua les mains sur ses oreilles, car le coton ne suffisait pas pour étouffer la puissante sonnerie du carillon.

Les mains de la Tour s'ajoutèrent aux siennes, atténuant un peu plus le bruit. Comme il se tenait derrière elle, Leonora ne pouvait pas voir s'il grimaçait, s'il souffrait de ce vacarme.

Soudain, elle eut envie que ses mains se déplacent sur d'autres parties de son corps.

Tout en pivotant, elle cria :

— Merci pour cette soirée. C'était magique.

Elle ne savait pas s'il avait entendu, mais cela n'avait pas d'importance parce que, lorsqu'elle se hissa sur la pointe des pieds, sa bouche était prête pour accueillir la sienne.

La Tour ignorait s'il avait jamais rien vu de plus beau que la façon dont le visage de Nora s'était illuminé quand ils étaient entrés dans Big Ben, et qu'elle avait reçu le premier indice de sa surprise.

Quant à lui, il ne pourrait plus jamais regarder la tour sans penser à elle. Lorsqu'il entendrait sonner minuit, il se rappellerait son odeur de jasmin, le goût suave de sa bouche, son enthousiasme, sa spontanéité.

Elle avait raison, il y avait de la magie dans ce moment.

Soudain, le silence revint. Tendrement, à regret, il mit fin à leur baiser et recula.

— On nous attend.

— Pensez-vous que le guide devinera que nous nous sommes embrassés ?

— Est-ce important ?

Lentement, elle secoua la tête. Il entrelaça ses doigts avec les siens.

— Venez, dans ce cas. Nous avons une grande quantité de marches à descendre.

— Chacune d'entre elles valait la peine d'être gravie.

Il savait qu'elle faisait aussi référence au temps qu'elle avait passé avec lui.

La voiture de la Tour les attendait, évidemment. Cet homme semblait avoir la capacité de faire que tout ce qu'il souhaitait se réalise.

En tant que vicomte, il avait déjà une aura et un prestige redoutables. Quelle serait la portée de son influence quand il serait comte, quand il siégerait à la Chambre des lords ?

Il aurait besoin d'une femme qui soit en permanence à ses côtés, lui apportant son soutien, organisant des dîners, des bals, des soirées, faisant tout son possible pour lui assurer des votes aux lois qu'il présenterait.

Pourquoi perdait-elle son temps à penser au genre de femme qui lui conviendrait ? Éprouvait-elle de la peine en se rendant compte que ce ne serait pas elle ?

Leur relation était seulement née de… eh bien, elle ne le savait pas exactement. Peut-être était-elle encouragée par le désir physique, par leur envie de s'embrasser ou par leur besoin d'explorer des sensations.

— J'espère que vous n'avez pas été offensé par mon baiser, tout à l'heure, dit-elle.

Malgré la pénombre qui régnait dans la voiture, elle le vit sourire.

— Aucun homme ne s'offensera d'être embrassé. C'est dans notre nature animale de chercher à s'accoupler. Que les femmes parviennent à contrôler leurs instincts primaires témoigne de la force intérieure de votre genre. De plus, vous avez sans doute remarqué que j'ai fait la moitié du chemin vers vous.

— J'ai en effet noté votre enthousiasme.

— J'ai eu envie de vous embrasser dès que nous sommes entrés dans la salle de l'horloge. Vous n'avez sûrement pas idée de la façon dont une découverte illumine vos traits.

— Vous n'avez pas laissé entendre que c'est ce que vous souhaitiez.

— La nuit dernière, j'ai dû promettre de ne pas vous toucher pour que vous acceptiez de monter dans ma voiture. J'ai supposé que je n'avais pas été libéré de cette promesse.

Leonora tourna son visage vers la fenêtre, pour réfléchir à ce qui se passerait si elle le libérait de sa promesse.

— Vous avez dit que le baiser était un prélude à autre chose...

Même s'il était assis en face d'elle, elle avait conscience qu'il se tenait immobile, respirant à peine.

Elle s'obligea à regarder vers lui.

— Combien de temps prend l'ensemble du procédé ?

Il resta silencieux comme s'il songeait au fonctionnement d'une machine compliquée ou qu'il pesait ses mots.

— Ça dépend de ce que vous entendez par « l'ensemble ». Ça peut vous occuper pendant quelques minutes, ou plusieurs heures.

Sa voix était neutre, sans aucune inflexion d'aucune sorte. Il aurait tout aussi bien pu lui expliquer comment nouer une cravate.

— Des heures ?

Elle ne s'attendait pas à ce que ses mots ressemblent à un croassement, mais sa bouche s'était asséchée tandis qu'elle se demandait ce qu'on pouvait bien faire pendant des heures.

— Ce n'est pas comme une machine, où tout doit suivre un ordre précis et se répéter à l'identique. Il n'y a pas d'étapes numérotées. C'est généralement assez chaotique. Ça dépend du couple, de ses désirs, de ses besoins, de sa passion. Ça peut être lent ou frénétique, rapide ou… durer des heures.

Il avait encore utilisé cet exemple. Était-ce sa façon de procéder favorite ?

— Tout ça me semble bien désordonné. J'ignore si ça me plairait.

— Avec le bon partenaire, vous apprécierez, immensément.

Leonora eut l'impression que le souffle lui manquait.

— Vous ne m'avez fait aucune avance.

— Je vous ai expliqué l'autre soir que ce serait à vous de demander.

Il se pencha vers elle.

— Mais sachez une chose, Nora. Si vous demandez, je ne refuserai pas. Et une fois que nous aurons emprunté ce chemin, ça durera des heures, car je prendrai mon temps et savourerai chaque minute.

Il faisait soudain incroyablement chaud à l'intérieur de la voiture. Leonora avait l'impression d'avoir la peau en feu. Comment était-ce possible ?

Certes, elle était curieuse, mais cette fois-ci inquiète aussi qu'à ce propos la curiosité risque d'être un vilain défaut.

La voiture s'arrêta, la surprenant.

— Aussi, je vous recommande de ne pas demander à la légère, dit-il.

Puis il ouvrit sa portière, descendit, fit le tour du véhicule hippomobile et l'aida à descendre.

Tandis qu'il l'escortait vers l'hôtel, elle sut que, si elle lui donnait la permission de faire ce qu'il voulait d'elle, il n'y aurait pas de retour en arrière.

14

L'après-midi suivant, Leonora retint son souffle tandis que deux valets transportaient la machine à écrire dans l'escalier, composé de cinq interminables volées de marches.

Elle en avait gravi et descendu bien plus la veille. Son agacement devant leur nombre n'était dû qu'à sa crainte que les domestiques laissent tomber son précieux prototype et l'endommagent.

Elle devrait trouver un moyen de l'alléger, d'en faire quelque chose que les gens pourraient transporter facilement, ou qui pourrait au moins être porté sans effort par une seule personne.

Alors qu'elle suivait le déplacement de la machine jusque dans la salle de bal, où elle serait installée pour la démonstration du lendemain, ses réflexions allèrent bon train.

Une machine moins encombrante rencontrerait davantage de succès. Les écrivains, les reporters et les chroniqueurs pourraient l'avoir toujours à portée de main, prête à être utilisée quand ils auraient des écrits à transmettre.

Dans la salle de bal, Sam les attendait, à côté d'une table posée sur une estrade.

— Ah, bien ! s'exclama-t-il en faisant de grands moulinets de bras. Par ici, messieurs.

Leonora constata que les valets avaient le front couvert de sueur. Oui, décidément, il fallait qu'elle fasse des ajustements. Elle devrait aussi garder en tête ce problème de poids pour sa machine à calculer.

Mme Garrison houspillait le personnel qui installait les guirlandes et la décoration florale. Les fleurs avaient été fournies par le jardinier de l'hôtel, qui produisait des plants dans une serre au fond du jardin de l'établissement. Il avait eu la gentillesse de lui proposer une visite des lieux. Assise sur une base en brique, la structure vitrée permettait de cultiver des fleurs toute l'année pour agrémenter l'hôtel.

Leonora était prête à parier que sa mère se mêlait de tout parce qu'elle voulait éblouir tout le monde et faire de son bal un tel succès que les gens en parleraient pendant des années. Le summum serait pour elle de décrocher un article dans la presse - même un entrefilet.

— Qu'en penses-tu ? demanda Sam en se rapprochant d'elle.

Oh, elle pensait beaucoup de choses, essentiellement que Papa n'était pas là pour profiter de l'événement et pour l'apaiser. Mais elle savait que son frère faisait allusion à la démonstration de la machine à écrire.

— J'ai l'impression que ma fille est sur le point de donner son premier récital. J'ai envie qu'elle réussisse et que personne ne se moque d'elle.

— Personne ne fera ça.

— Il est prévu que cet engin soit retiré avant le début du bal, n'est-ce pas ? s'enquit Mme Garrison.

Leonora était tellement préoccupée par sa présentation qu'elle n'avait pas entendu sa mère approcher.

— Non !

Sam avait dit la même chose en même temps qu'elle.

— C'est pour elle que nous sommes ici, ajouta-t-il. Tu n'as pas oublié ?

À cet instant, Leonora eut envie de prendre son frère dans ses bras, mais ils n'avaient jamais été très démonstratifs dans la famille.

— Ça ne va pas avec le décor, geignit Mme Garrison.

Leonora se demanda combien de temps sa mère allait continuer ainsi.

— Ce qui est tout à notre avantage, expliqua-t-elle. Ça servira à rappeler pourquoi nous sommes là. Et avec un peu de chance, ça incitera quelques personnes à vouloir devenir des soutiens du progrès.

— Des soutiens du progrès, répéta Sam. Ça me plaît. Tu devrais l'utiliser dans ton discours.

— Mon discours ? Je pensais que c'était toi qui ferais la présentation, et que je me contenterais de répondre aux questions techniques.

— Tu devrais le faire, parce que c'est ta création.

Leonora hésita. Elle se rappelait le regard perdu dans le vague de lord Falstone tandis qu'elle lui expliquait quelque chose qui, visiblement, ne le passionnait pas. Et il n'avait pas été le seul. Certes, il lui arrivait parfois de retenir l'intérêt de quelques personnes, mais captiver toute une salle était une perspective affolante.

Pourtant, Sam avait raison. Il comprenait à peine le fonctionnement de la machine et ne s'y était jamais vraiment intéressé, à part pour sa capacité à empêcher qu'ils ne sombrent dans la pauvreté.

— Je devrais prendre quelques notes à propos de ce que je veux dire.

Si elle avait su que cette corvée lui incomberait, elle se serait servie de la machine à écrire. D'un autre côté, du papier et un crayon lui seraient plus utiles, étant donné qu'elle s'attendait à noter quelques idées, faire des ratures et réarranger plusieurs fois son discours. Finalement, il arrivait que la machine se fasse détrôner, cela dépendait des tâches à accomplir.

Il était tard lorsque Leonora posa son crayon, enfin satisfaite de son discours.

Elle se leva du bureau et alla à la fenêtre. La nuit était tombée. Sa mère s'était retirée. Sam était sorti pour s'adonner à quelques divertissements, lui avait-il dit avant de partir, sans prendre la peine de lui proposer de l'accompagner. Elle le soupçonnait de s'être rendu une fois de plus dans une maison close.

Pourquoi les hommes étaient-ils autorisés à avoir des aventures et pas les femmes ?

Elle songea à la proposition de la Tour, celle qu'elle allait devoir réclamer.

Et pourquoi ne le ferait-elle pas ? De toute façon, elle n'avait pas l'intention de se marier. Elle n'allait pas se montrer infidèle, sauf peut-être à elle-même si elle ne saisissait pas cette occasion d'expérimenter tout ce que son cœur désirait.

Il ne prendrait pas tout. Pourtant, il lui donnerait du plaisir. Quand elle considérait l'effet que lui faisaient ses baisers, songer à ce qu'il pourrait y avoir au-delà la faisait frissonner dans des endroits de son corps dont elle ignorait qu'ils pouvaient frissonner.

Si tout se passait bien demain soir, elle quitterait bientôt ce pays, sans doute pour ne jamais revenir. Ne méritait-elle pas, une fois dans sa vie, de penser à elle ? À ses propres désirs, ses envies, ses besoins ?

Si elle devait avoir une relation charnelle avec un homme, elle voulait que ce soit avec la Tour – Johnny. Parce qu'elle était tombée amoureuse de lui, éperdument amoureuse.

Elle ne savait pas exactement quand cela s'était produit. Elle avait passé des heures à examiner ses sentiments. Avec lui, elle était plus elle-même qu'elle ne l'avait jamais été avec quiconque, y compris son père. Elle pouvait tout dire à la Tour. Avec lui, elle ne se sentait jamais jugée. En fait, elle avait l'impression d'être intéressante – ce que sa mère lui reprochait continuellement de ne pas être.

Il ne regardait jamais dans le vide, comme s'il trouvait le temps long et attendait avec impatience la fin de leur entretien. Il s'impliquait, posait des questions et comprenait son besoin d'analyser et de savoir comment les choses fonctionnaient.

Elle était certaine que personne mieux que lui ne pourrait satisfaire sa curiosité à propos de ce qui pouvait se passer dans l'intimité entre un homme et une femme. « Pendant des heures. »

La seule chose qui la faisait hésiter était la crainte que des heures ne suffisent pas. Et si elle aspirait à une vie entière ?

Mais, après tout, mieux valait un unique souvenir que pas de souvenir du tout.

Elle faisait confiance à la Tour pour garder son secret. Et elle connaissait un endroit où les secrets d'une jeune femme étaient bien conservés.

Tout ce qu'elle avait à faire était de trouver le courage de saisir l'opportunité qui se présentait, et à laquelle elle avait toujours cru ne pas avoir droit.

15

Durant les deux prochaines heures, je serai à l'Elysium, dans la même pièce que la dernière fois. Si vous voulez m'y rejoindre...

Assis à son bureau dans la bibliothèque, la Tour se dit qu'il ferait mieux d'ignorer l'invitation. Nora lui faisait faire des choses qu'il avait juré de ne pas faire, mettant en péril sa réputation.

Il leva les yeux de la missive que le séduisant jeune homme en habit de soirée avait insisté pour lui délivrer en main propre. C'était l'un des garçons qui travaillaient chez Aiden, offrant ses attentions aux femmes. Avait-il prodigué sa fausse affection à Nora ? Lui avait-il massé les pieds ? Lui avait-il caressé les lèvres en lui donnant à manger du raisin ? La Tour eut une folle envie de le frapper. Il ne voulait pas que quiconque la touche à part lui.

Repoussant sa chaise, il se leva, passablement agacé.

— Je vais apporter la réponse moi-même.

Le messager ne parut pas surpris.

— Ferez-vous le trajet de retour avec moi ? Monsieur Trewlove a suggéré que ça pourrait être le cas.

Son maudit frère, qui avait deviné la teneur du message et anticipé sa réaction !

Il pourrait faire préparer la voiture, mais le temps que cela prendrait aurait pour conséquence de faire attendre Nora plus longtemps que nécessaire, peut-être jusqu'à lui faire regretter de lui avoir fait porter un mot.

D'autant qu'elle ne cherchait probablement pas qu'un baiser cette fois.

Patientant, pas en vain, elle l'espérait, Leonora faisait les cent pas dans le petit salon de l'Elysium.

Un peu plus d'une heure auparavant, elle avait rédigé un mot, les doigts tremblants. Elle aurait dû préparer le message avant, et le taper à la machine pour que son destinataire ne puisse pas deviner à son écriture combien elle était nerveuse.

Elle n'avait pas signé, au cas où sa missive tomberait dans de mauvaises mains, mais elle s'apercevait à présent qu'un homme aussi beau que lui devait probablement recevoir tout le temps ce genre de messages, et qu'il pourrait ne pas savoir exactement de qui il provenait.

S'il venait, il s'attendrait peut-être à retrouver quelqu'un d'autre. Verrait-elle de la déception sur son visage quand il se rendrait compte que c'était elle ? S'il ne s'était pas encore montré, était-ce parce qu'il savait que c'était elle, ou parce qu'il l'ignorait ?

De toute évidence, arranger des rendez-vous clandestins n'était pas son fort. En revanche, elle maîtrisait parfaitement l'art de s'inquiéter.

Elle aurait mieux fait de partir, d'éviter la mortification d'attendre un homme qui n'arrivait pas. Mais il fallait du temps pour délivrer un message, le lire – il pouvait lire très lentement, qui sait ? – puis venir ici.

Apparemment, la patience n'était pas son fort non plus.

Elle entendit un léger cliquetis, celui de la poignée qu'on actionnait. Ici, les murs étaient épais, créant un cocon qui empêchait les sons de se propager, comme si elle était complètement coupée du monde.

Cessant ses déambulations, elle regarda la porte s'ouvrir.

La Tour entra et referma le battant derrière lui. Il resta à distance, à l'observer, son sourire donnant à Leonora l'impression qu'elle était précieuse et requérait un moment d'appréciation.

Elle était heureuse qu'il se soit montré et ne l'ait pas abandonnée à ses doutes.

— J'espère que mon retard ne vous a pas inquiétée, dit-il. J'avais quelques affaires à régler avant.

Remarquant qu'il avait les cheveux humides et qu'il s'était rasé, Leonora fut flattée qu'il ait pris la peine de s'apprêter pour elle.

— J'espère que ma... requête ne vous a causé aucun embarras, répondit-elle.

— Pas le moins du monde. J'étais chez moi, occupé à lire.

— Que lisiez-vous ?

— Pour être honnête, je ne m'en souviens pas, car je ne cessais de songer à autre chose.

Il la regarda longuement et avec insistance, lui laissant penser qu'il parlait d'elle.

— Est-ce important ?

Elle secoua la tête.

— J'ai réfléchi à votre suggestion au sujet de ce que les couples peuvent faire... sans faire...

Il croisa les bras sur son torse et prit appui contre la porte.

— Vraiment ?

Son intonation était teintée de curiosité et d'approbation, mais il n'y avait aucune arrogance.

Tandis qu'il semblait complètement détendu, le muscle qui tressautait sur sa mâchoire trahissait sa nervosité alors qu'il attendait sa réponse.

Elle hocha la tête.

À cet instant, seule sa tête paraissait capable de mouvement.

— Je suis curieuse de savoir comment on peut ne pas perdre sa vertu en s'engageant dans un processus dont la vertu est absente.

Une lueur d'amusement pétilla dans les yeux de la Tour, mêlée à quelque chose de plus sombre, de plus dangereux.

— Je pourrais vous faire un cours théorique, mais je crois qu'une démonstration vous sera plus profitable.

Un cours théorique aurait sans doute pu l'intéresser – d'ailleurs, tout ce que disait la Tour l'intéressait –, mais elle ne l'avait pas fait venir pour parler. Elle voulait de l'action.

— Oui, dit-elle. Je pense que vous avez raison.

Il s'écarta si vite de la porte qu'elle eut à peine le temps de le remarquer avant que ses bras soient autour d'elle et sa bouche sur la sienne, affamée.

Elle se rendit alors compte qu'il voulait peut-être cela autant qu'elle, que son attitude nonchalante n'était qu'une ruse pour qu'elle ne se sente pas obligée de demander ce qu'elle n'était peut-être pas totalement prête à recevoir.

Mais elle était prête.

Elle avait l'impression d'avoir attendu ce moment précis toute sa vie, car c'était la sensation la plus naturelle du monde que d'être pressée fermement contre le corps dur et puissant de la Tour.

Rejetant la tête en arrière, il lui sourit tendrement, et son cœur fit une embardée.

— Pas d'absinthe ce soir, remarqua-t-il.

Elle supposa qu'il n'en avait pas trouvé le goût sur sa langue, contrairement à la fois précédente.

— Je ne voulais pas m'endormir.

Son sourire s'élargit.

— Il se pourrait que vous dormiez après, si je m'y prends comme il faut.

Leonora jeta un coup d'œil à la pendule de la cheminée. Trop de temps s'était déjà écoulé, cela ne leur laissait que trois quarts d'heure.

— Nous devrions nous y mettre. Il ne nous reste plus beaucoup de temps.

— Nous avons toute la nuit.

— Je n'ai réservé la pièce que pour deux heures.

— Grâce à mon frère, j'ai un peu d'influence. J'ai fait en sorte qu'elle soit à nous aussi longtemps que nous le voudrons. Je vous raccompagnerai à votre hôtel pendant que tout le monde dormira encore.

Il avait probablement réfléchi à tous les détails de cette rencontre. Elle l'avait fait aussi, mais ses pensées avaient été influencées par ses lectures, et elle s'était laissée aller à des rêveries romantiques, n'ayant qu'une compréhension toute relative de l'acte sexuel. Lui, en revanche, savait tout ce qu'il y avait à savoir, et avait déjà cédé à l'appel des sens avec d'autres femmes.

Elle n'était pas jalouse de ce qu'il avait vécu avec elles. Elle considérait plutôt cela comme une bonne chose, car cela lui avait donné la capacité de faire de cette nuit un souvenir inoubliable pour elle.

— Nous irons aussi loin qu'il vous plaira, mais je n'introduirai pas mon pénis en vous.

Leonora peina à retrouver son souffle. « Pénis. » Il avait prononcé le mot avec une telle facilité, sans la moindre gêne.

Quant à l'image que sa remarque avait fait naître dans son esprit… elle était certaine d'avoir les joues écarlates.

Que devait-elle répondre à cela ? « Merci de m'avoir rassurée » ?

Il avait déjà dit qu'il ne la déflorerait pas, qu'ils pouvaient faire cela sans laisser aucune preuve…

Elle hocha la tête.

— Bien, dans ce cas, rappelez-vous que vous pouvez à tout moment me demander d'arrêter.

Il leva la main vers son visage, puis glissa ses doigts dans ses cheveux.

— Arrêtez.

Il s'immobilisa immédiatement, posant sur elle un regard interrogateur. Elle y distingua de l'inquiétude pour elle, mais aucune colère ni impatience.

— Vous avez changé d'avis ?

— Non. Je vérifiais seulement si j'avais encore la capacité de parler.

— Vous pourriez la perdre au bout d'un moment, mais d'ici là vous ne voudrez plus arrêter. Vous aurez l'impression que vous allez mourir si nous le faisons.

— Vous ressentirez la même chose ?

— Je le suspecte, mais je m'arrêterai si vous le souhaitez. C'est vous qui décidez. Si vous êtes d'accord, je vais simplement commencer par enlever vos épingles à cheveux, puis défaire vos boutons, vos rubans...

Elle l'interrompit.

— Allez-vous ôter vos vêtements ?

— Avez-vous déjà vu un homme nu ?

La bouche soudain parcheminée, elle secoua lentement la tête.

— J'en ai vu sans leur chemise, en train de travailler.

Ils étaient en sueur, sales, et pourtant plaisants à contempler avec leurs muscles saillants sous l'effort.

— Une fois encore, je ne dépasserai pas vos limites.

Elle souhaitait lui demander s'il y aurait aussi du plaisir pour lui, s'il lui montrerait comment satisfaire un homme, mais elle ne voulait pas provoquer des attentes qu'elle serait peut-être incapable de combler.

Elle avait envie de croire qu'ils étaient là tous les deux en raison du désir qu'ils éprouvaient l'un pour l'autre, pas seulement par attrait pour l'interdit.

Elle lui offrit un sourire qui parut peut-être un peu forcé.

— Continuez, alors.

Il eut une expression narquoise.

— J'aime quand vous me donnez des ordres.

Elle écarquilla les yeux.

— C'est vrai ?

— Bien sûr. « Pas de nom. Pas de fausses flatteries. Aussi peu de conversation que possible, je vous prie. » Je me rappelle chaque mot que vous avez prononcé, les sons que vous avez faits. Je veux encore entendre ces bruits-là.

Il inclina la tête et posa sa bouche sur sa gorge, réchauffant sa peau de son haleine tiède.

Ses paupières se fermèrent d'elles-mêmes. Elle soupira.

La langue de la Tour dessina des cercles paresseux, tandis que ses doigts s'attaquaient à sa coiffure. Elle perçut les cliquètements des épingles heurtant le sol, puis ressentit sur ses épaules le poids de ses tresses qui retombaient.

— Splendide, murmura-t-il.

Elle avait toujours détesté sa couleur de cheveux, un roux timide manquant de cet éclat ardent qui aurait attiré sur elle tous les regards dans une pièce, au lieu de quoi elle se fondait dans la foule.

C'était ce qu'elle avait toujours cru. Mais le fait que la Tour admire ses cheveux l'incitait à se demander si elle s'était trompée. Et si c'était le cas, quel autre aspect d'elle-même avait-elle déprécié ?

La bouche de la Tour retourna vers la sienne avec une urgence délicieuse, et ses pensées se dispersèrent, tels des oiseaux s'envolant d'un arbre après avoir entendu un coup de fusil.

Elle se concentra sur les sensations qu'il éveillait avec un talent incontestable, tandis que ses doigts s'affairaient sur les boutons de sa robe, prenant le temps d'explorer chaque parcelle de peau révélée à mesure que l'étoffe se relâchait et s'écartait.

Elle ne savait pas si elle avait déjà connu une expérience aussi sensuelle que cette caresse délicate. D'une certaine façon, c'était subtil, et pourtant intense.

Lentement, oh tellement lentement, comme pour prolonger l'attente, il libéra ses bras et abaissa son corsage jusqu'à sa taille.

Son corset noir rebrodé de soie rouge était à présent bien visible. Cette pièce de lingerie audacieuse, pour ne pas dire un peu licencieuse, était un cadeau qu'elle s'était offert à elle-même, parce qu'elle avait envie de se sentir désirable.

En voyant s'enflammer le regard de la Tour, elle songea que le but était atteint. Si elle portait d'ordinaire une chemise en dessous, ce soir elle avait fait le choix de s'en passer. Elle voulait sentir le satin sur sa peau, comprimant ses seins, leur infligeant un frottement délicieux.

— Vous êtes une femme aux ressources cachées, murmura-t-il d'une voix rauque.

Elle aurait probablement dû être embarrassée et intimidée sous son regard enfiévré et souhaiter se couvrir. Au lieu de quoi, elle éprouva une fierté teintée de défi, ressentant l'envie d'ouvrir grand les bras et d'annoncer : « C'est tout à vous. »

Mais elle n'était pas aussi hardie. Elle avait été élevée pour jouer la carte de la pudeur, pour ne séduire qu'à mots couverts, en ne dévoilant pas tous ses charmes féminins.

Il fit courir un doigt le long de la dentelle qui festonnait le haut du corset, effleurant la rondeur de ses seins, et un violent désir la traversa.

Plaçant ses mains en coupe de chaque côté de sa poitrine, il en caressa les pointes du bout de ses pouces. Elles étaient déjà tendues, mais elles durcirent davantage. Abaissant ses lèvres, il fit passer sa langue sur les mamelons sous les entrelacs de dentelle.

Elle regarda la tête inclinée sur sa poitrine, tandis que la pointe de ses seins se dressait un peu plus, tel un bourgeon prêt à éclore.

Elle ne put retenir un gémissement tandis qu'il pressait ses seins l'un contre l'autre, les soulevait, libérant les aréoles de leur prison de dentelle pour mieux les attiser de sa langue.

Au creux de ses cuisses, dans cet endroit secret et interdit, une étrange moiteur se répandit.

— Arrêtez, dit-elle, alors qu'il s'apprêtait à dénouer le ruban qui composait le laçage resserrant sa taille.

Il obtempéra aussitôt, cherchant son regard, et elle eut l'impression qu'il lui en coûtait d'interrompre ses attentions. Sa respiration n'était plus aussi calme qu'elle l'était quelques minutes auparavant.

— Il n'est pas juste que je sois presque nue et que vous ne le soyez pas.

Les yeux de la Tour, vibrant d'un désir sans limite, étaient comme deux lacs sombres et dangereux.

Elle y puisa l'audace d'exiger :

— Ôtez vos vêtements jusqu'à la taille.

— Vos désirs sont des ordres.

Elle n'avait jamais envisagé qu'une simple phrase puisse contenir autant de promesses.

Sans détacher son regard d'elle, il retira sa veste et la déposa sur une chaise à proximité. Puis il dénoua sa cravate, la roula et la jeta dans la même direction. Elle ne pesait pas assez lourd pour poursuivre sa course jusqu'au bout. Heurtant le dossier, elle tomba au sol.

Revenant vers Leonora, il écarta les bras.

— Cela vous ferait-il plaisir de m'enlever ma chemise ?

Elle tendit les mains et vit plus qu'elle ne sentit le tremblement de ses doigts. Comme c'était embarrassant. Il ne s'agissait pourtant que de défaire de simples boutons.

Ses larges mains capturèrent les siennes à mi-chemin, tandis qu'elles hésitaient à franchir la courte distance qui les séparait de ce que Leonora désirait tant.

La Tour les leva et les porta à ses lèvres, l'une après l'autre, et y déposa un baiser. Il n'y avait rien de grivois dans ce geste, qui se voulait avant tout rassurant.

— Mes mains tremblaient encore plus la première fois que j'ai déboutonné la robe d'une femme, avoua-t-il.

Un rire nerveux échappa à Leonora, et elle ferma aussitôt la bouche, comme si elle avait fait une bêtise.

La lueur passionnée du regard de la Tour se tempéra de sympathie.

— C'est bien de rire, de sourire, de plaisanter même. Le plaisir se manifeste de différentes façons, Nora.

Il leva ses mains vers le bouton qui fermait son col de chemise et les relâcha.

Lentement, elle fit passer le bouton dans la boutonnière, puis s'attaqua aux deux suivants. Y avait-il quelque chose de plus troublant au monde que de découvrir la peau hâlée d'un torse d'homme dans l'échancrure d'une chemise blanche ?

Enfouissant son visage dans le col ouvert, elle caressa des lèvres le haut de la poitrine de la Tour, lui arrachant un gémissement sourd.

Si elle se réjouit de provoquer cette réaction, elle aurait voulu qu'il se contrôle moins. Alors, elle l'imita, dessinant un chemin brûlant et humide jusqu'aux aréoles brunes sous le lin de sa chemise, les agaçant jusqu'à tremper l'étoffe et les faire durcir.

Poussant cette fois un grognement guttural, il plongea les doigts dans ses cheveux, la maintenant là, non par force, mais simplement en lui faisant savoir à quel point elle exerçait du pouvoir sur lui.

Soudain, elle eut envie de goûter sa peau.

Retournant à sa tâche, elle acheva de libérer les boutons, en accélérant le rythme, pressée d'en découvrir davantage de lui.

Peut-être était-il enthousiaste lui aussi à l'idée de ressentir ses caresses, car, sans attendre que les pans de la chemise soient entièrement libérés, il fit passer celle-ci au-dessus de sa tête et la jeta à l'aveuglette.

Leonora n'aperçut pas où la chemise atterrit, et elle s'en moquait. En effet, il était là devant elle, offrant à sa vue son torse aux reliefs superbement dessinés.

Une toison brune ombrait ses pectoraux et diminuait en une ligne étroite vers la ceinture de son pantalon, attirant irrésistiblement le regard de Leonora vers son ventre.

Anticipant avec un mélange de joie et d'angoisse cette plongée dans un univers qu'elle n'avait fait qu'imaginer, elle se demanda si elle aurait la chance de suivre ce chemin avant qu'ils en aient terminé.

Étant donné que la Tour avait réservé le salon pour le reste de la nuit, elle supposait qu'il faudrait des heures pour qu'il mène à bien ce qu'il avait prévu de lui faire – et de faire avec elle.

Elle ne resterait pas passive, croyant à l'importance du partenariat, à l'équilibre entre donner et recevoir afin que chacun soit satisfait – une règle qu'elle avait apprise du monde des affaires.

— À mon tour, dit-il.

Et il délaça à la hâte son corset, qui connut le même sort que la chemise, atterrissant quelque part au sol avec un bruit mat.

Ses seins remplirent les paumes de la Tour comme s'ils avaient été dessinés pour elles. Avec une infinie douceur, il les massa, comme s'il savait qu'elle avait besoin d'un moment pour s'ajuster à l'absence soudaine de contrainte. C'était toujours un soulagement quand l'instrument de torture était ôté, et il arrivait souvent qu'elle doive se masser elle-même, mais il s'y prenait tellement mieux qu'elle, semblant deviner le degré exact de pression qu'il devait appliquer.

Puis une pluie de baisers s'abattit sur ses rondeurs. Elle glissa les doigts dans les cheveux de la Tour, rejeta la tête en arrière et gémit, s'étonnant que ce bruit de gorge, bas et enroué, puisse venir d'elle.

Quand il aspira son téton, elle poussa un cri devant le plaisir ainsi éprouvé.

La bouche de la Tour était tellement brûlante qu'elle n'aurait pas été surprise qu'elle vienne des enfers d'Hadès, pourtant elle ne brûlait pas.

Avec dextérité, il commença à dénouer davantage de rubans, de liens et d'agrafes. Pas aussi lentement qu'avant. Une impatience se manifestait dans ses gestes. Elle avait toujours été pudique, cependant il lui paraissait infiniment normal qu'il lui ôte ses vêtements l'un après l'autre, qu'il s'agenouille pour les faire glisser le long de ses jambes, en lui offrant le support de ses solides épaules pour qu'elle ne perde pas l'équilibre tandis qu'elle les enjambait. Écartant d'un geste impatient du bras la pile d'habits qui jonchait le sol, il commença à lui retirer ses souliers.

— Pas de gravillons ? demanda-t-il, sur le ton de la plaisanterie.

Cette nuit-là lui semblait si lointaine, à des millions d'années. Elle s'aperçut alors que ce qui comptait n'était pas la durée que les gens passaient ensemble, mais la manière dont ils remplissaient ces minutes ou ces heures, ce qu'ils partageaient, en quoi ils les rendaient spéciales.

Elle aurait ce moment. Et si c'était le seul, elle ferait en sorte que cela suffise. Elle avait en effet désormais sa réponse : une fois, c'était mieux que pas du tout.

— Pas de gravillon, déclara-t-elle.

Il fit rouler ses bas le long de ses jambes, et lui ôta pour finir sa culotte.

Elle retint son souffle tandis qu'il rejetait légèrement la tête en arrière pour la contempler.

Finalement, leurs regards se rencontrèrent. L'admiration et l'émerveillement qui se reflétaient dans celui de la Tour firent flancher les genoux de Leonora et trembler ses jambes.

— Savez-vous à quel point vous êtes jolie ?

— Vous dites ça parce que c'est ce qui est attendu dans un moment comme celui-ci.

Un pli se creusa au milieu de son front.

— Je ne dis jamais rien que je ne pense pas. Si certains hommes ont pu vous laisser entendre que vous aviez peu à offrir en matière de beauté, je serais ravi de leur briser la mâchoire pour qu'ils ne puissent plus proférer de telles stupidités.

Il paraissait si sérieux qu'elle faillit rire de bonheur à l'idée qu'un gentleman la défende ainsi.

— Vous êtes le premier à me voir dans le plus simple appareil.

À l'exception de sa mère, naturellement, mais elle était enfant alors. Et de sa femme de chambre, quand elle l'aidait pour son bain, mais c'était toujours rapide et impersonnel, et elle doutait que la jeune femme prête attention à son apparence.

— C'est un honneur que je ne prends pas à la légère.

Lentement, comme s'ils avaient tout le temps du monde, comme si les horloges ne marquaient plus le passage des minutes, et que Big Ben ne sonnerait plus jamais, il se releva en déposant des baisers un peu partout sur son corps.

Puis il enroula ses bras autour d'elle et captura sa bouche, l'embrassant avec une urgence et une passion laissant entendre qu'il ne pourrait jamais se rassasier d'elle.

Elle adorait la sensation de ses seins écrasés contre les reliefs durs du torse de la Tour. Peau contre peau. C'était divin.

Alors qu'elle commençait à se détendre et à prendre goût à ce baiser si prometteur, il la souleva.

— Vous allez avoir besoin d'être étendue pour ce qui va suivre.

Par tous les diables ! Jamais il n'avait été aussi tenté de rompre sa promesse, d'arracher son pantalon, de la couvrir de son corps et de la posséder. Pleinement. Complètement.

Elle ne s'y serait pas refusée. Il en était à peu près certain à cause de la flamme qui brûlait dans ses yeux, sa faim brutale, sa curiosité intrépide.

Mais il lui avait promis la passion sans conséquence, elle ne serait pas déflorée.

Il n'avait pas pour habitude de prendre ce qui ne lui était pas offert. Elle comptait sur lui pour respecter sa parole, et cette confiance en lui était plus précieuse que toutes les pièces dans ses coffres.

Avec d'infinies précautions, il la déposa sur la méridienne, mit un genou à terre et s'empara de nouveau de sa bouche.

Pour une novice, elle était remarquablement habile à faire glisser ses longs doigts sur son corps, lui arrachant des frissons incontrôlés.

Quand il avait commencé à lui ôter ses jupons, il s'était attendu à ce qu'elle lui demande d'arrêter. Puis, elle aurait exigé qu'il se débarrasse de son pantalon. Mais, outre qu'elle n'avait sans doute encore jamais vu d'homme nu, il savait que le risque aurait été trop grand pour lui.

Au moins, en gardant son pantalon, il pouvait dissimuler son érection, à condition qu'il reste au sol plutôt que sur la méridienne.

Tour à tour tendre et passionné, il avait envie de l'adorer et de la cajoler de sa bouche, de ses doigts. Il voulait entendre son souffle s'altérer, laisser place à des gémissements rauques, des murmures fiévreux.

— Je souhaiterais vous faire quelque chose de terriblement audacieux, chuchota-t-il à son oreille.

— Quoi ?

— Contentez-vous de dire oui.

Il perçut une légère hésitation.

— Vous ai-je déjà déçue en vous montrant quelque chose ?

Elle secoua la tête avant de prononcer le mot qui lui donna la permission qu'il attendait.

Il ferma brièvement les paupières. La confiance était une chose fragile, et avec ce seul mot Nora lui avait accordé la sienne, de tout son cœur.

Jamais il ne s'était senti aussi victorieux. Pas même quand il faisait échec et mat, raflait la mise aux cartes ou triplait ses investissements en un an.

— Ne bougez pas, dit-il.

Il envisagea de se lever pour arriver plus vite à ce qu'il souhaitait, mais alors elle ne manquerait pas de voir le renflement de son pantalon, et il ne savait pas si cela l'inquiéterait.

Dans quelle mesure était-elle au courant de ce qui se passait entre un homme et une femme ? À quel point était-elle audacieuse ?

Finalement, il s'assit par terre et glissa vers le bout de la méridienne, où il prodigua son attention à ses pieds, ses mollets, les couvrant de massages sensuels et de baisers.

Son sourire, l'extase sur son visage étaient bouleversants.

Il plaça ses chevilles sur ses épaules, puis il se pencha, la saisit par les hanches et la tira vers lui, jusqu'à ce que ses fesses soient au bord du coussin.

Elle eut un petit cri de surprise, ses yeux s'écarquillèrent et sa bouche forma un *O* charmant.

— Et maintenant, passons à la partie audacieuse, dit-il.

Il inclina la tête, fit courir sa langue le long de cette vallée que son pénis ne toucherait jamais et se délecta du goût de son intimité.

16

De toutes les choses qu'elle avait envisagées ce soir, avoir la tête d'un homme enfouie entre ses cuisses ne faisait assurément pas partie des projets de Leonora. Comment aurait-elle pu imaginer ce lent trajet sinueux qui éveillait des picotements partout sur sa peau, qui lui nouait l'estomac et lui coupait le souffle, qui durcissait la pointe de ses seins ?

Ses mains plongeaient dans les cheveux de la Tour tandis qu'elle soulevait ses hanches à la recherche d'un contact plus étroit.

L'observant intensément, il déplaça ses mains pour caresser sa poitrine. Elle émit un souffle rauque, entremêlé d'un gémissement plaintif. Assurément, il savait comment donner du plaisir, et il le faisait d'une façon qui paraissait la plus naturelle du monde.

Mais, plus que cela, la façon dont ses yeux s'obscurcissaient, la satisfaction que Leonora voyait danser dans les profondeurs brunes de ses prunelles, lui laissait à penser qu'il aimait pratiquer cet acte autant qu'elle appréciait de le recevoir. Ses grognements occasionnels semblaient en tout cas l'indiquer.

Elle se demanda si son corps était aussi à vif, si les remarquables sensations qui cascadaient à travers elle coulaient également en lui. Quoi qu'il en soit, elle n'avait pas l'impression d'être seule à éprouver une telle satisfaction des sens.

Soudain, la Tour fit descendre sa main le long de son buste, sur son ventre, entre ses cuisses où il alla compléter l'action de ses lèvres, éveillant d'autres sensations plus bouleversantes encore.

— Oh, mon Dieu !

Elle sentit son corps se crisper, s'agiter. C'était presque insupportable... pourtant, elle n'avait pas envie que cela s'arrête. Elle aurait voulu rester là pour toujours, à vivre cette expérience exquise, tandis que la langue de la Tour s'enroulait autour du bouton de chair remarquablement sensible, que ses lèvres se refermaient autour, le taquinaient, l'aspiraient...

Elle commença à se trémousser, cherchant quelque chose qui demeurait encore hors de portée, même si elle le sentait proche.

Serrant la tête de la Tour entre ses mains, percevant qu'il accélérait le rythme et la pression, elle songea qu'elle allait sûrement mourir là.

Les petits cris qu'elle poussait semblaient venir du tréfonds de son âme.

— Laisse-toi aller, dit-il.

Elle le fit. Le dos cambré, ne retenant plus ses cris, elle accueillit les soubresauts roulant l'un après l'autre en elle, comme une cascade sans fin.

Mais il y eut une fin. Les derniers frissons de volupté qui la traversaient encore déclinèrent, s'affadirent et disparurent, tel un arc-en-ciel se délavant avant de devenir invisible.

Se déplaçant légèrement, la Tour déposa un baiser sur son nombril, avant d'écarter tendrement, avec soin, les jambes qu'elle avait relevées, prenant appui sur ses épaules.

Elle songea que ses joues devaient être écarlates, mais elle ne pouvait se résoudre à détourner les yeux du regard satisfait de la Tour.

Elle ressentait encore de petits picotements de plaisir, comme lorsqu'on éteint une bougie et que quelques braises scintillent sur la mèche, luttant pour ne pas mourir.

Sans doute son corps retrouverait-il son état normal, perdant cette sensibilité extrême mais, pour le moment, elle avait l'impression qu'il en faudrait peu pour rallumer le feu du plaisir.

Cherchant son souffle, elle osa demander :

— Y a-t-il quelque chose que je peux faire pour toi ?

Elle fut surprise par sa voix éraillée.

Lentement, il secoua la tête.

— Ce soir, c'était uniquement pour toi.

Parce qu'elle l'avait réclamé. Il n'était pas venu de son propre chef, pas plus qu'il n'avait organisé une rencontre.

La satisfaction de Leonora s'amoindrit quelque peu, parce que la Tour n'avait pas été motivé par un désir irrépressible. Puis elle se morigéna pour sa sottise car, malgré cela, ce qu'elle avait expérimenté était formidable.

— Tourne-toi sur le côté, dit-il.

Elle obtempéra, et il s'étendit contre elle, pressant son sexe durci contre son ventre.

— Je vois bien que tu es déçue, et je voulais que tu saches à quel point j'ai envie de toi.

Elle baissa la tête.

Glissant un doigt sous son menton, il leva son visage vers le sien, de façon à ce que leurs regards se croisent.

— Mais j'ai promis que ta virginité serait intacte quand tu partirais d'ici. Si j'enlève mon pantalon, elle ne le sera plus.

Elle lui offrit un petit sourire. Après tout ce qu'il avait fait, comment pouvait-elle se montrer timide maintenant ? Surtout qu'elle ne l'avait pas été pendant qu'il la faisait bénéficier de ses attentions.

Il avait les cheveux emmêlés, certaines mèches se dressant adorablement. C'était elle qui avait fait cela. Si elle n'en avait aucun souvenir, il était fort possible qu'elle lui ait tiré les cheveux dans les affres de la passion. Il avait des marques rouges sur les épaules et autour du cou, là où elle l'avait enserré de ses cuisses. Elle aperçut même quelques griffures sur son torse. Il l'avait rendue sauvage.

Et à présent ils étaient étendus face à face, se contemplant calmement, comme si rien de particulier ne s'était passé. Comme s'il ne l'avait pas guidée vers les rivages de l'extase. Comme s'il ne connaissait pas les sons qu'il pouvait lui arracher avec si peu d'efforts. Entre ses mains, elle était devenue de l'argile qu'il pouvait modeler à sa guise.

Elle laissa paresseusement traîner ses doigts le long de son abdomen, jusqu'à la lisière de la ceinture de son pantalon. Bien que tentée de glisser la main dessous, elle renonça et remonta vers ses pectoraux.

— Tu as déjà été amoureux ?

Elle sentit qu'il se crispait.

— Une fois, admit-il.

— Que s'est-il passé ?

— Mon père l'a séduite.

La Tour se leva de la méridienne, attrapa le plaid dont il l'avait recouverte cette nuit-là et le drapa autour d'elle, en ayant une conscience aiguë de son regard pénétrant. Puis il se dirigea vers la desserte.

— Qu'est-ce que tu aimerais ?

— Une explication à propos de ce qui s'est passé.

Sans se retourner, il précisa :

— Je te demandais ce que tu voulais comme boisson.

— Ce que tu prendras toi.

— Du scotch.

— Parfait.

Il remplit deux verres et lui en tendit un.

— Assieds-toi. Mets-toi à l'aise.

Ouverte sur trois côtés, la méridienne était parfaite pour se livrer à des ébats sensuels, mais n'était pas adaptée pour une conversation à cœur ouvert.

— Parle-moi, dit Nora.

Elle se cala contre le dosseret, et remonta confortablement le plaid autour de ses épaules.

— Il n'y a pas grand-chose à dire.

La Tour s'assit sur le bord de la méridienne, avala une grande gorgée de liquide ambré, posa le verre au sol et tira sur ses genoux les pieds de Nora, qu'il commença à masser doucement.

— Quel âge avais-tu ?

— Vingt et un ans. Elle s'appelait Rachel. Elle était la fille d'un armateur. C'était l'un de mes premiers investissements. Ça m'a bien rapporté.

— C'est à cause d'elle que tu as investi ?

En effet. Était-ce pour cela qu'il luttait tellement pour ne pas voir qu'il y avait un profit à tirer de l'entreprise de Nora ? À cause de son attirance pour elle ? Pourtant, la situation n'était pas la même. Son père n'était plus en état de la lui voler. Mais elle ne lui appartenait pas. Elle n'était pas intéressée par le mariage. Alors, en quoi était-ce important ?

— J'ai investi parce que je croyais en la réussite de leur projet.

Ce n'était pas un mensonge, mais faire plaisir à Rachel avait pesé sur sa décision.

— Je la courtisais depuis quelques mois. Mes parents donnaient un bal dans notre résidence de campagne. Mère s'est assurée que Rachel et sa famille soient invitées. Elle savait que j'avais l'intention de demander la main de Rachel durant le bal. Il devait même y avoir un feu d'artifice. Et ça a fait des étincelles, en effet, mais pas comme elle l'avait prévu.

Il la regarda. Elle l'observait, immobile, l'air effaré.

— Tu veux vraiment connaître les détails ?

Après tout ce temps, raconter cette histoire n'aurait pas dû être aussi douloureux. Pourtant, chaque mot était comme un couteau qui lui tranchait le cœur.

— J'aimais tellement mon père, intervint-elle. C'était un homme bon.

Elle se glissa vers lui, les jambes repliées, ses genoux pressant contre son flanc à lui. Il savoura ce contact, la proximité de Nora.

— Je suis médusée par le comportement de ton père. Il n'aurait dû avoir que ton bonheur en tête.

— C'est le pire des salauds ! Et je n'ai probablement rien fait pour arranger les choses. À mon arrivée, je me suis vanté de mes succès, assez imbu de moi-même. Je pensais qu'il serait fier de ce que j'avais accompli, mais il s'en moquait. Il ne m'a jamais félicité pour ma réussite à l'école ou dans les compétitions sportives. Et comme un imbécile, je continuais à quémander son approbation.

Elle posa la main sur sa joue.

— Tu n'étais pas un imbécile. La plupart des enfants cherchent l'approbation de leurs parents.

Il soupira et continua :

— Cet après-midi-là, avant le bal, un valet m'a apporté un message de Père, qui me demandait de le retrouver dans un cottage que nous utilisions pour la chasse. Je ne m'attendais à rien de particulier. Je n'ai pas frappé. Je suis entré directement. Il n'a même pas pris la peine de rouler sur le côté pour se détacher d'elle. Il s'est contenté de me regarder d'un air triomphant.

Paraissant horrifiée, Nora lui pressa le haut du bras.

— Mon Dieu, mais pourquoi a-t-il fait ça ?

— Pour gagner. Pour savoir qu'il m'avait battu.

— S'est-elle expliquée ?

— Elle est venue me voir plus tard, elle regrettait le mal qu'elle avait causé. Elle a avoué qu'elle avait perdu la tête, qu'elle n'avait pas pu résister à son charme. Ma mère m'a dit une fois que, lorsqu'une femme avait retenu l'attention de mon père, il mettait tout en œuvre pour la conquérir, et qu'il était alors impossible d'échapper à la fascination qu'il exerçait. Je n'ai jamais vu cet aspect de lui, mais elle devait dire vrai, car il a eu une quantité impressionnante de maîtresses. Je n'ai jamais compris ce que ces femmes pouvaient bien lui trouver.

— Cela me fait penser à un charmeur de serpents, capable d'inciter le cobra à lui obéir, même si ce n'est pas dans l'intérêt de l'animal, qui finira de toute façon au fond du panier.

— J'apprécie l'analogie, mais j'ai toujours pensé qu'il était pire qu'un serpent.

— Je ne connais pas ton père, mais je le déteste pour ce qu'il t'a fait.

— Tu ne te serais jamais fait duper. Tu es trop intelligente pour ça.

Elle l'aurait démonté pièce par pièce jusqu'à révéler la noirceur de son cœur.

Les mots de la Tour parurent lui plaire.

— Cela m'a laissé perplexe. Son père n'avait pas encore fait fortune, mais avec d'autres investissements, j'étais en bonne voie d'acquérir la mienne. Ce qu'elle voyait en lui n'était donc pas d'ordre financier. Quoi qu'il en soit, je n'ai pas pardonné à Rachel son infidélité.

— Et tu n'avais pas à le faire.

La façon que Nora avait de le défendre, la colère dans sa voix étaient comme un baume sur ses plaies. Il ne pouvait imaginer qu'elle se montre un jour infidèle.

— J'ai appris qu'elle avait été sa maîtresse pendant quelque temps. Son père l'a déshéritée. Je n'ai pas la moindre idée de ce qu'elle est devenue.

Il se l'était souvent demandé, mais il n'avait pu se résoudre à interroger son père à son sujet. Le comte l'aurait assurément humilié. Il lui aurait réclamé quelque chose – sans doute de l'argent, vu l'état de délabrement de son domaine – ou bien il l'aurait obligé à supplier.

Il croisait le père de Rachel de temps en temps, puisqu'il était toujours actionnaire de son entreprise, mais ils n'évoquaient jamais ensemble celle qui les avait tant déçus.

— C'est à cause d'elle que tu connais les baisers d'adieu.

— C'est juste.

Il avait embrassé Rachel ce matin-là, alors qu'ils se promenaient après le petit déjeuner. Ç'avait été un baiser bref, doux et innocent, sans commune mesure avec les baisers affamés qu'il partageait avec Nora. Avec Rachel, les baisers étaient comme une brise légère faisant voleter un rideau. Avec Nora, depuis le début, c'était une tempête suffisamment forte et puissante pour tout balayer sur son passage. Et peut-être pour construire quelque chose de plus durable à la place… mais il ne voulait pas envisager cette hypothèse.

— Et depuis, tu n'as jamais rencontré personne d'autre ?

— Quelques années plus tard, la fille d'un comte m'a tapé dans l'œil. Mais elle ne souhaitait pas que son nom soit associé à ma famille, surtout après que mon père a commencé à lui faire des avances. Il a toujours préféré les jeunes filles pures et intactes. Je l'ai menacé, obtenant qu'il cesse, mais les dégâts étaient faits. Sa réputation de mari infidèle était déjà bien établie. Elle a pensé que je marcherais sur ses traces, car c'était l'exemple que j'avais eu durant toute mon enfance. Le manque de loyauté. Le manque d'engagement… J'ai eu beau protester, je n'ai pas réussi à la convaincre. J'ai alors compris que les mots ne suffisaient pas. Il fallait que je prouve mon caractère par mon comportement.

— C'est pour cette raison qu'on n'a jamais parlé de toi dans la presse à scandale… jusqu'à ta rencontre avec moi.

Il eut un haussement d'épaules, accompagné d'un rire amer.

— J'ai essayé de mener une vie qui était l'exact contraire de la sienne.

— D'où ta volonté de ne pas avoir de bâtards.

— Effectivement.

— Quand tu assistes à des bals, tu te réfugies dans la salle de jeu. On ne te voit jamais sur les pistes de danse.

— De cette façon, il n'y a pas de malentendu. Je ne risque pas d'être perçu comme une personne indigne de confiance. On me considère généralement comme quelqu'un d'ennuyeux, le plus terne des Joueurs d'échecs.

— Tu n'es pas ennuyeux.

Nora avait protesté vigoureusement, comme s'il s'était insulté lui-même.

— Ça ne me dérange pas qu'on me considère ainsi. C'est même une bonne chose.

Il avait conscience de l'intense observation dont il était l'objet, et il eut l'impression qu'elle l'envisageait comme un assemblage de rouages, de boulons et d'écrous, dont elle cherchait à comprendre le fonctionnement.

— En t'efforçant d'être le contraire de lui, n'as-tu pas mis de côté celui que tu es vraiment ? dit-elle lentement, comme si ses pensées se façonnaient peu à peu.

Il n'aimait pas beaucoup cette conclusion. Ce qu'il donnait à voir au monde était ce qu'il voulait être. Le reste n'avait pas d'importance.

Il saisit entre le pouce et l'index une des mèches de cheveux de Nora et la repoussa derrière son oreille.

— Ce n'est pas une conversation susceptible de déboucher sur la séduction.

Elle lui adressa un sourire malicieux.

— J'ai déjà été séduite.

Il fit glisser ses doigts le long de sa gorge, jusqu'à la vallée entre ses seins.

— La séduction est un jeu permanent, elle est toujours présente même quand tu penses qu'elle ne l'est pas.

— Alors, ça veut dire que tu séduis toutes les femmes que tu rencontres ?

— Seulement celles qui sont intéressantes.

Sous le choc, elle rejeta la tête en arrière, les yeux écarquillés.

— Tu me trouves intéressante ?

— Évidemment, tu es enthousiaste, intrépide...

Il tira sur le plaid jusqu'à révéler un de ses seins, et fit courir sa langue autour de l'aréole.

— Et tu es si délicieuse qu'on a envie de te dévorer.

Un petit rire lui échappa, tandis qu'elle plongeait la main dans ses cheveux et maintenait sa tête fermement en place.

Il considéra cela comme un encouragement à mordiller, sucer et lécher.

Ses soupirs béats ne tardèrent pas à envahir la pièce, et il décida que le temps d'un nouveau festin était venu.

Leonora était persuadée qu'ils avaient terminé. Elle ne s'attendait pas à davantage. Elle ne s'attendait pas à ce qu'il tire sur le plaid avec impatience, comme s'il voulait la voir de nouveau nue devant lui aussi vite que possible.

Il savait à quoi elle ressemblait maintenant. Ne devrait-il pas s'être lassé de la contempler ?

Cependant, il paraissait la vouloir avec une détermination semblable à de la folie.

Quant à elle, elle ne se lassait pas de poser les yeux sur son torse magnifique, ou ses larges épaules.

Il commença par le haut et descendit. Il s'intéressa à sa poitrine puis à son ventre, accorda de l'attention à ses hanches et à l'intérieur de ses cuisses. Il passa les mains sous ses fesses et la souleva vers sa bouche, comme si elle était un verre de vin – ou d'absinthe – à déguster.

Cette fois, elle savait à quoi s'attendre et s'en remit entièrement à lui.

Comment se pouvait-il que ce soit encore une fois comme cela ? Cette folie. Cette faim.

Elle se trémoussait contre lui, plaquant ses mains sur chaque parcelle de lui qu'elle pouvait atteindre. Elle se délectait des gémissements qu'il poussait, réaffirmant que l'acte n'était pas seulement pour elle, mais pour lui aussi, qu'il en retirait autant de plaisir qu'elle.

Cependant, il fallait peut-être mettre cela uniquement sur le compte du désir charnel, et ne pas en tirer d'autres conclusions, bien qu'il ait déclaré la trouver courageuse et audacieuse.

Jamais on ne lui avait dit cela. N'étaient-ce que des mots employés pour la séduire ? Il les avait pourtant prononcés avec solennité, son regard soutenant le sien pour lui communiquer son honnêteté.

Peut-être était-ce pour cette raison que, bien que consciente qu'elle aurait dû faire preuve d'un minimum de pudeur et de retenue, elle ne le faisait pas. Qu'elle avait ouvert les jambes en grand et l'avait pressé de venir vers elle. Qu'elle se sentait sauvage et bestiale.

Et qu'elle était très à l'aise pour donner des ordres : « Ici. Plus doucement. Plus fort. Oui, comme ça. Recommence. »

Lorsque le cataclysme se produisit, elle s'arqua, accentuant le contact avec lui autant qu'elle le pouvait, tandis que le plaisir la submergeait. Puis elle retomba en arrière, léthargique, aussi molle qu'une poupée de chiffon.

Il se déplaça et passa son pouce sur son téton turgescent et sensible à l'excès, et elle faillit crier tant la sensation fut intense.

— Tu es tellement réactive, s'exclama-t-il, émerveillé.

— Je commence à redouter d'être une femme de petite vertu, confessa-t-elle.

Le sourire de la Tour exprima un mélange de plaisir et de malice.

— Tu es une femme qui sait ce qu'elle veut et va le chercher. Je trouve ça extraordinairement...

Sa voix s'éteignit. Comme il ne poursuivait pas, elle demanda :

— Extraordinairement ?

— Attirant. Il est difficile de te résister. Je ne comprends pas que tant d'hommes soient parvenus à le faire.

Il voulait se montrer gentil, elle en était certaine. D'après son expérience, les hommes n'éprouvaient aucune difficulté à lui résister. Elle n'avait jamais été contrainte de repousser des avances indésirables. Jamais aucun ne l'avait contemplée avec un regard languide. C'était quelque chose qu'elle-même avait fait, jusqu'à ce que sa mère lui reproche de porter son cœur en bandoulière. À peine âgée de quatorze ou quinze ans, commençant à s'intéresser aux garçons, elle s'était dit qu'elle devait avoir l'air d'une idiote et elle avait verrouillé son cœur, adoptant un comportement d'une grande froideur.

Mais elle avait appris ce soir qu'un homme avait les moyens de la faire fondre, s'il voulait s'en donner la peine.

— Je devrais probablement retourner à mon hôtel, dit-elle paresseusement.

— Un dernier baiser ?

Du moment qu'il ne s'agissait pas d'un baiser d'adieu. Mais bien sûr, cela en serait un, parce qu'elle savait maintenant ce qu'il y avait au-delà d'un baiser.

Elle avait dû communiquer son accord d'une manière ou d'une autre, car la bouche de la Tour fut soudain sur la sienne. Il glissa une main dans son dos, la plaqua contre son torse, son abdomen, ses hanches. Une de ses cuisses s'inséra entre les siennes, appuyant contre son mont, et elle faillit flancher. Comment pouvait-elle déjà être prête à se voir de nouveau comblée ?

Elle enroula les bras autour de lui, faisant courir ses doigts sur ses épaules et le long de sa colonne vertébrale. Il grogna, l'enlaçant plus étroitement encore, jusqu'à ce qu'elle ait l'impression qu'elle allait se fondre en lui.

C'était torride, incandescent.

Ce dernier baiser fut finalement doux-amer. Elle savait qu'il y aurait pu en avoir davantage, tellement plus. Et elle était tentée.

Mais si elle s'engageait sur cette voie, ce serait irréversible. Et s'il s'avérait que le mariage était la seule façon de sauver son entreprise, ne devait-elle pas cela à son père ? À sa mémoire ? À son héritage moral ? Afin de mener à bien le rêve qu'il avait toujours poursuivi, même s'il n'était plus là pour le voir ?

Son père lui avait toujours permis d'être elle-même. Il lui avait ouvert les portes d'un monde autre que celui des aquarelles, de la lecture et de la broderie dans lequel sa mère voulait la confiner. Il lui avait fait découvrir le whisky, l'avait autorisée à fumer un cigare, et n'avait pas bronché la fois où un juron lui avait échappé en sa présence.

Aussi, quand la Tour se redressa, elle ne demanda pas davantage, en dépit du désir brutal qu'elle discernait dans ses yeux, en réponse à celui qu'elle éprouvait. Elle se contenta de presser un baiser sur son torse, glissa sur le rebord de la méridienne, se leva et commença à s'habiller.

17

En silence, la Tour aida Nora à se rhabiller. C'était bien le moins qu'il puisse faire après lui avoir ôté chaque vêtement qu'elle portait.

Il avait déjà la nostalgie de sa nudité. Elle était si incroyablement belle, et elle ne s'en rendait pas compte. Elle n'avait même pas conscience de son intelligence.

Seigneur, mais qui étaient ces imbéciles à New York qui l'avaient trouvée étrange ? Quel homme était assez idiot pour être intimidé par une femme dont les préoccupations allaient au-delà de ce qui était socialement admis comme relevant des prérogatives féminines ? Superviser les repas, arranger les bouquets, et passer des heures chez la modiste pour évoquer les dernières modes, il ne voyait aucun mal à cela. Mais pourquoi une jeune femme devrait-elle se limiter à ces activités si elle avait envie de découvrir autre chose ?

Il se demanda ce qui aurait changé pour Nora si elle n'était pas née en Amérique mais ici. Apparemment, les élites new-yorkaises n'acceptaient pas sa famille, mais il était probable que l'aristocratie lui aurait également fermé ses portes si, quelques années auparavant, elle avait essayé de faire son entrée dans le monde. Aujourd'hui, on la fréquentait uniquement pour les possibilités d'investissement qu'offrait son entreprise. Les temps étaient durs pour tous, même pour la noblesse, dont les fondations étaient ébranlées. Les inondations et les épidémies ravageaient les récoltes. Les bateaux, toujours plus rapides, apportaient à moindre coût des céréales venues d'ailleurs, causant la ruine du monde agricole. Les jeunes quittaient la campagne pour prendre un travail à l'usine, abandonnant la terre que leur famille exploitait depuis des générations.

Les investissements avaient permis à la Tour – et à tous les Joueurs d'échecs – de ne pas avoir à réduire leur train de vie, comme y étaient contraints tant de leurs pairs. Informés de leur réussite, de plus en plus de lords étaient désireux de suivre leur exemple. C'était pour cette raison que Nora et sa famille étaient acceptées dans leur cercle élitiste.

Mais la Tour savait que le vent pouvait tourner, que les promesses pouvaient être rompues, et que les amis d'aujourd'hui pouvaient devenir les ennemis de demain.

Il acheva de se vêtir, sous le regard fasciné de Nora, qui ne perdait pas une miette de ce qu'il faisait, et il s'aperçut qu'elle n'avait sans doute jamais assisté à toutes les étapes de l'habillement d'un homme.

Il passa ses doigts dans sa chevelure emmêlée, avant de poser son chapeau sur sa tête. Puis il souleva la pelisse de Nora, la plaça sur ses épaules et rabattit la capuche sur sa tête, afin que son visage soit partiellement dissimulé.

— Nous allons sortir par la porte de service, l'informa-t-il.

Pendant une seconde ou deux, elle resta immobile, paraissant surprise et blessée. Il comprit qu'elle avait peut-être pensé qu'il avait honte d'être vu avec elle. Après tout, elle avait été snobée par des personnes dénuées de tact à New York.

— Pour protéger votre réputation, précisa-t-il.

Elle redressa le menton, d'un air de défi.

— Bien sûr.

Tandis qu'il l'escortait à travers un labyrinthe de couloirs et d'escaliers, elle demanda :

— Comment connaissez-vous ce chemin ?

— Aiden m'a fait visiter son établissement en pleine journée, quand il n'y avait pas de clientes. Il est très regardant sur la sécurité et la réputation des dames qui viennent ici.

— La plupart des gens n'auraient pas accepté les enfants illégitimes de leur père.

— Ils ne sont pas responsables des circonstances de leur naissance.

Ils étaient arrivés à la porte de service. Un homme à l'allure intimidante se leva d'un tabouret.

— Milord.

— Bonsoir, Éros. Vous allez nous laisser sortir, j'espère.

— Pour sûr, chef.

Il ouvrit la porte, et la Tour lui glissa une pièce dans la paume au passage.

Quand ils furent dehors, Nora réfléchit :

— Éros, le dieu de l'amour. C'est son vrai nom ?

— J'en doute. Aiden est fasciné par la mythologie. Je suppose qu'il a renommé ses employés en ce sens.

— Il y a de la tendresse dans ta voix quand tu parles de lui.

— J'aime sa compagnie et je le respecte. J'ai d'ailleurs du respect pour tous les Trewlove. Ils se sont démenés pour s'améliorer et réussir leur vie. Rien ne leur a été donné.

Pas de titres, pas de propriétés, pas de terre.

Changeant de sujet, il annonça :

— Nous allons continuer par là et emprunter un fiacre.

Leonora supposa que les conducteurs de fiacre étaient parfaitement informés que, à cette heure de la nuit, un certain nombre de femmes qui visitaient l'Elysium avaient besoin d'être reconduites chez elles, car ils n'eurent aucun mal à trouver un véhicule.

Elle ne prit pas la peine de dire à la Tour qu'il n'était pas obligé de la raccompagner, car elle le connaissait suffisamment maintenant pour savoir qu'il le ferait quand même.

Cependant, elle fut contente d'avoir l'occasion de passer un peu plus de temps avec lui, même s'ils ne parlaient pas.

Il lui avait offert sa main pour l'aider à se hisser dans le fiacre et ne l'avait pas libérée depuis, montant si souplement à sa suite que ce mouvement n'avait pas imposé qu'il la lâche.

Ni l'un ni l'autre ne portait de gants. La paume de la Tour était calleuse, comme le plus doux des papiers à poncer. Il était difficile à Leonora de ne pas se rappeler le contact légèrement abrasif des mains de la Tour tandis que celles-ci voyageaient sur son corps.

Le trot cadencé des chevaux faisait écho à la petite rengaine qui occupait son esprit. *Il m'aime, un peu, beaucoup, passionnément, à la folie, pas du tout.*

Quand elle était enfant, elle avait souvent effeuillé des marguerites pour répondre à cette question tout en ne sachant pas qui se cachait derrière ce « il ». Lorsque le dernier pétale correspondait à un « pas du tout », une autre marguerite était sacrifiée dans l'espoir que la réponse serait enfin celle que Leonora attendait.

Comme si l'amour était simple et que le destin en décidait.

Elle commençait à s'apercevoir que c'était extrêmement compliqué, et que ce n'était pas forcément une condition à remplir pour le mariage, au contraire. C'était quelque chose de trop fluctuant pour servir de base à une décision importante qui l'affecterait pour le restant de ses jours.

Sa mère ne le lui avait-elle pas assez répété ? Le mariage consistait à choisir un partenaire qui l'aiderait à assurer son existence et celle de sa famille.

L'homme qui l'accompagnait possédait assurément les moyens financiers pour faire vivre une famille. Mais il n'avait pas insinué que ce qui se passait entre eux était autre chose qu'un dérivatif, un jeu à gagner. Oh, il avait dansé avec elle, l'avait emmenée en excursions nocturnes, mais cela ne signifiait pas qu'il avait l'intention de l'épouser.

Il était son secret et elle était le sien.

Peut-être était-ce en raison de leur côté mystérieux qu'ils s'entendaient si bien. Cela ajoutait un élément d'excitation parce qu'elle faisait quelque chose qu'elle n'aurait pas dû faire. Si un jour elle se mariait, elle entrerait dans le lit conjugal en étant moins nerveuse et craintive, parce qu'elle saurait à quoi s'attendre. Plus ou moins. La dernière partie, l'union des corps, relevait encore de l'inconnu.

Mais elle était à peu près sûre, si ce soir en était un indice, qu'elle adorerait cela.

Gardant le regard droit devant elle, elle s'enquit :

— Ce que tu as fait ce soir... c'est toujours comme ça ?

— Pas toujours.

La voix de la Tour était comme une caresse dans la nuit. Et ce fut sans doute ce qui lui donna le courage de demander :

— Est-ce que des femmes t'ont déjà fait des choses similaires ?

— Oui.

— Es-tu déçu que je ne l'aie pas fait ?

Il lui prit son visage et le tourna vers lui.

— Non. Je ne voulais pas que tu te sentes obligée de faire quelque chose qui te mettrait mal à l'aise. Ça m'a apporté une immense satisfaction de te donner du plaisir. Tous ces petits soupirs et gémissements que tu as poussés, ta façon de te tortiller, tes mains sur moi pour me retenir... j'ai apprécié chaque seconde.

— Je me rends compte que c'est un peu tard pour te le demander, mais tu n'en parleras à personne, n'est-ce pas ?

— Non.

Il lui adressa un sourire qu'elle eut le temps d'apercevoir alors que le fiacre passait sous l'éclairage d'un réverbère.

— Ça restera entre nous.

Elle lutta contre la soudaine pensée qu'il voulait garder cela secret parce qu'il avait honte d'être vu avec elle. Pour une fois dans sa vie, elle avait envie qu'un homme qui lui était cher l'apprécie pour ce qu'elle était.

Elle espérait que l'obscurité empêcherait la Tour de lire sur ses traits combien elle était blessée et déçue.

Sa réaction était incompréhensible. Elle l'avait fait chercher. Il était venu. Et elle en avait été heureuse. Elle serait stupide – ou hypocrite – de le regretter maintenant.

L'hôtel apparut dans son champ de vision. Cette nuit, à la fois magnifique et triste, était sur le point de s'achever.

Comment était-il possible d'atteindre les sommets du bonheur et les profondeurs de la désolation en une seule et même soirée, et de passer sans cesse de l'une à l'autre de ces sensations en fonction de la façon dont ses pensées fluctuaient ?

Elle n'était pas du genre à se lamenter sur son sort, pourtant elle regrettait de lui avoir demandé de la rejoindre. Et dans le même temps, elle était enchantée de l'avoir fait.

Le fiacre s'arrêta. Ayant déjà prévenu le cocher qu'ils feraient deux arrêts, la Tour descendit et fit le tour du véhicule pour assister Leonora.

— Tout va bien ?

Elle se força à sourire.

— Je suis fatiguée.

Il l'escorta jusqu'à la porte, où le portier attendait, prêt à lui ouvrir.

— Dors bien, Nora, murmura la Tour.

Elle était à peu près certaine de ne pas pouvoir dormir.

Ne voulant pas le regarder s'en aller, elle se précipita à l'intérieur de l'hôtel et vers sa suite.

C'était extrêmement calme… et il faisait sombre. Elle avait laissé une lampe brûler au ralenti dans sa chambre mais pas ailleurs.

Sur la pointe des pieds, essayant de distinguer les contours des meubles, elle se dirigea vers sa chambre, ouvrit la porte et entra.

— Où étais-tu ? Avec qui ?

Leonora sursauta, tourna la tête et découvrit sa mère dans un coin de la pièce, les bras croisés sur la poitrine. Sanglée dans les drapés de son peignoir, elle ressemblait tout à fait à une déesse vengeresse.

Soulagée que sa fenêtre donne sur le jardin de l'hôtel, et non sur la rue, Leonora envisagea de mentir. Mais sa mère était probablement déjà au courant. Elle savait toujours tout.

— J'étais à l'Elysium. C'est un club pour dames.

— J'en ai entendu parler, et pas en bien. Il s'y passe des choses scandaleuses. Qu'y as-tu fait ?

— J'ai joué.

Et elle avait gagné et perdu à la fois.

— À quoi ?

— Aux cartes.

Sa mère plissa les paupières.

— Je ne te crois pas.

Avec un soupir, Leonora ôta sa pelisse et l'étala sur son lit.

— À ta guise.

— Si jamais ça se savait…

— C'est un club particulièrement discret. Personne ne divulgue les noms des personnes qui le visitent. Son propriétaire, Aiden Trewlove – que Sam a d'ailleurs approché pour lui proposer d'investir – bannira quiconque fera des révélations sur les dames qui fréquentent son établissement. Crois-moi, sa désapprobation équivaut à se faire chasser du paradis à coups de pied.

Mme Garrison fit un pas en avant.

— Tu ne peux pas traîner à travers tout Londres en pleine nuit. Il faut que tu sois au-dessus de tout reproche si tu veux trouver un mari pour perpétuer l'œuvre de ton père.

Oh, elle était douée, sachant exactement à quel endroit remuer le couteau.

— Je ne vois pas pourquoi je devrais me marier pour ça. Ce qu'il nous faut, c'est seulement un investisseur.

— Un homme peut être les deux. En fait, il s'impliquera davantage s'il est les deux. Et une femme est plus à même de contrôler un mari qu'un actionnaire.

— Je ne veux pas d'un homme que je pourrai contrôler. Je veux un partenaire avec qui être à égalité.

Mme Garrison gloussa.

— Ça n'existe pas. Dans le mariage, une femme détient le pouvoir. Les hommes sont des créatures simples, faciles à manipuler à cause de leurs besoins bestiaux. Si tu leur donnes ce qu'ils veulent, en échange ils veillent à ce que tu sois heureuse. Tu vas te marier, Leonora. Tu vas faire ton devoir envers ta famille. C'en est terminé des excursions dans les clubs.

Leonora était terriblement tentée de dire à sa mère d'aller au diable. Mais son père lui avait demandé de veiller sur elle quand il ne serait plus là, ainsi que sur Sam.

Elle se rappelait encore ses paroles avec précision : « Ils dépendront de toi quand je serai parti. Ils n'ont pas ta force de caractère, ta finesse d'esprit ou la volonté de faire ce qui doit être fait. »

Ce qui devait être fait, songea-t-elle avec effroi, c'était qu'elle renonce à ses propres rêves pour endosser ceux d'un autre.

18

Le lendemain après-midi, Leonora était assise à une petite table dans le jardin de l'hôtel et prenait le thé avec le duc de Camberley. Il était arrivé avec un bouquet de dix roses rouges à la main.

« Vous êtes parfaite », voilà ce que signifiaient cette teinte et ce nombre de fleurs d'après sa mère, qui était apparemment devenue experte dans les diverses façons dont un couple communiquait sans parler au sein d'une société rigoriste qui ne permettait pas de manifester ses émotions.

Tandis qu'elle expliquait le message des fleurs en les tendant à la femme de chambre pour qu'elle les place dans un vase, Leonora avait été tentée de demander : « Quel message envoie un homme quand son visage est enfoui entre tes cuisses ? »

Mais bien sûr elle n'avait pas osé, car il lui aurait été impossible d'expliquer comment elle avait imaginé un tel acte sans l'avoir expérimenté, et cela aurait créé une multitude de complications.

Elle se serait sans doute retrouvée enfermée dans sa chambre, comme la fois où elle avait démonté la montre de son père. Cette fois-ci, elle ne se serait pas étendue sur son lit pour penser à tous ces fascinants petits rouages qu'elle avait découverts. Non, elle aurait songé à la façon dont la Tour l'avait désassemblée, transformée en mendiante pantelante, et reconstruite en dévergondée.

Assise en face de Camberley, elle se demanda s'il pouvait détecter une différence en elle depuis qu'ils avaient dansé ensemble quelques jours plus tôt.

Est-ce qu'une femme qui avait crié le nom de son amant au plus fort de l'extase dégageait une aura différente de celle d'une jeune fille ? Il lui semblait qu'un homme devrait être capable de regarder une femme et de se rendre compte qu'elle n'était plus comme avant.

Assise non loin de là, sa mère la tenait à l'œil, analysant ouvertement chaque geste de Camberley, essayant de déterminer ses intentions et son potentiel.

Lord Camberley était un bel homme, Leonora ne pouvait le nier. Ses lèvres étaient un peu plus fines que ce qu'elle aimait. Miséricorde, elle n'avait embrassé qu'une seule paire de lèvres, et si celles-ci étaient plus charnues que celles du comte, comment pouvait-elle dire qu'elles étaient sa préférence ?

Une jeune femme ne devrait-elle pas tester tout un assortiment de lèvres avant de choisir ses favorites, comme pour les bonbons ?

Mais peut-être la forme des lèvres ne faisait-elle aucune différence. Ce qui comptait était le talent de leur propriétaire.

Oui, mais alors, une jeune femme ne devrait-elle pas tester différents hommes ?

Le problème était que la séduction dépendait aussi de facteurs indéfinissables. Ainsi, malgré ses traits réguliers, elle ne s'imaginait pas embrasser lord Camberley ni même en avoir envie.

Mais à l'instant où la Tour avait passé cette porte à l'Elysium, elle avait eu envie de sa bouche sur la sienne. Parce que son cœur s'était emballé, qu'une chaleur intense avait envahi son corps et qu'elle avait eu l'impression de tomber. Et elle s'était dit que lui seul pouvait interrompre cette descente et lui donner des ailes pour s'envoler.

Tandis que ces considérations saugrenues occupaient ses pensées, elle se demanda si l'hôtel n'avait pas versé de l'absinthe dans son thé. Elle avait l'esprit pratique, pas contemplatif.

— Vous plaisez-vous en Angleterre, mademoiselle Garrison ?

Cela paraissait être la question par laquelle tout le monde commençait une conversation avec elle.

— Vous semblez avoir un nombre inhabituel de réglementations.

Il rit doucement.

— Je suppose que oui.

— Les suivez-vous toujours ?

— Fort peu dans ma jeunesse, je l'avoue, mais dernièrement… j'ai trouvé une forme de réconfort à les observer.

— Êtes-vous déjà allé à l'Elysium ? Je crois que votre beau-frère en est le propriétaire.

— Effectivement. Et je n'y suis pas allé, aucun gentleman n'y est admis. C'est uniquement réservé aux dames, et il fait tout ce qu'il peut pour protéger leur réputation.

Mais il avait autorisé un lord à y entrer. Quelqu'un en qui il avait confiance pour garder son secret. Quelqu'un en qui elle-même avait confiance pour garder son secret. Comment se faisait-il qu'elle ait compris si rapidement que la Tour ne la trahirait pas ?

— Autoriseriez-vous votre sœur à y aller ?

Il éclata de rire.

— Pour être honnête, c'est là que Selena a rencontré Aiden. Je l'ai encouragée à y aller.

S'efforçant de ne pas paraître trop triomphante, elle jeta un regard à sa mère, dont les paupières s'étaient étrécies en deux fentes suspicieuses.

— Mais Aiden Trewlove n'est pas un lord, grommela finalement Mme Garrison.

Camberley sembla interloqué, soit à cause de l'intonation de leur chaperon, soit en raison de son intrusion dans leur conversation.

— Non, il est le fils d'un comte cependant.

— Je doute que Mme Astor accepterait de l'inviter à son bal, à New York.

Et voilà, l'Elysium n'était pas pour sa fille. Sa vie était régentée par l'accès à ce célèbre bal.

— Votre père est décédé, n'est-ce pas ? continua Mme Garrison.

Leonora regretta d'avoir croisé son regard, lui donnant l'occasion de s'immiscer dans la conversation.

— Effectivement.

— Donc, vous ne vous élèverez jamais au-dessus du rang de comte ?

— Non. Vous, les Américains, semblez croire que les ducs poussent sur les arbres.

Son ton était cassant, et Leonora se rendit compte qu'il était vexé.

— Maman n'a rien à reprocher aux comtes, l'assura-t-elle. Elle n'a pas bien compris comment un homme connu sous un titre en reçoit un autre. Certains d'entre vous en ont plusieurs. Puis vos fils en portent d'autres, je crois que ça s'appelle un titre de courtoisie. Pour être honnête, je suis soulagée que nos pères fondateurs aient renoncé à cette pratique.

— Eh bien, s'ils ne l'avaient pas fait, vous ne seriez pas venues ici chercher ce que vous ne pouvez trouver là-bas, n'est-ce pas ?

— Je suppose. Souhaitez-vous davantage de thé, milord ?

Elle sourit, aussi aimablement que possible.

— Merci, mademoiselle Garrison, mais je vais devoir partir.

Il se leva, et elle l'imita.

— Merci encore pour vos jolies roses.

— Ce fut un plaisir pour moi. J'ai hâte d'assister à votre démonstration.

Il se pencha et ajouta à voix basse, comme si c'était un secret :

— Tout le monde en parle.

C'était une nouvelle satisfaisante. Au moins il y avait de l'intérêt. Il restait à savoir s'il y aurait des investisseurs.

Comme ce n'était pas leur résidence, mais simplement leur hôtel, le comte partit sans être raccompagné.

Leonora se laissa aller contre le dossier en fer forgé de sa chaise. Elle était partagée entre le souhait de trouver des investisseurs ce soir, et celui qu'il n'y en ait pas afin d'avoir une excuse pour demeurer à Londres plus longtemps.

— Lord Camberley me semble un bon candidat, déclara Sam en s'approchant pour prendre la place vacante.

Sa jambe commença à s'agiter sous la table. Leonora se demanda depuis combien de temps il les observait, sans doute caché quelque part. Ou peut-être venait-il d'arriver et avait-il croisé le duc qui s'en allait.

— Si tu devais l'épouser, les Trewlove t'apporteraient leur soutien financier.

— La comtesse de Camberley, chantonna Mme Garrison, comme si elle testait le nom, bien qu'elle se soit montrée particulièrement grossière avec le comte. Avec lui, contrairement à d'autres, tu n'auras pas à attendre pour devenir comtesse.

Leonora se retint de rétorquer qu'elle se moquait comme d'une guigne du titre d'un homme.

— Tu n'as qu'à l'épouser, toi !

— Ne crois pas que je n'y ai pas songé. Il y a quelques vieux lords, des veufs, qui ont besoin de compagnie. Mais le mariage est un jeu destiné aux jeunes filles.

— Je ne sais pas si c'est un jeu, mais je n'ai pas envie d'y jouer.

— Alors, ton égoïsme causera notre ruine.

Leonora ressentit le regard furieux de sa mère comme une claque.

— Lord Camberley est charmant, mais...

Je ne peux pas l'imaginer m'embrasser. Ou caresser mes seins. Ou avoir sa langue sur ce point sensible entre mes cuisses.

— Je crois que nous ne nous accorderions pas.

— Tu feras en sorte que vous vous accordiez. Depuis la nuit des temps, les femmes s'adaptent.

— Tu t'es adaptée à Papa ?

— Nous avons fait des efforts tous les deux.

— L'aimais-tu ?

Elle regarda Sam, qui semblait aussi curieux que Leonora de connaître la réponse. Puis elle soupira.

— Au fil du temps, j'ai fini par avoir beaucoup d'affection pour lui, et lui pour moi, car nous formions un partenariat solide. C'est comme la conclusion de Darwin : tu t'adaptes pour survivre, t'épanouir et atteindre ton but. Cependant, ton père m'a déçue en ne parvenant pas à exaucer mon rêve d'être invitée au bal Astor.

Leonora n'avait jamais considéré son père comme quelqu'un de décevant, même quand son dernier projet n'avait pas donné les résultats escomptés. S'il avait eu plus de temps, il en aurait fait une réussite. Elle ne pouvait pas non plus s'empêcher de penser que le rêve de sa mère était aussi insignifiant qu'un grain de poussière. Et accomplir un rêve n'était-il pas plus satisfaisant quand on se donnait les moyens de le faire soi-même, plutôt que de compter sur les autres ?

— Tu ne te soucies pas du tout de l'entreprise, n'est-ce pas ?

— Je m'en soucie grandement. Nous avons besoin d'une source de revenus. Mais nous méritons aussi une place dans la bonne société, ici et en Amérique. Et tu es notre meilleure chance de réussir.

Leonora eut envie de hurler, mais elle ne ferait pas à sa mère le plaisir de lui montrer qu'elle l'avait mise en colère.

Si la Tour venait à la démonstration, elle essaierait peut-être de s'éclipser un moment avec lui. Simplement pour être elle-même, sans se soucier de rien, dans une bulle de plaisir et de bienveillance, appréciée pour ce qu'elle était, et non en fonction de ce qu'elle pouvait apporter. En effet, elle ne pouvait rien offrir à la Tour qu'il n'ait déjà. Le rang, le pouvoir, le prestige, la richesse.

Il n'avait pas besoin d'investir dans leur petite entreprise pour survivre.

Sans doute pourrait-elle le convaincre de le faire comme une faveur. Au moins, cela aiderait peut-être à calmer la nervosité de Sam.

Elle tendit le bras et posa une main sur son genou, avec suffisamment de force pour immobiliser sa jambe.

— Tout ira bien, Sam. Quoi qu'il arrive, nous nous en sortirons.

— J'aimerais avoir ta confiance. Je n'ai pas envie de retourner à New York la tête basse. Tous mes amis se moqueront de moi. Ils penseront que je suis un incapable.

— Mais tu es tellement doué pour converser.

Le sourire que Sam lui adressa le fit ressembler à un jeune garçon à qui on venait d'offrir un chiot.

— J'aime parler avec les gens, mais pas de tout ce qui touche à l'industrie et à notre entreprise.

— Si tout se passe bien ce soir, tu n'auras peut-être plus à le faire avant longtemps.

19

Attendant debout dans la salle de bal de l'hôtel Trewlove, Leonora n'était pas nerveuse. Elle était terrifiée. Elle avait traversé le vaste océan pour cette raison : dévoiler un appareil dont son père et elle avaient pensé qu'il allait bouleverser le monde de l'industrie et changer des vies.

La machine à écrire était posée sur une table, elle-même disposée sur une estrade, et recouverte d'une nappe que Sam ôterait d'un geste grandiloquent pour augmenter l'effet de surprise. C'était son idée. Il aimait bien se mettre en avant.

À côté se trouvait une autre table avec un stylo, de l'encre et du papier, afin de pouvoir comparer.

Son angoisse tenait au fait qu'elle n'était pas habituée à parler devant un large public. Quand elle avait entrepris ce voyage, elle s'attendait à présenter son produit à quelques hommes d'affaires seulement, pas à s'exprimer dans une salle emplie de monde.

Un orchestre avait pris place et patientait jusqu'au moment où il devrait jouer. Dans un coin près de la porte, une jeune femme faisait courir ses doigts sur une harpe. C'était l'idée de Mme Garrison, qui voulait apporter une touche d'élégance à cette réunion, laquelle se transformerait en bal sur le coup de 20 heures. C'est là que le travail de persuasion commencerait, sur la piste de danse et entre les petits groupes de discussion qui se formeraient ici et là.

— J'imagine que vous ne me laisserez pas jeter un coup d'œil avant la démonstration ? demanda lord Camberley.

Leonora l'avait vu entrer et se diriger tout droit vers elle. Elle n'avait pas encore repéré la Tour, mais elle était certaine que son apparition apaiserait ses nerfs.

— Ce ne serait pas juste pour les autres, répondit-il. Et il n'y a plus longtemps à attendre maintenant.

— L'équité est une chose importante, dit une voix familière dans son dos.

Elle se retourna et se trouva nez à nez avec la Tour.

Irradiant la confiance en lui, il était d'une beauté à couper le souffle. Tandis que le souvenir de leur étreinte envahissait son esprit, elle sentit qu'elle rougissait.

Il s'inclina protocolairement au-dessus de sa main.

— Mademoiselle Garrison.

— Milord.

Il jeta un coup d'œil par-dessus l'épaule de Leonora.

— Camberley.

Considérant la froideur avec laquelle il s'était adressé au comte, elle fut surprise que de petits fragments de glace ne tombent pas de sa bouche.

— Wyeth. Je suppose que tu viens chercher des réponses à tes questions. D'après la rumeur, les

Joueurs d'échecs et toi ne seriez pas convaincus par ce projet.

Leonora sentit son estomac se nouer.

— Nous n'avons pas encore pris de décision. C'est pour cette raison que nous sommes venus ici ce soir. Mais j'imagine, compte tenu de ton ardoise au Twin Dragons, que tu ne vas pas investir.

Camberley esquissa un sourire.

— Merci d'avoir réglé la note, mon vieux. J'ai eu un peu de chance aux tables la nuit dernière. Qui sait ce que je ferai de mon pactole ? J'ai hâte d'entendre ce que M. Garrison veut nous proposer.

Naturellement, il faisait reposer tous les mérites sur Sam.

— Mais c'est peut-être à Mlle Garrison que nous devons ce projet, objecta la Tour.

Ses yeux étaient rivés sur elle, pas sur le comte.

— Mais... mais...

Camberley semblait avoir du mal à mettre de l'ordre dans ses pensées.

— L'industrie est une affaire d'hommes. Ce sont les hommes qui dirigent les entreprises.

— Je crois que tous les Joueurs d'échecs seraient en désaccord avec toi. L'un est marié à une autrice, l'autre à une enquêtrice privée, et le troisième à une ancienne secrétaire qui supervise la majorité de ses affaires, sans négliger son sens aigu en matière d'investissements. Ayant discuté à plusieurs reprises avec Mlle Garrison, je peux dire qu'elle en sait davantage sur le fonctionnement de l'entreprise que son frère.

— Eh bien...

Camberley regarda Leonora comme s'il ne l'avait jamais réellement vue avant.

— Est-ce vrai ?

Elle ne pouvait pas se montrer déloyale envers Sam, même pour dire la vérité. Il avait fait sa part. Ce rassemblement était pour l'essentiel son œuvre. C'était lui qui avait convaincu le public de venir. Elle ne se voilait pas la face au point de croire que toutes ces personnes étaient là pour elle.

— Sam et moi sommes partenaires dans l'entreprise. Nous avons chacun un rôle.

— Mais vous vous consacrerez à votre mari et à votre famille quand vous serez mariée.

— Je crois que je suis capable de prendre les deux en charge, famille et travail.

Camberley eut une expression pensive.

— Une entreprise florissante, qui fournira un confortable revenu pour vous et les vôtres.

— Je l'espère. Si nous nous lançons dans cette aventure, ce n'est pas pour en retirer de maigres profits.

Le comte eut un sourire embarrassé.

— Je n'ai pas l'habitude qu'une femme parle d'argent. Si vous voulez bien m'excuser, je vais me ravitailler en champagne. Je vous apporte une coupe, mademoiselle Garrison ?

Leonora tenait à garder les idées claires.

— Non, merci. Peut-être plus tard.

— Vous serez malheureuse si vous l'épousez, commenta la Tour, dès que le comte se fut éloigné.

— Je serai malheureuse, peu importe celui que j'épouserai. Les hommes aiment confiner les femmes dans des cases. Je ne peux y entrer sans déborder.

— Non, vous êtes trop libre et aventureuse. Votre place est à l'extérieur.

— Aventureuse ?

Elle lui glissa un regard en biais.

— Est-ce une autre façon de dire « dépravée » ?

Il rit discrètement.

— Des regrets ?

Elle secoua la tête.

— Non.

En réalité, elle en voulait davantage. Elle avait envie de se rendre dans un endroit sombre, avec un haut plafond voûté, où se répercuterait l'écho de ses cris de plaisir. Et elle avait envie de découvrir si elle pouvait lui faire des choses qui le feraient crier aussi.

— Merci de lui avoir expliqué qu'une femme peut faire autre chose que de tenir une maison.

— Je suis persuadé qu'une femme peut tout faire pour peu qu'elle l'ait décidé.

Il observa vers l'estrade.

— C'est vous qui allez faire la démonstration. C'est pour cette raison que vous avez refusé le champagne.

Elle hocha la tête.

— Sam ne comprend pas vraiment son fonctionnement.

— Est-ce compliqué ?

— Pas vraiment. Il se trouve simplement qu'il ne s'y intéresse pas.

Ni à l'entreprise, d'ailleurs. Pour la première fois, elle se demanda si son obsession à la conserver n'était pas injuste pour lui. Son frère ne lui avait pas dit exactement quel était son rêve, mais leur récente conversation lui avait laissé entendre que cela n'avait probablement rien à voir avec ce que leur père avait essayé de bâtir.

Des applaudissements nourris la tirèrent de ses pensées. Tournant la tête vers l'estrade, elle reconnut à peine Sam. La confiance qui émanait de lui ne lui ressemblait pas. Il aimait être le centre de l'attention. Elle se demanda s'il avait été meurtri par les démonstrations d'affection que leur père lui réservait. Elle ne se souvenait pas que Papa ait emmené Sam quelque part. Maman l'idolâtrait, évidemment, mais peut-être était-ce pour compenser. Cela expliquerait aussi pourquoi sa mère était si stricte avec elle.

— Mesdames et messieurs, soyez les bienvenus. Vous êtes ici pour assister au dévoilement d'une machine appelée à changer le monde des affaires... et peut-être nos vies personnelles. Son potentiel est sans limites. Faites-moi l'honneur de vous présenter...

Leonora tourna les yeux vers leur mère et constata que son expression sévère s'était considérablement adoucie, laissant place à une fierté sans bornes à l'égard de son cadet.

Sam se saisit d'un coin de la nappe et la tira d'un grand geste théâtral pour la dévoiler.

— La machine à écrire !

La Tour savait qu'il aurait dû suivre l'exemple des spectateurs et se rapprocher de l'estrade, mais il ne pouvait détacher le regard de Nora, dont le visage s'était illuminé.

Ce qui pour lui n'était qu'un froid assemblage de pièces métalliques était sans doute aux yeux de Nora aussi beau qu'un lever de soleil, une sculpture ou un tableau.

Exsudant la fierté et la joie, elle était d'une beauté époustouflante.

Il avait envisagé de lui envoyer des fleurs, des bijoux, et même de lui rendre visite. Mais il ne s'agissait pas de lui faire la cour de façon traditionnelle. Leur relation ne s'inscrivait pas dans ce cadre. Elle était née de la curiosité.

Combien de fois Nora avait-elle revisité en pensées leur étreinte, passant tous les détails au crible ? De son côté, il avait consacré beaucoup trop de temps à y songer, et avait été contraint de prendre un bain froid pour s'apaiser.

Il devrait probablement partir, faire l'impasse sur la démonstration… Après tout, ce n'était pas vraiment pour cela qu'il était venu. Le seul intérêt qu'il avait était pour Nora.

Il pouvait aussi faire preuve de courtoisie, et s'intéresser un minium à la présentation.

— À présent, continua Sam, ma sœur, Leonora, va tout vous expliquer.

— Bonne chance, lui dit la Tour, tandis qu'elle faisait un pas vers l'estrade.

Elle lui adressa un signe de tête, mais il discerna la nervosité et le doute qui ternissaient son regard.

À cause de toutes ces personnes qui l'avaient trouvée étrange ? À cause de sa mère, qui la houspillait sans cesse, la pinçait et la dévalorisait ?

Il ressentit le besoin impérieux de l'encourager.

— C'est votre moment, Nora, et vous allez briller. Ne laissez personne tempérer l'éclat de votre étoile.

Il n'était pas certain que sa phrase signifie quelque chose, n'étant pas féru de poésie, mais le radieux sourire que Leonora lui adressa en réponse le rassura.

Elle monta sur l'estrade, et il constata qu'elle avait un peu pâli. Sans doute était-elle embarrassée d'être soudain le centre de l'attention. Il eut envie de lui crier de se concentrer sur lui, mais ce ne fut pas nécessaire. Après avoir flotté au-dessus du public, son regard s'arrêta sur lui. Il lui fit un sourire, et tenta de communiquer à son expression la confiance qu'il avait dans sa capacité à captiver son auditoire.

Elle eut un petit hochement de tête, s'éclaircit la gorge et se lança :

— La machine à écrire était une idée de mon père, qui avait compris le besoin de produire plus rapidement de la correspondance. Devoir tremper une plume dans un encrier et tracer des lettres avec précision prend énormément de temps. Sans compter que ce n'est pas toujours lisible, ce qui peut être fâcheux quand il s'agit d'une facture. Les invitations que vous avez reçues ont été créées à l'aide de cette machine, car nous voulions que vous puissiez constater par vous-mêmes de quelle manière les lettres apparaissent sur le papier. Cela ressemble un peu au travail de la presse typographique, à la différence que les documents ne peuvent pas être dupliqués. Chaque page doit être créée individuellement, ce qui permet d'apporter des modifications en cas de besoin. Mais finalement, c'est l'uniformité et la vitesse qui feront de cette machine un outil essentiel. Lady Knightly, en tant qu'autrice, vous avez sans doute écrit des milliers de mots. Auriez-vous l'obligeance de me rejoindre pour une démonstration ?

Un brouhaha s'éleva dans la salle tandis que Regina se frayait un passage jusqu'à l'estrade.

La Tour savait que Nora tenait le public en haleine. Décidément, cette femme ne faisait rien à moitié. Qu'il s'agisse d'embrasser ou de vendre une invention, elle n'était qu'enthousiasme et passion.

Quelle chance aurait le type qui bénéficierait de sa dévotion !

Camberley voyait-il les choses de la même façon ?

Lorsque Regina se fut installée, Nora retourna vers son public.

— Tandis que lady Knightly rédigera à la plume cette citation de Charles Dickens : « C'était le meilleur des temps, c'était le pire des temps », je vais l'écrire de mon côté en tapant sur les touches de la machine. Sam, dis-nous quand nous pouvons commencer.

Son frère se rengorgea.

— Trois, deux, un, partez !

La machine faisait beaucoup de bruit, et la Tour se demanda si cela ne risquait pas de devenir gênant à la longue. Mais il y avait aussi quelque chose de réconfortant dans ce cliquètement des touches qui soulignait l'accomplissement d'une tâche.

— Fini ! annonça Leonora, avec l'enthousiasme et la fierté d'une enfant ayant réalisé son plus beau dessin.

Regina eut la bonne grâce de rire et reposa son stylo.

— Je n'ai pas dépassé « C'était le meilleur des temps ». Je crois que cette machine me serait très utile pour écrire mes romans. Celle-ci serait à vendre ?

— Ce n'est qu'un prototype, répondit Nora. Mais, avec des investisseurs, nous pourrions apporter des modifications à notre usine pour qu'elle produise cette machine en masse. Voudriez-vous l'essayer ?

— Bien volontiers.

— Si d'autres personnes souhaitent observer le fonctionnement de la machine, qu'elles veuillent bien approcher, proposa Sam. Nous serons heureux de vous laisser taper votre propre message, que vous pourrez emporter avec vous. Nous avons tout le papier qu'il faut. Espérons que certains de ces messages clameront : nous investissons !

— Eh bien, c'était plutôt impressionnant, déclara le Roi.

Tournant la tête, la Tour découvrit ses amis et leurs épouses, et se demanda quand ils s'étaient rapprochés.

— J'aurais apprécié d'avoir une telle machine quand j'étais ta secrétaire, dit Pénélope. Je pense d'ailleurs que ta secrétaire actuelle pourrait se réjouir de voir son travail ainsi simplifié.

Le Cavalier eut une petite moue dubitative.

— Mais se vendra-t-elle en nombre suffisant pour que ce soit rentable ? Ou sera-t-elle considérée comme une nouveauté dont il faut se méfier ? Cela changera-t-il la vie de tout un chacun, ou bien sera-t-il le nouveau jouet d'une élite ?

— C'est toute la question, reconnut le Fou en tournant les yeux vers l'estrade. Le public a l'air très enthousiaste.

Il y avait indéniablement une grande curiosité. S'il investissait – et il était tenté de le faire –, la Tour savait que Nora retournerait en Amérique, loin de lui, hors de portée.

Mais ce soir, elle était encore là, avec sa bouche sensuelle, ses seins hauts et fermes, ses fesses potelées… Combien il aspirait à en faire l'expérience encore une fois, rien qu'une fois !

Il découvrait qu'il y avait des conséquences inattendues à sa relation avec Nora, le fait qu'il grince des dents lorsque Camberley s'approchait d'elle, par exemple. Certes, elle méritait les louanges et l'attention, mais il n'avait pas aimé la façon possessive avec laquelle le comte se comportait avec elle ni les sourires que Nora lui adressait.

Il n'était pas jaloux. Il était simplement... irrité que quelqu'un – Camberley en particulier – puisse un jour la connaître aussi bien qu'il la connaissait.

Leonora avait l'impression d'être entourée de pies. Toutes ces questions, tous ces commentaires, tout cet intérêt ! Et le bruit constant des touches qui résonnaient tandis que les gens utilisaient la machine pour – sans aucune imagination – taper leur nom sur une feuille. Puis les cris d'étonnement, les soupirs et les gloussements qui s'ensuivaient.

Elle était tentée d'affirmer que la machine à écrire avait fait un triomphe mais, jusqu'à maintenant, personne n'avait montré de réelles intentions d'investir. Et les appréciations étaient mitigées.

« Fascinant. »

« Trop impersonnel. Vous ne pouvez pas apprécier la personnalité ou le caractère de la personne qui écrit. »

« Toujours lisible, vous voulez dire », avait-elle eu envie de crier.

« Et si elle se cassait ? »

« Eh bien, vous la feriez réparer, comme une roue de voiture brisée ou un accroc dans un vêtement. »

« L'art de la calligraphie se perdra. Pourquoi une personne apprendrait-elle à former des lettres quand il suffit d'appuyer sur une touche pour en produire une ? »

« Plus d'encre sur les doigts. Ne serait-ce pas un soulagement ? »

« J'aime le geste qui consiste à tremper une plume dans un encrier et à l'appliquer sur le papier. Je m'imagine être un artiste. »

« Vous pouvez avoir les deux : la plume et la machine. Il n'est pas nécessaire de détruire l'une pour utiliser l'autre. »

Sam la laissait répondre à la plupart des questions, surtout si elles portaient sur des précisions techniques. En revanche, il était à l'aise pour expliquer aux gens que les fleurs dorées ornant les côtés de la machine pouvaient être remplacées par un autre motif, au choix du client.

Ou pour dire aux dames que l'utilisation de la machine était d'une simplicité enfantine, comme si elles étaient trop stupides pour s'en servir. Ce genre de commentaire irritait Leonora. La machine à écrire plaçait les femmes et les hommes à égalité – l'un n'était pas meilleur que l'autre pour l'utiliser.

Cependant, quand les premières notes de violon s'élevèrent – sans doute à l'initiative de sa mère, qui devait commencer à trouver le temps long –, le plus gros de la foule se retira, telle une vague refluant vers la mer.

Quelques traînards restèrent à examiner la machine, notamment le Roi, le Cavalier, le Fou et leurs épouses. Elle se demanda où était la Tour. Cela avait été rassurant de croiser son regard quand elle s'était présentée aux invités.

Ayant passé une grande partie de sa vie dans la solitude, à étudier le fonctionnement de divers objets, elle ne comprenait pas les gens. Ils étaient trop compliqués, et ils ne fonctionnaient pas toujours comme on pouvait s'y attendre.

Mais elle avait envie de comprendre la Tour, car elle pensait qu'il était sans doute le plus compliqué de tous. En tout cas, les sentiments qu'elle avait pour lui étaient compliqués.

Sam faisait l'article à ceux qui scrutaient la machine à écrire. Il n'avait plus besoin d'elle.

Il lui fallait échapper un moment à la folie qui régnait dans la pièce tandis que les invités dansaient, riaient et parlaient fort, se pressaient à la table des rafraîchissements.

Tout ce bruit, toute cette agitation, ce n'était pas pour elle.

Elle descendait de l'estrade quand elle se retrouva face à lord Camberley.

— C'était fascinant, dit-il. Pensez-vous que ça générera un bon revenu ?

Parce que c'était ce qu'il voulait, la raison pour laquelle il lui parlait, lui apportait des fleurs. Il ne cherchait pas sa compagnie parce qu'il la trouvait spéciale mais parce qu'elle représentait l'occasion pour lui de renflouer ses finances.

— Je l'espère.

— L'espoir n'est pas une stratégie.

— C'est tout ce que je peux offrir pour le moment. Veuillez m'excuser, mais je sens venir un mal de tête. J'ai besoin d'un peu de calme.

— Naturellement. Puis-je signer votre carnet de bal, avant que vous partiez ?

Elle ne savait pas si elle reviendrait.

— Je ne l'ai pas sur moi, mais je vous inscrirai pour la dernière valse.

— Parfait.

Évitant tout contact visuel avec qui que ce soit, Leonora se faufila rapidement à travers la pièce et fut contente quand elle arriva à la porte. Dans le hall, elle marcha vers le petit jardin où elle avait pris le thé avec lord Camberley.

Sur le point d'ouvrir la porte vitrée, elle jeta un coup d'œil par-dessus son épaule. À son grand soulagement, personne ne l'avait suivie. La paix et le calme l'attendaient de l'autre côté, la solitude.

Étrangement, lorsqu'elle posa le pied sur la terrasse, elle fut momentanément attristée en s'apercevant qu'elle serait effectivement seule. Elle avait espéré la compagnie de la Tour. Peut-être était-il déjà parti...

Repérant la serre au fond du jardin, elle s'y dirigea. À présent que le bal battait son plein, certaines personnes pourraient avoir envie de prendre l'air, et elle ne voulait pas être dérangée.

Les parois vitrées, éclairées par la lune et par le halo des réverbères bordant l'allée, atténuaient la musique, et il régnait à l'intérieur de la serre un calme bienfaisant. Les plantes aromatiques en pot et les plants de fleurs destinées à composer les bouquets ornant l'hôtel transmettaient à l'atmosphère une délicieuse odeur.

Rattrapée par une étrange nostalgie, elle pensa à la Tour. Son séjour en Angleterre s'achevait. Voulait-elle un baiser d'adieu ? Saurait-elle le reconnaître quand il aurait lieu ? Peut-être avait-il déjà eu lieu. Et c'était pour cela qu'il avait disparu, parce qu'il en avait terminé avec elle.

Lorsqu'elle entendit le grincement de la porte qui s'ouvrait, laissant entrer un flot de musique, avant de se refermer sur un silence relatif, elle se retourna lentement. Elle savait de qui il s'agissait avant même de l'avoir vu. Elle savait toujours.

— Je pensais que tu serais restée à côté de ta machine écrire, dit-il. Ou que tu serais occupée à danser avec tous les gentlemen de la pièce.

— L'atmosphère est devenue un peu trop écrasante. Je ne suis pas habituée à être le centre d'une telle attention.

— C'est toi qui en as fait les plans, n'est-ce pas ?

Elle rougit de plaisir, parce qu'il la connaissait suffisamment bien pour discerner la vérité à son sujet.

Elle avait toujours pensé que, de son point de vue à lui, l'intimité qu'ils avaient partagée n'était que physique. Mais peut-être avait-il découvert comme elle que cela incluait autre chose : la confiance, l'entente, la complicité et, à défaut d'amour, un fort attachement.

Il lui manquerait terriblement quand elle partirait.

— Oui, en souvenir de mon père.

— Pour qu'il soit fier de toi ?

Peut-être ne la connaissait-il pas aussi bien qu'elle le croyait, car la fierté n'avait jamais joué de rôle dans aucun de ses accomplissements.

— Non. Sa santé déclinait depuis un moment, et il commençait à perdre sa capacité à faire les choses. C'était dévastateur pour lui. Il m'a dit qu'il avait l'impression de se transformer en ombre, disparaissant petit à petit, jusqu'à ce que, finalement, on ne le voie plus du tout. Il était si robuste, si énergique, avant de tomber malade. Au bout de quelque temps, il ne pouvait plus marcher sans assistance, bataillait pour se nourrir seul... Puis est venu le jour où il n'a plus réussi à tenir un stylographe. Il me dictait sa correspondance. Alors, j'ai voulu créer un dispositif qui lui permettrait d'écrire de nouveau. Quand je lui ai parlé de mon idée et lui ai montré mes premiers croquis, la perspective de créer quelque chose qui n'existait pas lui a donné un regain de vitalité. Il m'a aidée à résoudre les aspects les plus compliqués. Puis il m'a guidée durant tout le processus de fabrication. Quand nous avons testé la machine, quand il a appuyé sur une touche et que la première lettre a frappé le papier, y laissant une empreinte parfaitement tracée… je ne crois pas l'avoir jamais vu si satisfait, triomphant et heureux. Ce projet était la dernière chose que nous avons faite ensemble.

Leonora ne s'était pas aperçue que la Tour s'était rapproché, mais sa main lui caressait à présent la joue.

— Et c'est pourquoi il est aussi important pour toi que votre entreprise perdure.

— C'est une façon de rendre hommage à mon père, je suppose.

— Tu n'as pas envie de récolter les lauriers pour cette machine, n'est-ce pas ?

— Je connais mes réussites. Je n'ai pas besoin de louanges.

— Que cherches-tu à accomplir, à présent ? Attirer lord Camberley dans tes filets ?

— Je ne maîtrise pas les techniques pour ça. Et puis, même si je l'apprécie, je n'imagine pas… mal me comporter avec lui.

— Et avec qui imagines-tu mal te comporter ?

— Toi, dit-elle dans un souffle.

Leonora n'aurait su dire qui des deux avait fait le premier pas, mais elle était désormais emportée dans une étreinte presque brutale, qui ne ressemblait pas aux baisers qu'ils avaient pu échanger avant. C'était incandescent, enfiévré, exigeant.

Elle sentit la chaude caresse des lèvres de la Tour sur son cou et elle inclina légèrement la tête pour mieux s'offrir à ses baisers, se laissant aller contre son corps puissant.

Le désir lui faisait oublier qu'ils se trouvaient dans une serre et qu'on pourrait les voir. Être avec lui surpassait tout le reste. Le monde extérieur avait disparu. Il était tout ce qui comptait.

Reprenant sa bouche, il la plaqua contre une table de rempotage, souleva ses jupes et entreprit de lui caresser les cuisses.

Un frisson la traversa, et elle noua les bras autour de son cou, de crainte que ses jambes, soudain flageolantes, ne la portent plus.

La Tour n'était pas venu là avec cette idée en tête, mais il ne repousserait certainement pas Nora, alors qu'il la désirait avec un désespoir qui excédait de loin tout ce qu'il avait déjà pu ressentir.

Il se trouvait dans le jardin, sirotant un scotch tout en réfléchissant aux mérites d'un investissement. Il n'avait pas encore pris sa décision quand il avait vu Nora entrer dans la serre.

Bien que conscient qu'il aurait dû se tenir à l'écart d'elle, étant donné qu'il était incapable de lui résister, il l'avait rejointe quand même.

Et quand elle s'était jetée sur lui pour l'embrasser, au lieu de la repousser, comme la raison le lui commandait, il avait succombé à cette étreinte.

Tout ce qui comptait, c'était elle et cette faim insatiable qui l'incitait à la posséder et à être possédé par elle – totalement et irrémédiablement.

Il fit courir ses lèvres sur son épaule nue.

— Tu es si belle.

— Tu me fais me sentir belle.

Il aurait dû résister, il le savait. Durant tant d'années, il avait fait preuve d'un remarquable contrôle, se montrant avec lui-même d'une exigence absolue. Mais soudain il en avait assez. La pensée que Nora s'en irait bientôt, à des milliers de kilomètres, sans qu'il ait pu la faire sienne lui faisait endurer mille morts.

Ses doigts remontèrent le long de sa cuisse, s'aventurèrent plus haut, rencontrèrent le liseré d'une culotte et glissèrent sous l'étoffe. Ils écartèrent les plis de sa féminité et se perdirent en caresses sensuelles qui arrachèrent à Nora de petits gémissements.

— Tu es si humide, prête pour m'accueillir, dit-il d'une voix enrouée de désir. J'ai tellement envie de me perdre en toi. Je veux sentir le velours de ta chair se refermer autour de mon pénis, percevoir les vibrations et les soubresauts de ton corps quand tu t'abandonneras à l'extase.

Elle lui mordilla le lobe de l'oreille avant de murmurer, le souffle altéré :

— Je veux tout de toi, Johnny. Je veux découvrir la totalité de ce qu'un homme peut offrir à une femme. Je veux baiser.

— Au nom du ciel, Nora !

Ce mot scandaleux, prononcé par elle, était un puissant aphrodisiaque. Il perdit tout sens commun, ne sachant plus où était le bien et où était le mal.

Il s'écarta d'elle et, d'un grand geste du bras, balaya la collection d'orchidées en attente sur la table de rempotage. Il enverrait des fonds demain pour les faire remplacer.

Refermant les mains sur la taille de Nora, il la hissa sur le plateau et s'empara de sa bouche qui, d'une certaine façon, était devenue propriétaire de la sienne.

Elle déboutonna son pantalon, glissa langoureusement la main le long de son ventre et referma les doigts autour de son sexe.

— S'il te plaît, murmura cette femme qui ne devrait jamais avoir à supplier pour quoi que ce soit.

Il l'étendit sur la table et remonta sur ses jambes la masse de ses jupons et de sa jupe, conscient qu'il aurait pu encore faire machine arrière, redevenir l'homme responsable qu'il avait toujours été.

Mais Nora était la tentation incarnée.

Il était impossible de lui résister.

Il pénétra lentement dans sa moiteur brûlante, attentif à ses réactions, s'inquiétant de lui faire mal. S'immobilisant un instant, il enfouit son visage dans le cou de Nora, et elle enfonça les doigts dans ses fesses, l'incitant à reprendre.

Il obtempéra et l'entraîna dans une danse sauvage, rythmé par les mouvements de ses reins. Pourquoi s'était-il refusé cet exquis tourment ? Elle était si étroite, l'enserrant tel un gant de soie cousu à la main. C'était la perfection.

Une fois encore, il s'empara de sa bouche, parce qu'il avait besoin d'elle dans son ensemble : son goût, ses gémissements, sa chaleur.

Glissés sous sa chemise, ses ongles lui griffaient le dos.

Il allait prendre une chambre pour qu'ils puissent recommencer sans être entravés par leurs vêtements. Il la voulait sur un lit. Il la voulait contre un mur. Il la voulait sur une méridienne, dans tous les endroits et dans toutes les positions.

Mais pour le moment…

— Voilà qui est intéressant !

Nora poussa un petit cri et s'agrippa à lui, comme si elle redoutait de se noyer si elle le lâchait.

La Tour se crispa en entendant la voix irritée de Mme Garrison et jura en son for intérieur. Cette fois, la matrone avait trouvé un lord pour sa fille.

Aussi calmement que possible, en essayant de ne pas avoir l'air coupable, il jeta un coup d'œil par-dessus son épaule et découvrit non seulement la mère de Nora, mais aussi son frère, Sam, Aiden et Mick Trewlove.

— Si nous pouvions avoir un moment d'intimité, dit-il d'un ton insinuant que ce n'était pas une requête mais un ordre.

Les trois hommes s'en allèrent, mais Mme Garrison campa sur ses positions.

— Je serais bien mal inspirée de vous laisser seul avec ma fille, dit-elle, les bras croisés sur la poitrine, avec l'expression aussi avenante que celle d'une sorcière.

— Le mal est déjà fait, madame.

Son air triomphant lui donna envie de lui jeter un pot de fleurs au visage.

— Maman, c'est moi qui l'ai demandé, intervint Nora.

— Évidemment. Il t'a séduite et tu as perdu la tête. C'est ce que font les hommes, puis ils en profitent. Mais ce n'est pas sans conséquences. Ressaisis-toi, ma fille. Et rejoins-moi sans tarder. Nous avons un mariage à préparer.

Finalement, elle sortit, et la porte claqua derrière elle, pas loin de briser les vitres.

La Tour aida Nora à s'asseoir et appuya son front contre le sien.

— Je suis désolé. J'aurais dû résister.

— Je la convaincrai que nous ne sommes pas obligés de nous marier.

Il rejeta légèrement la tête en arrière. Dans la pénombre, il ne pouvait pas discerner le bleu de ses yeux.

Il fallait qu'ils se marient. C'était la seule façon de la protéger.

— Tu n'es pas stupide, Nora. Crois-tu vraiment qu'elle fera passer tes souhaits avant les siens ?

Elle soupira.

— Nous trouverons un moyen de nous sortir de cette débâcle.

— Ce n'est pas quelque chose qui peut être démonté, examiné et modifié de façon à fonctionner différemment. Ce n'est pas une machine. Nous allons forcément nous marier.

20

La Tour aurait dû s'en douter.

Debout dans la bibliothèque de son père, en train de se servir un grand verre de scotch, il luttait pour ne pas lancer la bouteille contre le mur.

Toute sa vie, il avait fait montre d'un remarquable contrôle. Et ce soir, il était devenu fou de désir et d'envie, et il avait cédé à la tentation.

Il l'avait prise avec un sauvage abandon, et jamais rien ne lui avait paru aussi fichtrement bon. Et il savait qu'il la prendrait encore et encore, jusqu'à ce qu'elle lui demande de s'arrêter. Ayant eu tout d'elle, comment pourrait-il se contenter de moins ?

Désormais, il l'aurait toutes les nuits. Mais pas par choix. À cause de son imprudence. À cause d'un moment d'égarement.

Finalement, il n'était pas mieux que son père. Il avait pris ce qu'il voulait, sans se soucier des conséquences pour Nora. À présent, elle qui ne souhaitait pas se marier serait contrainte de s'y résoudre, à cause de son manque de volonté.

Rongé de culpabilité, il engloutit une copieuse rasade de scotch.

— Johnny ?

La voix douce de sa mère l'arracha à ses pensées.

Lorsqu'il se tourna vers elle, son expression intriguée se fit inquiète.

— Que se passe-t-il, mon cher fils ?

— Je voulais vous en informer en personne, avant que vous le découvriez demain dans la presse à scandale : je vais me marier.

Sa mère tendit la main et la posa sur sa joue.

— Comment se fait-il que tu n'aies pas l'air heureux de ce changement ?

— Parce que ce soir j'ai prouvé que j'étais comme mon père. J'ai cédé à la luxure, et j'ai été pris en flagrant délit.

— Qui est la jeune fille ?

— Mlle Garrison, une Américaine. Sa famille est en visite pour chercher des investisseurs. Nos chemins se sont croisés et... je n'ai pas pu résister à ses charmes.

— Sers-moi un brandy et rejoins-moi près de la cheminée. Je veux que tu me parles d'elle.

— Il n'y a pas grand-chose à dire. Nous avons été surpris dans une situation compromettante. Et je ne veux pas qu'elle paie les conséquences de mon comportement déplacé.

— Oh, je crois qu'il n'y a pas que ça.

Elle lui tapota la joue.

— Brandy. Cheminée.

Obéissant à contrecœur, il lui tendit un verre et s'installa dans le fauteuil qui faisait face au sien. Il avait toujours souhaité que sa mère soit fière de lui, et il s'était efforcé d'être un fils exemplaire. Elle avait tellement souffert à cause de son mari, qu'il ne voulait pas qu'elle souffre à cause de lui.

Elle lui accorda quelques secondes pour boire une autre gorgée de scotch, avant de demander :

— Où l'as-tu rencontrée ?

Il eut un rire amer.

— Par l'entremise d'Aiden, pouvez-vous le croire ? C'est une longue histoire. Je n'ai pas envie d'en parler.

Une lueur d'amusement pétilla dans le regard de sa mère.

— Par le biais de son club pour dames, j'imagine. Qu'est-ce qui te plaît chez elle ?

Rien, ce n'était qu'une attirance charnelle.

Mais ce n'était pas entièrement vrai. Et il ne souhaitait pas que sa mère pense qu'il était un salaud.

— Elle n'est pas comme les autres femmes que j'ai pu connaître. Assurément, elle est jolie. Elle a des mains très délicates, avec de longs doigts fins. Elle s'intéresse aux objets. Elle aime les démonter pour comprendre leur fonctionnement. Elle est curieuse, intelligente... Elle sait ce qu'elle veut. Elle peut être aussi autoritaire à sa façon.

— Je pense que tu as assez de répondant pour affronter une femme comme ça.

Il se pencha en avant, les avant-bras posés sur ses cuisses.

— Une femme ne devrait pas être obligée de se marier à cause d'une erreur de jugement.

Sa mère but une gorgée de brandy, tout en l'observant attentivement. Cela prit du temps.

— Peux-tu être heureux avec elle ?

À quoi ressemblait un mariage heureux ? Ses parents ne lui en avaient assurément pas fourni l'exemple. Ses amis, les Joueurs d'échecs, semblaient plutôt satisfaits de cet état et montraient toujours de l'empressement à aller retrouver leurs femmes.

Mais ce n'était pas son bonheur à lui qui l'inquiétait, Nora serait-elle heureuse de vivre ici, loin de son usine ?

— Je ne sais pas.

— Dans ce cas, offre-lui une compensation financière et passe à autre chose.

Il bondit sur ses pieds et se mit à faire les cent pas devant la cheminée.

— Je ne peux pas.

— Pourquoi ?

— Parce qu'on parlera quand même d'elle dans la presse à scandale. Aucun autre lord ne voudra la prendre pour femme. Sa mère lui rendra la vie encore plus infernale qu'elle ne le fait déjà, et son frère est un fichu incapable. Elle n'aura personne pour la soutenir, personne pour la défendre, personne pour la réconforter si le projet professionnel dans lequel elle a placé tous ses espoirs s'effondre.

Il ne comprit pas pourquoi sa mère eut soudain un air aussi triomphant.

— Invite-la avec sa famille pour le thé demain après-midi. Je crois qu'elle devrait me plaire.

Après avoir posé son verre, sa mère se leva, vint vers lui et l'embrassa sur la joue.

— Je sais que tu n'aimes pas la façon dont ça s'est organisé, et je saisis pourquoi, mais tu n'es pas du tout comme ton père. Ne lui donne pas le pouvoir de te gâcher ce mariage. Que tu en aies conscience ou pas, tu as de l'estime et de l'affection pour cette jeune fille. Et certains mariages ne débutent pas sur d'aussi bonnes bases. Pense à elle comme un investissement. Elle te rapportera avec le temps.

— C'est ici que tu vas vivre, ma chère, s'extasia Mme Garrison, en pinçant la main de Leonora.

Elles venaient d'entrer dans la résidence londonienne des Elverton, accompagnées de Sam et la Tour.

— C'est tellement somptueux ! Exactement ce que j'ai toujours voulu.

Leonora s'efforça de ne pas remarquer qu'elle n'avait pas dit qu'elle le voulait pour sa fille. Non, elle le voulait pour elle. Il y avait l'ambition, puis il y avait la convoitise. Et elle avait maintenant la certitude que sa mère n'était que cupidité.

La Tour avait fait porter une missive les invitant à prendre le thé avec sa mère. Puis il leur avait envoyé une voiture. Il était venu à leur rencontre tandis qu'elles en descendaient. Son visage était un masque indéchiffrable. Aucun sourire n'avait accompagné ses salutations. Il n'y avait pas eu de clin d'œil pour promettre qu'il y aurait quelque chose plus tard, loin de tout ce décorum. Il s'était tenu là, tel un château fort avec le pont-levis monté et les douves emplis d'alligators prêts à dévorer ceux qui se risqueraient à traverser.

Il ne lui avait pas offert son bras, leur indiquant seulement la porte, qu'un majordome attendait de fermer une fois qu'elles seraient entrées.

— Si vous voulez avoir la bonté de me suivre, dit-il à présent. Ma mère est dans le jardin.

Et il ouvrit la marche.

— Combien de pièces comporte cette résidence ? demanda Mme Garrison.

— Une cinquantaine, je crois.

Sa voix n'avait aucune intonation. On aurait dit le claquement régulier des touches de la machine à écrire.

— Une salle de bal ?

— Un grand salon d'apparat qui peut en tenir lieu.

— Une bibliothèque ?

— Oui.

— Je suppose que le manoir à la campagne est beaucoup plus grand.

— Au moins de quatre fois cette taille.

Mme Garrison joignit les mains, l'air extatique.

— Merveilleux. Je bous d'impatience à l'idée de le découvrir.

Il les fit entrer dans une pièce aux murs tendus de damas jaune vif.

— Le bureau de la comtesse, annonça-t-il, tel un guide dans un musée.

— Le jaune est une couleur hideuse pour nos teints. Je suppose que ma fille pourra changer la décoration.

— Quand ma mère n'habitera plus entre ces murs, votre fille pourra faire tout ce qu'elle voudra. Sauf dans la bibliothèque, ça restera mon domaine réservé.

— Où vivra votre mère ? s'enquit Leonora.

— Après le décès de mon père, j'ai envisagé de l'installer dans ma résidence de Londres. Elle est de taille plus modeste et demande moins d'entretien.

— Et ce sera quand ?

— Maman ! protesta Leonora, outrée.

Il s'arrêta devant une porte vitrée à petits carreaux, la main sur la poignée.

— Contrairement à ce mariage, madame, ce n'est pas quelque chose dont vous pouvez forcer l'avènement.

Ouvrant prestement la porte, il sortit, manquant le ricanement fort peu élégant de Mme Garrison.

Leonora ne s'attendait guère à ce que cet après-midi soit un succès. Mais quand elle s'avança sur la terrasse et découvrit la femme assise à la table nappée de lin blanc, elle sentit s'apaiser un peu de la tension qui l'accompagnait depuis la débâcle de la veille.

La comtesse d'Elverton arrivait à l'épaule de son fils. Ses cheveux bruns étaient parsemés de fils d'argent et avaient des éclats roux. Il y avait de la bonté dans ses yeux. Même s'il haïssait son père, la Tour avait de toute évidence une immense tendresse pour cette femme, et Leonora se surprit à souhaiter avoir la chance de recevoir aussi son affection.

Mais il semblait détester la situation dans laquelle il avait été placé. Elle avait passé une nuit sans sommeil, envisageant de retourner à New York. Mais sa mère avait été claire : si elle refusait de se marier, alors elle serait livrée à elle-même. Or, Leonora avait utilisé presque toutes ses économies pour maintenir l'usine à flot. Combien de temps lui faudrait-il pour trouver un travail ? Comment allait-elle vivre en attendant ? Et où ?

Elle avait été surprise dans un acte honteux. Sa mère s'assurerait qu'il n'y aurait personne pour l'accueillir. La femme qui lui avait donné la vie détenait toutes les cartes. Finalement, elle allait avoir tout ce qu'elle avait toujours voulu.

— Mère, permettez-moi de vous présenter Mme Garrison, ainsi que sa fille et son fils.

Leonora fut la première à faire la révérence.

— Milady, c'est un tel honneur.

— Oh non, ma chère, l'honneur est pour moi.

Comme Leonora se redressait, la comtesse lui attrapa les mains.

— Les mariages ne sont pas toujours tels que nous l'aurions voulu, mais nous essayons d'en retirer le meilleur. Johnny parle très affectueusement de vous.

Leonora jeta un coup d'œil à la Tour, qui affichait une mine renfrognée.

La comtesse se tourna vers sa mère, mais ne prit pas ses mains.

— Madame Garrison, nous savons toutes les deux que nous souhaitons ce qu'il y a de mieux pour nos enfants.

Leonora avait perçu la note cassante et glaciale dans la voix de la comtesse et, à en juger par son léger recul, sa mère l'avait entendue aussi.

Pour finir, la comtesse pivota vers Sam.

— Monsieur Garrison, j'espère qu'un jour vous considérerez Johnny comme un frère. Et maintenant, je vous en prie, asseyons-nous.

Leonora vit que sa mère rongeait son frein en attendant que le thé soit servi, puis elle alla droit au but.

— Nous voulons que le mariage ait lieu le plus vite possible, avant la fin de la saison, pendant que tout le monde est encore à Londres. J'ai pensé à Westminster.

— St George serait préférable. Johnny peut obtenir une licence spéciale, et un mariage peut être arrangé d'ici une semaine ou deux.

— Nous aurons besoin de nouvelles robes toutes les deux.

— Ma couturière s'en occupera. Avec quelques pièces supplémentaires, ces vêtements peuvent être confectionnés rapidement. Après tout, ce n'est pas le premier mariage à être organisé si vite. Les Joueurs d'échecs sont connus pour amener leurs femmes à l'autel dans la précipitation, mais nous discuterons des détails plus tard.

La comtesse reporta son attention sur Leonora.

— Pourquoi voulez-vous épouser mon fils ?

Le voulait-elle ? En réalité, elle ne voulait épouser personne. Que pouvait-elle répondre ? Parce qu'ils s'étaient fait surprendre ? Parce qu'elle avait besoin de respectabilité pour continuer dans les affaires ?

— Mère, grommela la Tour.

— Excusez-moi, mademoiselle Garrison, je suppose que cela ne me regarde pas. Johnny est le seul qui a besoin de savoir pourquoi vous voulez vous marier avec lui. L'important est de se rappeler que nous changeons tous au fil des années. Parfois, nous grandissons ensemble. Parfois, nous nous éloignons les uns des autres. N'êtes-vous pas d'accord, madame Garrison ?

— Je suis surtout d'accord quant au fait que votre garçon doit prendre ses responsabilités envers ma fille.

— Je ne crois pas qu'il ait insinué son intention de ne pas le faire. Et avec un peu de chance, votre fille fera de même.

— Elle lui donnera un héritier. Il doit lui offrir un mariage qui fera l'objet d'un article dans les journaux new-yorkais. Si nous sommes dans cette situation, c'est en raison de son incapacité à contrôler…

— Maman, je suis tout aussi fautive. Je n'ai pas dit non.

La Tour se leva soudain et lui tendit la main.

— Venez faire un tour dans le jardin avec moi pendant que nos mères s'accordent sur les détails de la cérémonie.

Malgré la froideur qu'exprimait sa voix, Leonora mit sa main dans la sienne et le laissa l'aider à se redresser, accueillant sa proposition avec soulagement. Elle préférait mille fois être avec lui, même s'il était évident qu'il la détestait, qu'en compagnie de sa mère quand elle était odieuse à ce point.

— Attendez ! cria Sam.

Leonora regarda par-dessus son épaule et vit son frère qui se hâtait de les rattraper.

— Tu ne vas pas m'abandonner au milieu d'une querelle de chiffonniers.

— Ce n'est pas le genre de ma mère, protesta la Tour.

— Non, mais la mienne fait assez de dérangement pour deux. En outre, elle pense qu'il ne faut pas vous laisser seuls tous les deux.

— Quelle importance maintenant que nous allons nous marier ? demanda la Tour.

Et le dédain dans sa voix commençait à taper sur les nerfs de Leonora.

— Nous n'allons peut-être pas nous marier, dit-elle d'un ton pincé.

— Bien sûr que si. Je ne serai pas accusé d'être un fornicateur comme mon père.

Leonora sentit son cœur s'affoler.

— Avez-vous envie de m'épouser ?

Il avait la mâchoire crispée, et un muscle jouait sur sa joue. Elle avait conscience qu'il n'avait pas eu le choix mais, considérant ce qui s'était passé entre eux la nuit dernière, avant qu'ils soient découverts, il ne refusait pas complètement l'idée de l'avoir pour femme.

— Il y a une chose que vous ne savez peut-être pas à propos de la noblesse, mademoiselle Garrison, c'est que nous faisons ce que le devoir nous commande de faire.

Elle libéra son bras du sien et s'écarta.

— Vous n'êtes pas obligé de vous marier avec moi si ça vous dégoûte tellement.

— Peu importe ce qu'il veut, intervint Sam. Tu dois absolument l'épouser. Plus aucun homme ne voudra de toi maintenant. Tu es une fille perdue.

La Tour se rua sur lui et le saisit par les revers de sa veste.

— Je vous interdis de parler de votre sœur comme ça. Montrez-lui un peu de respect.

— Mais c'est vrai. Vous savez que toutes ses chances d'épouser quelqu'un d'autre sont réduites à néant.

— Vous croyez que je l'ignore, bon sang ?

Il tourna la tête vers elle, et Leonora discerna le regret dans ses yeux teintés de détermination.

— Nous allons nous marier.

— Pourriez-vous ne pas avoir l'air aussi furieux à cette idée ?

La Tour ferma un instant les paupières. Quand il les rouvrit, il repoussa brutalement Sam et lui désigna un point éloigné du jardin.

— Filez, et que je ne vous voie plus !

Sam la regarda, inquiet.

— Ne t'en fais pas, dit-elle. Le mal est déjà fait.

— Crie si tu as besoin de moi.

Comme s'il pouvait lutter contre la Tour. Cependant, elle hocha la tête.

Finalement, son frère s'en alla.

— Il se montre un peu tardif à offrir sa protection, commenta la Tour.

— Il n'a sans doute jamais pensé avant que j'en avais besoin. Il devait se dire que j'étais capable de me défendre seule.

La Tour lui indiqua le chemin devant eux, mais cette fois il ne lui prit pas le bras. Elle n'était pas certaine qu'elle l'aurait accepté.

La Tour se détestait de la désirer encore. Même maintenant il était tenté de l'entraîner sous la tonnelle couverte de roses et de l'embrasser à perdre haleine. Au lieu de quoi, il garda les mains croisées dans son dos pour s'assurer qu'il ne ferait rien de stupide.

— Je n'avais pas prévu que nous nous fassions surprendre, affirma Leonora. J'ignore comment ils ont su... J'aurais dû être plus forte. J'aurais dû résister.

Elle semblait vouloir assumer la responsabilité pour tout : le déclin de l'entreprise familiale, l'incompétence de son frère, la grossièreté de sa mère... Il n'allait pas la laisser porter le chapeau pour lui.

— Si tu avais résisté, j'aurais insisté davantage. Je te voulais tellement. Je te veux encore.

— Ça n'a pas l'air de te réjouir.

Il eut un rire amer.

— Ce n'est pas ainsi que j'envisageais mon mariage.

Encore qu'il n'y ait jamais pensé.

— J'imagine que tu ne rêvais pas non plus d'être courtisée de cette façon.

— Il ne s'agissait pas de cela, n'est-ce pas ? Je voulais seulement découvrir quelque chose que je n'avais pas expérimenté.

— Je suppose que ta mère et ton frère retourneront en Amérique une fois que nous serons mariés.

— Nous n'avons eu aucune proposition d'investissement hier soir, déclara-t-elle avec de la déception dans la voix. Les gens ont eu l'air intéressés par la machine, mais ils semblaient plus intéressés par ce qui s'est passé dans la serre que sur la scène.

— Les ragots salaces ont toujours la priorité. Je doute que cela ait arrangé la situation que ta mère se soit empressée d'annoncer que nous allions nous marier.

— Par conséquent, nous devons encore trouver des investisseurs. Quand ce sera le cas, je devrai retourner quelque temps en Amérique, car Sam n'y connaît rien, comme tu l'avais deviné.

Elle semblait aussi malheureuse que lui.

— Je ne m'y opposerai pas.

Le rire de Nora fut un peu caustique.

— Eh bien, je crois que je ne ferai pas une très bonne épouse, parce que, même si tu t'y étais opposé, j'y serais allée quand même. Je n'ai jamais eu l'intention de me marier. Je ne voulais pas perdre ma liberté.

— Tu ne seras pas ma prisonnière, Nora. Tout ce que je te demande, c'est qu'il n'y ait plus jamais de scandale autour de nous.

La Tour avait laissé les femmes avec sa mère, qui continuerait assurément à les charmer – ou au moins charmerait-elle Nora, Mme Garrison étant une cause perdue – et avait conduit M. Garrison dans la bibliothèque pour discuter de l'accord prénuptial, que Nora serait certainement plus à même de conclure que lui.

Il avait servi pour chacun un verre de scotch, et ils avaient pris place dans les fauteuils près de la cheminée.

Un silence tendu s'installa. Observant le jeune homme avec sévérité, la Tour décida de ne rien faire pour lui faciliter la tâche. À lui de comprendre que la balle était dans son camp.

Agitant nerveusement la jambe, Garrison toucha à peine à son verre. Après avoir contemplé autour de lui, sans savoir où regarder, il finit par reporter son attention sur la Tour.

— Je suppose que nous devrions nous y mettre.

— Quand vous voulez.

— Bien. Concernant l'usine… j'ai pensé vous offrir vingt-cinq pour cent des parts. En échange de quoi, vous apportez les fonds nécessaires pour manufacturer et distribuer cette… machine à écrire.

Garrison paraissait réciter un texte, et la Tour fut à peu près certain que tout avait été décidé par Nora.

Il but lentement une gorgée de scotch, faisant durer le plaisir, avant de déclarer :

— Ce n'est pas ainsi que fonctionne un accord prénuptial.

Garrison écarquilla les yeux.

— Je ne comprends pas. Je vous donne quelque chose, et vous me donnez quelque chose.

— J'apporte à votre sœur de la respectabilité.

La Tour se cala contre le dossier de son fauteuil.

— Une femme apporte généralement une dot, qui est remise au futur mari pour qu'il l'utilise afin de pourvoir à ses besoins.

— Une dot ? Leonora n'en a pas. Nous ne pensions pas qu'elle se marierait.

— Pourquoi pas ?

— Eh bien...

Garrison regarda autour de lui, comme s'il espérait voir la réponse écrite sur le papier peint.

Le front barré d'un pli soucieux, il finit par poser les yeux sur la Tour.

— Eh bien, elle est... un peu bizarre, n'est-ce pas ?

Une vague de colère s'empara de la Tour. Il était inconcevable que son frère décrive Nora ainsi. Il aurait dû l'admirer, d'autant plus qu'il était bien placé pour savoir qui dirigeait réellement l'entreprise.

— Que voulez-vous dire ?

Son intonation était suffisamment menaçante pour que le jeune homme comprenne qu'il s'engageait sur une pente glissante.

— Elle n'est pas comme les autres femmes.

— Aucune femme ne ressemble à une autre. Donc, je vous repose la question, en quoi est-elle étrange ?

Garrison déglutit avec peine, visiblement mal à l'aise.

— Eh bien, elle ne fait rien de ce qu'on attend d'une femme. Savez-vous que Maman a presque dû l'emmener de force chez la couturière ? Sa garde-robe est réduite au strict minimum, et elle est venue ici avec moins de malles que moi. Elle trouve que c'est une perte de temps de faire les magasins.

Cela n'étonnait pas la Tour.

— Quelle femme fait ça ?

— Une femme intéressante.

Garrison parut surpris par ce commentaire.

— Je l'apprécie, mais j'ai vu des hommes se moquer d'elle.

— Ce sont des idiots, et vous auriez dû leur mettre votre poing dans la figure.

— Certains sont mes amis.

— Quel genre de frère êtes-vous donc pour faire passer une amitié avant Nora ?

— Ce n'était pas méchant.

— Bien sûr que si. Ceux qui rient aux dépens des autres sont des persécuteurs, et cela ne doit pas être toléré.

Il en avait d'autant conscience que son père en avait été un.

— Elle ne l'a pas su.

Si, elle l'avait su. Elle le lui avait dit. Et leur cruauté l'avait peut-être poussée à s'isoler davantage.

— Détrompez-vous, elle l'a su.

Garrison blêmit. Puis il redressa le menton d'un air de dépit.

— Vous ne l'épouseriez pas si vous n'y étiez pas forcé. Nous constatons tous combien vous êtes contrarié.

— Je suis contrarié par les circonstances, mais je vous certifie que je prendrai soin d'elle. Et c'est de cela que vous devriez vous assurer, monsieur Garrison. Par ailleurs, je n'ai pas besoin qu'elle ait une dot. Je suis suffisamment fortuné.

Il se pencha en avant, les avant-bras posés sur ses cuisses.

— Et maintenant, dites-moi une chose, comment votre mère a-t-elle su que nous étions dans la serre ?

L'air coupable, le jeune homme baissa les yeux.

— Monsieur Garrison ?

Le frère de Nora finit par relever la tête.

— Maman l'a vue sortir et m'a demandé de la suivre. Le temps que je m'exécute, vous vous dirigiez vers la serre.

— Vous l'avez trahie !

— Non. J'ai essayé d'empêcher que vous profitiez d'elle.

— Si c'était vrai, vous vous seriez rué à l'intérieur et vous auriez tout fait pour éviter qu'elle subisse mes assauts. Vous ne seriez pas allé chercher des témoins.

— Vous ne le direz pas à Nora, n'est-ce pas ?

Il était tenté de le faire, mais elle avait déjà trop souffert.

— Rien de bon n'en ressortirait. Maintenant, je vais vous dire comment nous allons établir ce contrat prénuptial. Vous allez donner à Nora la moitié de l'entreprise, en guise de cadeau de noces.

— Mais elle n'a pas d'argent. Nous avons toujours besoin de fonds pour relancer l'entreprise.

— Elle aura l'argent quand nous serons mariés, autant qu'elle en voudra pour réaliser ses projets. Mais si vous devez vendre des parts, ce sera les vôtres, pas les siennes. Quoi qu'il arrive, elle doit conserver ses cinquante pour cent. Et si j'apprends qu'il en va autrement, que vous n'avez pas suivi mes instructions, vous découvrirez que le fait d'être mon beau-frère ne vous mettra pas à l'abri de ma colère.

Il se leva.

— Je crois que nous en avons terminé, monsieur Garrison.

21

Beaucoup plus tard cette nuit-là, la Tour devint le comte d'Elverton, un titre sans respect ni honneur. S'il avait pu éviter de le prendre, il l'aurait fait. Mais la loi ne prévoyait pas qu'un homme puisse échapper à la responsabilité qui lui revenait par naissance.

Cependant, il ressentait le poids de l'obligation morale qu'il avait de rendre sa dignité au titre qui l'écrasait.

Tandis qu'il buvait un scotch dans la pièce préférée de sa mère – celle aux murs dont le jaune vif ne s'accordait apparemment pas à certains teints –, il essaya de se remémorer un souvenir plaisant de son père, mais il semblait que, durant la plus grande partie de sa vie, ils avaient été des adversaires plus qu'autre chose.

Le comte avait critiqué toutes les bonnes choses qu'avait pu connaître la Tour, comme s'il considérait que son héritier ne méritait pas le moindre bonheur.

Aujourd'hui, son père se réjouirait sûrement de son malheur, lui faisant remarquer qu'il n'était finalement pas différent de lui.

Sa mère était restée stoïque tandis que la dépouille du comte était emportée afin d'être préparée pour les funérailles. À présent, assise sur le sofa, elle sirotait un cognac.

— J'ai souvent pensé qu'il aurait été plus heureux s'il avait été stérile... ou impuissant. Je ne sais pas pourquoi il était devenu si détestable ces dernières années, dit-elle, songeuse. Ou alors, j'avais cessé de lui trouver des excuses et je le voyais tel qu'il était, et non tel que je souhaitais qu'il soit.

— Pour ce que ça vaut, c'est vous qui avez vécu le plus longtemps avec lui, remarqua la Tour. Il devait donc avoir un minimum d'affection pour vous.

— Oh, tu sais, je crois que j'étais simplement celle qui lui causait le moins de problèmes.

Elle resta silencieuse un moment, avant d'ajouter :

— Je suppose que tu vas prévenir Aiden que son père a rendu l'âme.

— J'ai déjà fait porter un message à Aiden et Finn.

Mais il n'avait pas fait référence à cet homme comme étant leur père, se contentant d'écrire que le comte avait quitté ce monde. En ces circonstances, il aurait apprécié de pouvoir utiliser la machine à écrire de Nora, afin de mettre plus de distance entre lui et les mots.

— Je suis heureuse qu'Aiden et toi soyez devenus amis.

Ils étaient plus que des amis. Ils étaient des frères dans le vrai sens du terme.

— Étonnamment, pour deux garçons qui ont été élevés séparément, nous avons beaucoup en commun.

Pendant quelques minutes, on n'entendit plus que les craquements du feu et le tic-tac de la pendule sur le manteau de la cheminée, et la Tour songea que, tout comme lui, sa mère devait se rappeler comment Aiden était réapparu. De façon inespérée. À cause des mauvais comportements du comte, il avait disparu de sa vie, mais il avait aussi fini par y revenir.

— Une petite cérémonie privée sera sans doute préférable, dit-elle.

— Non.

Elle fronça les sourcils.

— Pourquoi ?

— Sa progéniture illégitime devrait avoir la possibilité de…

Cracher sur sa tombe ?

— Je ne les connais pas tous, mais ils devraient pouvoir assister à la cérémonie, en prenant place dans la zone réservée à la famille. Peut-être même que Matthew et Mark seront là.

Il s'agissait des deux premiers enfants auxquels sa mère avait donné naissance.

Elle sourit tristement.

— Ils sont sans doute morts depuis longtemps, Johnny.

Pour la première fois depuis qu'il était arrivé, après avoir reçu son message, les yeux de sa mère s'emplirent de larmes.

— Quand Aiden est né, je voulais tellement le garder. Je l'avais appelé Luke. Il était le troisième enfant à qui je donnais naissance, et ton père m'avait déjà enlevé les deux premiers. Je l'ai supplié de me le laisser, en lui promettant de faire en sorte qu'il ne soit jamais un problème. Il m'a fait une proposition : continuer à mener une existence agréable dans une belle maison, ou garder mon fils et vivre dans la rue. J'ai abandonné mon troisième fils.

— Vous n'aviez pas le choix. Vous saviez qu'Aiden n'aurait pas survécu si vous aviez été jetée à la rue, et vous non plus, probablement.

— Quand sa première femme est morte, sans lui avoir donné d'enfant, et qu'il m'a épousée, j'ai cru que c'était par amour. Mais je suppose que c'était uniquement parce qu'il avait la preuve que j'étais fertile, ce qui faisait ses affaires, puisqu'il lui fallait un héritier. Alors j'ai pu garder mon quatrième bébé : toi. Mais mon existence n'a jamais été facile, même si j'étais sa femme et non plus sa catin.

— N'employez pas ce terme. Ce n'est pas ce que vous étiez.

Elle soupira.

— Mon cher fils, ta mère n'était pas une sainte.

— Vous êtes une sainte à mes yeux.

Elle rit doucement.

— Toute mère devrait avoir la chance d'avoir un fils comme toi.

— Je suis désolé d'avoir apporté un nouveau scandale dans votre vie.

— Je suppose que tu fais référence à ton mariage.

Il hocha la tête.

— Les gens oublieront. Un autre scandale détournera leur attention.

— Je n'ai jamais voulu être comme lui.

— Tu ne l'es pas. Tu m'as toujours donné un tel réconfort.

Il posa son verre.

— Je vais sortir un moment, mais je reviendrai vérifier comment vous allez. Je passerai probablement la nuit ici.

— Transmets mes salutations à Leonora.

Il fronça les sourcils.

— Je vais aller voir les Joueurs d'échecs.

Sa mère sourit avec bienveillance.

— Bien sûr, mon chéri.

Il avait vraiment prévu de rencontrer ses amis, il fut donc surpris de se retrouver à frapper à une porte qui menait à une suite de chambres au dernier étage de l'hôtel Trewlove.

Celle-ci s'ouvrit enfin, et une femme de chambre aux yeux écarquillés jeta un regard dans l'entrebâillement.

— Voulez-vous dire à Mlle Garrison, sans déranger sa mère ou son frère, que… son fiancé souhaiterait lui parler ?

Il n'avait pu se résoudre à dire « le comte d'Elverton ».

La porte se referma. Quelques minutes plus tard, Nora apparut en tenue de nuit, son peignoir soigneusement ceinturé, ses cheveux nattés.

— Ton père est mort, dit-elle sans préambule.

Il avait toujours été doué pour dissimuler ses émotions. Que pouvait bien montrer son visage ce soir ?

Il hocha la tête.

— Attends ici.

La porte se ferma de nouveau, mais elle fut de retour en quelques secondes, emmitouflée dans sa pelisse.

— Tu es en tenue de nuit ?

— Je suis adéquatement couverte, et personne ne nous verra. Il y a un parc non loin d'ici, et nous pourrons y parler tranquillement.

Elle lui prit la main – si chaude contre la sienne si froide. Il ne comprenait pas ce qui lui arrivait, mais il se laissa faire.

Dans le parc, elle lui lâcha la main, s'assit sous le premier arbre venu et tapota l'herbe à côté d'elle. Il n'imaginait pas une autre femme de sa connaissance agir ainsi. Pourtant, ce qu'il appréciait le plus chez elle était son absence de prétention.

Il s'installa à côté d'elle et cala son dos contre le tronc de l'arbre.

— Comment va ta mère ?

— Elle est incroyablement résistante, mais je pense qu'elle est plus touchée que ce à quoi elle s'attendait.

— Même quand on anticipe une mort, c'est toujours un choc quand elle se produit. Je suppose que tu as prévenu Aiden.

— Oui, et aussi son frère Finn, de même que le *Times*. Ils feront sans doute une édition spéciale.

— Tu es en deuil maintenant. Nous devons reporter le mariage.

Il la regarda. Elle était partiellement dans l'ombre, mais un rayon de lune éclairait son visage.

— Ça ne va pas plaire à ta mère, mais nous pouvons organiser une cérémonie dans l'intimité, uniquement avec la famille et les amis proches.

Il ne bougea pas quand elle tendit la main vers lui et remit de l'ordre dans sa chevelure.

— En fait, ça me convient davantage que la fête extravagante que ma mère avait prévue, en comptant sur toi pour tout payer.

— Je l'aurais fait si c'est ce que tu avais voulu.

Il le lui devait à cause de son manque de contrôle. Quand elle commença à écarter sa main, il la reprit et déposa un baiser au centre de sa paume, avant d'ajouter :

— Elle va exulter quand elle saura que tu vas devenir comtesse, mais c'est un titre entaché d'infamie.

— C'est l'homme qui le portait qui était infâme, pas le titre.

— La frontière est faible entre l'homme et son titre.

— Les gens te connaissent. Ils comprendront que tu n'es pas lui.

Il releva la tête. Des nuages gris masquaient les étoiles. Avait-il déjà eu un moment comme celui-ci avec Nora, où le désir ne le ravageait pas, où il était content d'être simplement avec elle ? Sa présence était si apaisante.

— Quand j'avais environ six ans, lui confia-t-il, mon père m'a réveillé la nuit et m'a dit que nous avions une corvée à accomplir. J'étais si heureux qu'il veuille de ma présence à ses côtés. Bientôt, nous nous sommes retrouvés dans la voiture à traverser Londres sous la pluie battante, puis nous nous sommes arrêtés devant une maison. Il m'a donné l'ordre d'attendre et est revenu quelques minutes plus tard avec un bébé en pleurs dans les bras. Dans l'embrasure de la porte, une femme en chemise de nuit criait : « Je vous en supplie, ne me la prenez pas ! » Mais mon père a sauté dans la voiture avec, et l'enfant a braillé tout le reste du voyage. J'étais trop jeune pour comprendre ce qui se passait vraiment. Nous avons fini par nous arrêter devant une taverne, où une vieille femme est sortie de l'ombre. Il lui a remis le bébé et une bourse avec de l'argent, puis nous sommes repartis aussitôt. « C'est facile de se débarrasser des enfants irritants », m'a-t-il dit.

Nora sursauta d'horreur.

— Mon Dieu, mais tu étais son héritier. Il n'aurait pas pu te donner ainsi.

— En grandissant, je l'ai compris, mais je l'ai aussi évité du mieux que j'ai pu, en me déplaçant sans bruit, en me taisant, ayant sans cesse peur d'éveiller sa colère. J'ai toujours fait en sorte de ne pas attirer l'attention.

— Ta mère ne t'a-t-elle pas rassuré en te disant que tu étais à l'abri de ses menaces ?

— Je ne lui en ai jamais parlé. Je craignais que, si je le lui révélais, il décide de se débarrasser d'elle. J'ai fini par le détester.

Nora caressa son épaule.

— C'est lui qui t'a le plus blessé.

S'il était allé retrouver les Joueurs d'échecs, comme il en avait l'intention, quitte à les tirer du lit, la Tour se serait enivré, se rappelant toutes les fois où son père s'était comporté comme un salaud. Pour finir, c'était vers elle qu'il s'était tourné.

Quel était donc ce pouvoir qu'elle avait sur lui ?

— Il faut que tu saches que je suis le genre d'homme à ne ressentir aucune tristesse à propos de la mort de mon père.

— Je n'attendais pas ça de toi. D'après ce que tu m'as raconté, il était épouvantable, et je suis contente que tu n'aies plus à porter le poids de sa présence.

Elle pivota pour lui faire face, et il fut soulagé de l'absence de lumière du jour. Ainsi, il lui était plus facile de confesser des émotions qu'il n'aurait pas dû ressentir.

— Tu n'es pas du tout comme lui, insista-t-elle.

— Nora, je t'ai possédée dans une serre, avec des vitres tout autour. N'importe qui aurait pu nous voir. D'ailleurs, on nous a vus.

— Permets-moi de te poser une question. Si j'avais dit non la nuit dernière, te serais-tu arrêté ?

— Évidemment !

— Est-ce que j'ai dit non ?

— Je ne crois pas t'en avoir laissé l'occasion.

— Et moi, j'ai dit que je voulais ce que tu avais à m'offrir. Fais-moi confiance, tu n'es pas comme ton père. Sinon, je ne pourrais pas t'apprécier comme je t'apprécie.

Gentiment, elle posa une main sur sa joue et lui effleura les lèvres d'un tendre baiser. Il n'y avait pas de fièvre, pas d'urgence. Mais jamais il n'avait senti un lien aussi fort entre eux.

Refermant les bras autour d'elle, il la tint un long moment serrée contre lui, sans parler. Comment savait-elle ce dont il avait besoin quand lui-même l'ignorait ?

Cette quiétude réconfortante était un baume pour son âme, effaçant les années de rage qui l'avaient torturé.

— Je vais être occupé à organiser les funérailles, dit-il, mais tout ça devrait être derrière moi d'ici la fin de la semaine. Alors, nous nous marierons.

— T'es-tu déjà demandé combien nous étions exactement ?

Un peu plus tôt dans l'après-midi du lendemain, la Tour avait envoyé un message à Aiden et Finn, les convoquant en fin de journée au Mermaid and Unicorn, une taverne située à Whitechapel.

Tous deux l'observaient à présent. Tandis que Finn avait les cheveux plus clairs qu'Aiden ou lui-même, la Tour retrouvait sur le visage de son demi-frère les traits de son père.

— Par « nous », tu veux dire…

Aiden n'acheva pas sa phrase.

— Les enfants d'Elverton, continua la Tour.

— C'est toi, Elverton, maintenant.

Il secoua la tête.

— Crois-moi, ça ne me procure aucune fierté. Mais quand même, je me demandais combien d'enfants il pouvait avoir engendrés. D'après l'expérience de Mère, il lui a arraché ses deux premiers enfants juste après leur naissance, prétendument pour éviter qu'elle s'y attache. Je pense qu'il a dû faire la même chose avec les autres. Vous avez été déposés chez Ettie Trewlove à six semaines d'intervalle. Il est donc probable qu'il ne se soit pas écoulé une année entre chaque naissance, d'autant qu'il avait plusieurs maîtresses en même temps. Je ne sais pas quand il a commencé cette pratique. Vers vingt ans, je suppose, ce qui ferait trente ou quarante ans de fornication débridée.

— Il a peut-être fait une pause, suggéra Finn.

La Tour haussa les épaules.

— Ça m'étonnerait. Parfois, je regarde les domestiques et je me demande si nous avons des liens de sang. Naturellement, il ne s'est pas limité aux gens du peuple.

— En effet, dit Aiden.

Il vida d'un trait son verre de scotch et s'en servit un deuxième.

— Il s'est intéressé d'un peu trop près à Selena quand elle est devenue veuve.

Ils savaient tous à présent que le comte s'était mis en tête d'en faire sa prochaine comtesse une fois qu'il aurait trouvé un moyen de se débarrasser de sa femme actuelle.

— Pourquoi te poses-tu toutes ces questions maintenant ? s'enquit Finn.

— Il est enfin parti, dit la Tour. Son règne de débauche est terminé.

C'était une idée à laquelle il réfléchissait depuis un moment.

— Je ne vous l'ai jamais demandé, mais comment avez-vous su qu'il était votre père ?

— Il nous a personnellement déposés, Finn et moi, chez une nourrice dont il pensait qu'elle ne prendrait pas soin de nous, il espérait que nous ne survivrions pas. Il ignorait que celle-ci deviendrait notre mère adoptive. Son blason était sur sa voiture, et Maman l'a remarqué. Quand je suis allé le voir, il a raconté qu'il donnait à la plupart de ses maîtresses le nom des personnes chez qui l'enfant devait être déposé, ainsi qu'une somme d'argent pour couvrir les frais. Il ne l'a pas fait pour nos mères afin, selon ses dires, de leur éviter un chagrin supplémentaire. Donc, à sa manière perverse, il semblait tenir à notre mère et à celle de Finn.

— Une bien maigre consolation, j'imagine.

— Si je devais abandonner un enfant, je glisserais un mot dans ses langes en expliquant qui est son père, intervint Finn. Peut-être certaines femmes l'ont-elles fait, pour celles qui savaient écrire.

— Notre père avait quelques critères, continua Aiden. Notre mère, à Johnny et à moi, est la fille d'un baron. Même s'il aimait la variété, je ne crois pas qu'il aurait choisi une femme totalement dénuée d'éducation. Si certaines mères sont allées déposer elles-mêmes leur enfant, elles ont pu laisser des informations. D'autres l'ont peut-être gardé envers et contre tout et ont tenté de survivre comme elles le pouvaient.

Aiden serra les mâchoires.

— Quel monstre que cet homme ! déclara-t-il d'un ton empli de colère.

— Donc, ils doivent être nombreux à savoir qui les a engendrés, conclut la Tour.

— À quoi penses-tu, Johnny ? demanda Finn. Je croyais que nous étions réunis pour fêter son départ en enfer.

— Tous ces enfants sont nos frères et sœurs. S'ils avaient été légitimes, il aurait dû s'en occuper, s'assurer qu'ils aient une pension après son décès. Je me rends compte que certains, comme vous, ont peut-être réussi dans la vie. Mais, pour ceux qui sont en difficulté, je veux utiliser cette occasion pour réparer autant que je le peux les torts causés. Je vais mettre une annonce dans les journaux pour inviter ses enfants illégitimes à se présenter chez moi le lendemain de ses funérailles, afin de recevoir une compensation financière. Je soupçonne que tous ne sauront pas lire, j'espère donc que vous deux, qui connaissez mieux que moi les bas-fonds de Londres, m'aiderez à faire passer le message.

— À quelle somme penses-tu ? demanda Finn.

— Vingt-cinq livres par mois.

— Si on multiplie par quarante ou cinquante, c'est une somme considérable. À quel point es-tu riche ?

— Suffisamment.

Les frères Trewlove échangèrent un regard.

La Tour leur enviait cette capacité qu'ils avaient, ayant grandi ensemble, de communiquer sans parler. Son père, n'appréciant visiblement pas d'être entouré d'enfants, avait pris le risque de n'avoir qu'un héritier, faisant de lui un être solitaire et isolé. Il pensait s'y être habitué mais, dans des moments comme celui-ci, il lui manquait quelqu'un à ses côtés qui le comprenne au plus profond de son âme.

Et tandis qu'il songeait à cela, une image de Nora lui traversa l'esprit.

Calé contre le dossier de son fauteuil, Aiden croisa les bras sur son torse.

— Tu te rends compte que tu risques de voir se présenter à ta porte des hordes de gens sans lien avec nous, qui essaieront de profiter de ta générosité.

— J'en ai parfaitement conscience. Mais si, par cette action, je peux aider ne serait-ce que la moitié de mes demi-frères et sœurs qui sont dans le besoin, je considérerai que ça en valait la peine.

22

Assise dans le salon de la résidence de la Tour, Leonora servait le thé – des litres de thé – à ceux qui attendaient une audience avec lui. Il lui avait demandé de lui faire la faveur de jouer les maîtresses de maison tandis qu'il rencontrerait les enfants illégitimes de son père.

Le nombre était effarant, vraiment. Au début, ils étaient arrivés de façon disséminée, et elle ne s'était pas donné la peine de compter. Puis des groupes s'étaient présentés. Désormais, tous les sièges étaient occupés et certaines personnes se tenaient debout le long des murs.

Une douzaine de personnes s'étaient déjà entretenues avec la Tour. Il les recevait individuellement dans sa bibliothèque. Il y en aurait probablement pour tout l'après-midi et peut-être jusqu'au soir.

Le majordome avait été chargé de noter les noms des visiteurs sur un carnet, avant de les guider vers le salon où Leonora les accueillait et faisait en sorte qu'ils se sentent à l'aise. Un valet faisait sortir ceux qui avaient déjà rencontré la Tour, puis plaçait le suivant dans la file d'attente.

Et Leonora servait le thé.

Le majordome escorta une nouvelle arrivante. Elle était petite et mince, avec des cheveux d'un noir de jais et des yeux d'une stupéfiante couleur émeraude. Un jeune garçon d'une dizaine d'années l'accompagnait.

— Soyez les bienvenus. Je suis Leonora Garrison, une... amie de sa seigneurie.

Elle ne pouvait se résoudre à parler de lui comme de son fiancé.

— Rachel.

Leonora eut le souffle coupé, et la tasse qu'elle tenait à la main vacilla sur sa sous-tasse. Combien de Rachel le comte avait-il eues pour maîtresse ?

— Votre père ne serait-il pas armateur ?

La jeune femme eut un sourire mélancolique.

— Il l'était aux dernières nouvelles. Jack pourrait-il avoir une limonade ?

Jack, sans doute le diminutif de John. Johnny. Son Johnny, qui peut-être avait été celui de cette femme.

— Oui, bien sûr.

Elle servit le jeune garçon. Il n'avait pas hérité des yeux verts de sa mère. Les siens étaient bruns comme ceux de la Tour. Ses cheveux avaient la même couleur. En grandissant, sa mâchoire serait plus prononcée et aurait la même forme que celle de la Tour.

— Une chaise s'est libérée dans le coin, annonça-t-elle.

Elle suivit des yeux Rachel tandis que celle-ci se dirigeait vers la chaise. Comment osait-elle venir ici et rappeler à la Tour l'une des pires journées de sa vie ? Celle où son cœur avait été brisé.

La colère de Leonora n'avait rien à voir avec le fait qu'il avait un jour aimé cette femme et qu'il avait prévu de la demander en mariage.

Comme en transe, elle versa du thé, entendit appeler des noms et regarda défiler les visiteurs.

Puis soudain, sans qu'elle s'en aperçoive, elle se retrouva seule avec Rachel et son fils.

— Vous n'êtes pas une simple amie, dit Rachel d'une voix posée.

— Non.

— Vous êtes la femme qu'il va épouser. Je l'ai lu dans le journal. Le scandale qui entoure cette décision ne lui ressemble pas. Il a toujours été si parfait, évitant soigneusement toute forme de remous.

— Jusqu'à ce qu'il vous rencontre.

Rachel blêmit.

— Veuillez m'excuser. C'était mesquin.

— Mais véridique. Je rêvais d'aventure, et il était toujours si bien comme il faut, sérieux, posé. Il était tellement attentif à ce qu'il devait ou ne devait pas faire. Pas de rendez-vous clandestin dans les jardins, pas d'avances osées. Il ne m'a jamais touchée autrement que chastement.

— Un gentleman, donc, commenta Leonora.

Rachel hocha la tête.

— Mais je ne voulais pas d'un gentleman. Je voulais être sauvage, faire des choses interdites. Son père semblait comprendre ce à quoi j'aspirais, et il était prêt à me le donner. Il m'a promis que personne ne l'apprendrait. Et bien sûr, nous nous sommes fait surprendre. L'expression de Johnny face à cette trahison m'a hantée pendant des années. Je savais qu'il ne me reprendrait pas. Il m'avait toujours dit que j'étais sans défaut, comme un diamant. Et il aime la perfection.

La perfection ? Leonora pensait qu'il préférait la loyauté.

Son regard se posa sur le jeune garçon, qui l'observait de ses grands yeux bruns, cillant à peine. Ses enfants pourraient lui ressembler, si la Tour et elle avaient des enfants.

Le majordome entra dans la pièce.

— Mademoiselle Kennedy.

Leonora se leva aussitôt.

— Je vais l'accompagner, merci.

Sachant qu'elle serait bientôt la maîtresse de cette maison, le majordome eut un bref signe de tête et se retira.

Leonora se tourna vers Rachel. Elle s'était redressée et avait posé une main sur le crâne de son fils, en un geste protecteur.

— Si vous voulez bien me suivre.

Si cela n'avait tenu qu'à elle, Leonora l'aurait jetée à la porte tant elle s'inquiétait des mauvais souvenirs que cette femme allait raviver.

— Il ne vivait pas ici quand je l'ai connu, remarqua-t-elle.

— Sa mère va bientôt venir s'installer dans cette maison.

— Je ne pensais pas qu'il voudrait habiter là où son père a vécu.

Contrairement à Rachel, Leonora ne pouvait imaginer que la Tour chercherait à échapper à son passé.

Lorsqu'elle entra dans la bibliothèque, elle le repéra, debout près de la desserte, qui se servait un scotch.

Tournant la tête, il lui sourit, ses traits soudain radoucis. Mais quand son regard se décala légèrement, elle le vit physiquement s'armer de courage, redevenant ce château fort imprenable qu'elle avait connu au début de leur relation.

— Je te laisse discuter avec ton invitée, dit-elle.

Et elle fut surprise par le tremblement de sa voix.

— Je préférerais que tu restes, si ça ne te dérange pas.

— Naturellement.

Après avoir vidé son verre d'un trait, il tira un siège près du fauteuil en cuir capitonné où il s'installait d'ordinaire derrière son bureau et fit signe à Leonora de s'y asseoir. Il demeura debout à côté d'elle, telle une sentinelle.

— Rachel, je ne m'attendais pas à ce que tu viennes.

La femme qu'il avait un jour aimée, pour qui il avait peut-être encore des sentiments, s'avança de quelques pas, guidant son fils d'une main posée sur sa nuque.

— Je voulais que tu rencontres ton frère... Jack.

Leonora relâcha son souffle, prenant alors conscience qu'elle s'était demandé si ce garçon était le fils de la Tour. Bien qu'il ait affirmé n'avoir aucun enfant illégitime, peut-être ignorait-il l'existence de celui-ci.

Il était tellement passionné avec elle, lui donnant l'impression qu'il ne pouvait pas lui résister... Mais il ne l'aimait pas. Il n'avait jamais prononcé les mots qu'elle espérait tant. S'il ne pouvait s'empêcher de la toucher et de l'embrasser, comment aurait-il résisté à une femme qu'il aimait ? Pourtant, Rachel lui avait raconté qu'il avait toujours été chaste avec elle.

De sa place, Leonora vit les yeux de la Tour s'emplir de tendresse. Il ne ferait pas payer au jeune garçon les erreurs de sa mère.

— C'est un plaisir de faire ta connaissance, Jack. Quel beau garçon tu fais. Je retrouve beaucoup de notre père en toi.

Le visage de l'enfant s'éclaira brièvement, avant d'adopter de nouveau une expression mélancolique.

— Je ne l'ai jamais rencontré.

— Peu de ses enfants l'ont connu, mais c'était une erreur de sa part, tu n'y es pour rien.

Il se pencha légèrement, sans quitter son frère des yeux, comme s'il s'apprêtait à partager un secret.

— En toute honnêteté, ce n'était pas le meilleur des pères. Mais s'il avait passé du temps avec toi, je suis sûr qu'il t'aurait trouvé formidable.

Il se redressa et désigna les chaises disposées en face de son bureau.

— S'il vous plaît, asseyez-vous.

Quand ils furent installés, il contourna son bureau et se laissa tomber dans son fauteuil.

— Je peux te proposer cent livres par mois pour l'éducation de Jack, c'est-à-dire le quadruple de ce que j'ai offert aux autres – enfant ou adulte – qui sont dans le besoin.

Leonora fit un effort pour dissimuler sa surprise. Elle ignorait qu'il avait décidé d'assurer un revenu à toutes ces personnes. Cela représentait une somme considérable. Ne risquait-il pas de faire faillite ? À quel point était-il fortuné ?

— Nous allons droit au but, à ce que je vois, dit Rachel.

— N'est-ce pas pour cette raison que tu es venue ?

— J'avais l'intention de commencer par te rendre visite, et d'échanger des politesses. Comment vas-tu ? Tu es content que ton père soit décédé, je suppose ?

Leonora la trouva froide. Le père de la Tour était aussi celui de Jack. Ne devrait-elle pas mesurer ses propos devant son fils ?

— J'imagine que Jack est la raison pour laquelle tu n'étais plus avec lui.

— Il m'a demandé de choisir : garder le bébé ou le garder lui. J'ai choisi la voie la plus difficile et je l'ai quitté. Grâce à ma connaissance des docks et des bateaux, j'ai trouvé un emploi d'inventoriste chez M. Martin Parker, qui possède deux grands entrepôts de marchandises. Je ne serai jamais riche, mais j'ai réussi à faire en sorte que mon fils mange toujours à sa faim. Vois-tu encore mon père ?

— Occasionnellement.

— Est-il en bonne santé ?

— Oui. Et ses affaires sont florissantes.

Les yeux de Rachel s'emplirent de larmes.

— C'est incroyable comme une existence peut être détruite en quelques minutes.

La jeune femme tourna le regard vers elle, et Leonora eut l'impression qu'elle essayait de s'en faire une alliée. Il est vrai que sa vie aussi avait changé en l'espace de quelques minutes. Tout ce qu'elle avait prévu, tout ce qu'elle avait espéré, avait disparu. Aujourd'hui, ce qui l'attendait, c'étaient les cloches de l'église et une vie ici, une vie dont elle n'était pas certaine d'avoir envie.

Elle avait constaté que lorsqu'il s'agissait de transgressions sexuelles, les hommes, en particulier ceux appartenant à l'aristocratie, étaient plus facilement pardonnés que les femmes. C'était le thème de *Mes désirs secrets*, un livre qu'elle avait lu récemment.

— Tu lui diras à quel point son petit-fils est formidable ? s'enquit Rachel.

— Tu devrais peut-être le lui dire toi-même.

— Il ne voudra pas me recevoir. Je l'ai tellement déçu, comme je t'ai déçu aussi.

— Nous ne sommes pas là pour parler du passé. Ce que je veux, c'est racheter les erreurs de l'ancien comte envers tous ceux qu'il a engendrés.

— Ça te ressemble tellement de te sentir responsable de ses actes.

— Je ne me sens pas responsable de ses actes. Je veux seulement rendre sa dignité au titre qu'il a porté et qui est maintenant le mien. Cent livres. Si tu souhaites recevoir cette somme…

Il poussa devant elle une demi-feuille.

— Inscris l'adresse où elle devra être déposée chaque mois.

La visiteuse ferma les paupières et pinça les lèvres. Bataillait-elle avec sa fierté ? Ou était-ce la somme qui la faisait hésiter ?

Rachel hocha la tête, ouvrit les yeux et tapota l'épaule de son fils, comme pour signifier qu'elle le faisait uniquement pour lui. Puis elle se pencha, trempa le stylo-plume dans l'encrier et écrivit son adresse. Elle poussa ensuite le papier vers la Tour, qui le plaça en haut d'une pile sur sa gauche – celle des adresses de tous ceux qu'il allait payer chaque mois, pour les transgressions de son père.

Il reporta son attention sur le garçon.

— Je veux que tu saches, Jack, que j'ai récemment eu l'occasion de devenir ami avec deux de mes autres frères, qui sont par conséquent aussi les tiens. Cela a été une expérience enrichissante. Je te les présenterai si tu veux.

— Oui, s'il vous plaît, monsieur.

— Milord, le corrigea Rachel. Tu dois toujours t'adresser à lui en disant milord.

Rachel regrettait-elle de ne pas être devenue sa lady ?

La Tour protesta :

— Ce n'est pas la peine d'être aussi formels entre nous, Jack. Sache que tu peux me rendre visite quand tu veux. Et si tu as besoin de quelque chose, tu n'as qu'à me le demander.

Il se leva et tira sur une corde destinée à appeler les domestiques.

— Simpkins va vous raccompagner.

Rachel se redressa élégamment de son siège.

— Félicitations pour ton futur mariage. J'espère que tu seras heureux.

— Je n'ai pas de raisons de croire que je ne le serai pas.

Ce n'était pas une déclaration d'amour. En réalité, il n'exprimait aucune émotion. Leonora aurait aimé qu'il tourne vers elle un regard plein d'adoration. Au lieu de quoi, ses yeux restèrent fixés sur la femme qui lui avait brisé le cœur, et Leonora eut l'impression qu'il voulait se punir, ou punir Rachel, ou les deux.

Lorsque ses visiteurs eurent quitté la pièce, la Tour se dirigea vers la desserte et versa de copieuses rasades de scotch dans deux verres. Il en tendit un à Leonora, qui était toujours sur son siège, et alla se poster à la fenêtre pour contempler le jardin.

Là, il but une longue gorgée d'alcool, quand elle se contenta de tremper les lèvres dans le liquide ambré, tel qu'il se devait pour une lady – même si elle se sentait tout sauf une lady. En fait, elle avait envie de casser quelque chose et ne comprenait pas bien les sentiments – besoin de protéger, désir de sauver – qui se déchaînaient en elle.

Se levant sans bruit, elle s'approcha de lui.

— Tu as eu une journée éprouvante.

— Quatorze frères et neuf sœurs, sans compter Aiden et Finn, bien sûr. J'ai toujours cru, ou espéré, que les rumeurs concernant son… insatiabilité étaient largement exagérées. À présent, je suis certain qu'il y a d'autres enfants, qui n'ont pas vu les annonces, ou qui n'ont pas osé venir. Ils finiront bien par se montrer. Puis il y a ceux qui ont péri…

— Comment es-tu sûr qu'ils sont tous de lui ? Certains ont pu mentir dans l'espoir de gagner un peu d'argent.

Il se retourna, prenant appui contre l'encadrement de la fenêtre.

— J'ai pu reconnaître ses traits chez la plupart d'entre eux : les yeux, le nez, le menton…

Il but une autre gorgée de scotch, avant de poursuivre, d'un ton songeur :

— J'aurais cru qu'il serait devenu plus prudent avec les années, en évitant de laisser des indices convergeant vers lui. Mais à mon avis il s'en fichait. Il pensait peut-être que tous ces enfants étaient des preuves de sa virilité…

Il eut un ricanement amer.

— Le plus drôle est que j'ai toujours rêvé d'avoir des frères et sœurs.

— Parfois, avoir un frère peut être… irritant.

— Mais je suis persuadé que ton frère t'aime inconditionnellement. Merci d'avoir été présente aujourd'hui. J'ai préféré ne pas faire ça à la résidence du comte, car je ne voulais pas que ma mère souffre de voir combien ils étaient, ou que cela lui rappelle les enfants qu'elle a dû abandonner avant de pouvoir me garder. Les femmes ne devraient pas être à la merci des hommes.

— C'est pour cette raison que tu as offert cent livres par mois à Rachel ?

Elle peinait à croire qu'elle avait osé poser la question.

— Pour qu'elle puisse prendre soin de son fils et d'elle-même si besoin, sans être à la merci de qui que ce soit ?

Hormis un léger battement de cils tandis qu'il l'observait, il ne bougea pas, et elle eut l'impression qu'il la jaugeait, ne la trouvant peut-être pas à la hauteur.

Finalement, il pivota vers la fenêtre. Dehors, le jour commençait à décliner et des ombres dansaient sur son visage.

— J'ai peut-être voulu me faire mousser un peu en montrant que j'avais les moyens. Mais je m'inquiétais surtout pour le gamin. Il est le plus jeune parmi ceux qui sont venus aujourd'hui, il doit avoir huit ou neuf ans. Les autres ont entre quinze et quarante ans.

— Comment sais-tu que Jack n'est pas de toi ?

Il y avait de la tendresse dans le regard qui se posa sur elle, et elle se demanda s'il avait deviné qu'elle était rongée de doutes concernant leur avenir.

— Parce que j'ai dit à ta mère que je n'avais pas de bâtards.

— Mais tu l'aimais. Il n'est pas possible que…

Il plaça une main sur sa joue, et elle eut envie d'embrasser le creux de sa paume, mais elle tint bon. Leurs regards restèrent captifs l'un de l'autre.

— Parce que nous ne sommes jamais allés au-delà d'un baiser.

Elle eut soudain l'impression que, de soulagement, tout l'air s'était retiré de son corps.

— Parce qu'avec elle, continua-t-il, j'étais capable de contrôler mes instincts primaires. Cela me pousse à me demander pourquoi je suis à ce point obsédé par toi.

— Ça n'a pas dû être facile, malgré tout, de la revoir.

Il secoua la tête.

— C'est ce que j'aurais pu croire. Je pensais que ça me ferait comme un coup de poing à l'estomac. En fait, il m'a fallu quelques secondes pour remarquer sa présence quand vous êtes entrés, parce que je ne voyais que toi. Mais ne parlons plus du passé. Veux-tu rester pour dîner ? Je peux envoyer une voiture à ta mère.

— Elle se moque désormais que je ne sois pas escortée. J'ai été compromise, le mal est fait.

— La nuit où on nous a surpris, nous n'avons pas eu l'occasion de terminer ce que nous avions commencé.

Elle rit.

— Ça semble être une habitude chez nous.

— Un lit est plus confortable qu'une table, et je serais ravi de te le démontrer... pour que tu puisses l'ajouter à ta liste de choses à analyser.

Cette fois, la Tour était déterminé à ce qu'il n'y ait pas d'interruption. Cette fois, il la ferait pleinement sienne et la conduirait jusqu'à l'extase ultime. Car s'il avait appris quelque chose aujourd'hui, c'est qu'il était diablement heureux de ne pas avoir épousé Rachel.

Il avait cru l'aimer, mais il n'était plus certain aujourd'hui des sentiments qu'il avait eus pour elle. En effet, elle n'avait rien réveillé chez lui aujourd'hui quand il avait posé les yeux sur elle après toutes ces années. Et cela avait moins à voir avec sa trahison qu'avec la femme qu'il tenait maintenant dans ses bras.

Étant donné qu'il n'aurait jamais été infidèle, il n'aurait pas embrassé Nora, il n'aurait pas entendu son rire, il n'aurait pas su à quel point elle différait des autres femmes.

Il ne serait pas à cet instant dans sa chambre, avec elle, s'apprêtant à conclure ce qui était resté inachevé depuis plusieurs nuits.

Bon sang comme elle lui avait manqué.

Avant elle, il avait toujours été capable de contrôler ses désirs. Pas une seule fois, il n'avait risqué de se faire surprendre – pas même avec Rachel. Il ne l'avait jamais placée dans une situation qui aurait pu être considérée comme compromettante. Résister avait été... fichtrement facile, il s'en rendait compte maintenant qu'il était engagé dans une relation avec une femme qui lui rendait cette tâche presque impossible.

Même si ni l'un ni l'autre n'avaient voulu du mariage, ils voulaient cette union des corps. Désespérément. Se toucher de la bouche et des mains. S'explorer mutuellement.

L'ayant transportée dans ses bras à travers la maison, avant d'entrer précipitamment dans sa chambre – en refermant d'un coup de pied la porte derrière eux –, la Tour déposa délicatement Nora au sol et s'empara de sa bouche. Cette bouche si douce qui donnait naissance à tant de pensées audacieuses.

Jamais il ne se lasserait d'elle. Il le ressentit avec une certitude qui l'abasourdit.

Leonora aurait dû résister. Elle aurait dû partir. Mais elle comprenait qu'ils avaient besoin de terminer ce qu'ils avaient commencé, faute de quoi cela les hanterait toute leur vie. Peu importe les routes qu'ils emprunteraient, quels que soient les océans qui les sépareraient.

Ils faisaient des projets pour un mariage bien qu'elle ne soit pas sûre qu'il aurait lieu. La honte avait poussé la Tour à insister pour qu'ils se marient. La mort de son père pesait sur ses épaules, ne lui laissant pas l'opportunité de considérer les conséquences déplaisantes qu'entraînerait la réalisation de cette union.

En conséquence de quoi, il lui revenait de faire des choix difficiles, elle s'assurerait que nul regret ne viendrait assombrir leur avenir.

Mais ceci, le voyage sensuel de sa bouche sur la sienne, n'était pas une erreur. C'était quelque chose à quoi elle aspirait désespérément, comme une rose dans le désert avait besoin d'eau. C'était grisant, et cela nourrirait ses souvenirs.

Plus tard, elle aurait des réminiscences de ses lèvres, de sa langue qui lui faisait des choses scandaleuses et pourtant si délicieuses, et ses mains, ses doigts qui œuvraient à dénouer des laçages, à libérer des boutons, à écarter des étoffes.

Elle se demanda s'il aimait qu'elle fasse la même chose avec ses vêtements. Apparemment, puisqu'il la laissait faire. Bientôt s'amoncelèrent au sol veste, cravate, gilet, chemise.

Ses doigts tremblaient quand elle les déplaça vers les boutons de son pantalon.

Il se tint immobile, rivant son regard au sien. Elle suivit le mouvement de sa gorge tandis qu'il avalait sa salive. Elle se redressa et passa sa langue le long de son cou. Elle adorait lécher sa peau.

À chaque bouton libéré, la respiration de la Tour devenait un peu plus laborieuse. Lorsque son sexe jaillit librement de sa prison d'étoffe, elle enroula ses doigts autour.

Il ferma les yeux et serra les dents. De douleur... ou peut-être d'extase. Lorsqu'il rouvrit les paupières, elle discerna le feu dans ses prunelles. Un besoin brutal qu'il lui avait toujours dissimulé, soit en se refrénant, soit en profitant de l'obscurité qui le masquait.

Elle expérimenta quelques secondes de remords pour ne pas avoir compris ce qu'il s'était imposé lors de leurs précédentes étreintes, lui donnant tout sans rien demander en retour.

Jusqu'à leurs retrouvailles dans la serre, jusqu'à ce qu'il soit incapable de résister à tout ce qu'elle lui offrait.

Plaquée contre lui, les seins pressés contre son torse, elle se laissa glisser sur les genoux, s'apprêtant à lui administrer la plus intime des caresses, comme il l'avait fait avec elle.

Elle n'aurait jamais imaginé désirer une telle chose mais, à cet instant, elle le voulait dans sa bouche.

Sans s'inquiéter si sa technique était la bonne et procurerait à la Tour les mêmes sensations qu'à elle, Leonora commença par quelques coups de langue appuyés.

Son grognement fut comme une récompense pour elle, aussi doux à ses oreilles que la musique des rouages parfaitement huilés d'un banc d'assemblage.

Puis elle arrondit ses lèvres autour de son érection, et descendit jusqu'à la base, qu'elle tenait fermement en main.

Il glissa les doigts dans ses cheveux, tirant un instant sa tête en arrière pour qu'elle le regarde. Renouvelant ses va-et-vient, qu'elle accompagnait parfois d'un mouvement du poignet, elle entendit tomber au sol les épingles de son chignon.

Ses cheveux libérés cascadèrent sur ses épaules, et les doigts de la Tour s'y enroulèrent. Il ne la retenait pas captive, mais suivait plutôt ses gestes, lui massant le cuir chevelu tandis qu'elle l'assaillait de ses doigts et de sa bouche.

Elle percevait la tension en lui, comme si ce qu'il expérimentait était presque trop pour lui, le frappant de plein fouet telle une tempête, le consumant. Elle comprenait ces sensations. Grâce à lui, grâce à tout ce qu'il lui avait fait et lui avait montré.

Il était à elle.

Il l'était depuis le début. Mais même à cet instant les doutes l'assaillaient, parce que rien n'avait fondamentalement changé, il était avec elle par obligation.

Il était peut-être parti à sa recherche, il l'avait peut-être rejointe dans la serre de son plein gré, mais c'était le devoir qui le conduirait à l'église, à cause du besoin viscéral qu'il avait de prouver qu'il n'était pas comme son père.

Elle se rappelait avoir dit à lord Camberley qu'elle choisirait le bonheur plutôt que l'amour. Aujourd'hui, elle n'aurait ni l'un ni l'autre.

Elle mit toutes ces pensées fâcheuses de côté, pour qu'elles ne gâchent pas ce qu'ils étaient en train de vivre. Elle avait besoin de se griser de cette beauté et de cette magie qui se manifestait à travers le sexe, parce qu'elle redoutait de ne plus jamais vivre une telle expérience.

Quand il songerait à cette nuit, elle avait envie qu'il se rende compte qu'elle lui avait, par ses actes, déclaré son amour, même si lui n'était pas capable de l'aimer. Il avait un jour donné son cœur, et elle suspectait qu'il ne lui avait jamais été rendu.

Elle pouvait certes aimer pour deux, mais un mariage ne devrait pas être construit sur la générosité d'une seule personne.

Les derniers doutes qui s'attardaient s'évanouirent, et elle se concentra sur ce moment et sur lui. La douceur de sa peau sous sa langue. Son goût dans sa bouche. Sa fermeté d'acier entre ses doigts. Ses grognements entremêlés de gémissements. Ses encouragements, parfois inintelligibles. Ses paroles émoustillantes.

Bientôt, il immobilisa son visage en le prenant entre ses mains.

— C'est tellement bon, Nora, mais ça ne suffit pas. J'ai attendu trop longtemps. Je veux – j'ai besoin – d'être en toi.

Il se pencha, la saisit par le haut des bras et la souleva pour qu'elle se relève. Puis il se débarrassa à la hâte de ses bottes et de son pantalon.

Reculant jusqu'à ce que l'arrière de ses jambes touche le lit, Leonora laissa son regard courir sur le corps de la Tour, cherchant à en imprimer chaque détail dans sa mémoire. Les reliefs du ventre et du torse. La fermeté des cuisses. La puissance de son sexe dressé, luisant de la salive qu'elle y avait déposée.

Ce soir, dans l'espace clos et protecteur de la chambre, ils étaient ensemble, et il était à elle.

Et rien d'autre n'avait d'importance.

S'installant sur le lit, elle ouvrit les jambes, prenant plaisir à s'offrir ainsi à sa vue, et laissa descendre ses mains entre ses cuisses pour écarter ses replis secrets et lui montrer qu'elle était prête pour lui.

Le regard brillant d'excitation, la Tour mit un genou sur le matelas, faisant tanguer le lit sous la pression tandis qu'il se positionnait au-dessus d'elle, portant l'essentiel de son poids sur ses avant-bras, tout en se servant de son genou pour lui écarter les cuisses.

Inclinant la tête, il s'empara de sa bouche et libéra les flammes de la passion et du désir. Leonora sentit une langue de feu la traverser, de la tête aux pieds, brûlant tout sur son passage, et soudain ce ne fut plus assez de l'avoir près d'elle. Elle le voulait collé contre elle, pour qu'elle perçoive le léger duvet de son torse caresser ses seins.

Nouant les bras autour de lui, elle le plaqua contre elle.

— J'adore te sentir contre moi, dit-il d'une voix enrouée.

Les mains de Leonora voyagèrent sur ses larges épaules, son dos puissant, ses fesses galbées et fermes. Elle se tortilla contre lui, miaula et gémit. Tout son corps était en feu, et lui seul pouvait éteindre l'incendie.

— Je te veux, Johnny, murmura-t-elle. Je te veux comme je n'ai jamais rien voulu.

Avant de monter sur un bateau et de traverser un océan, elle n'aurait jamais imaginé dire un jour ces mots à un homme. Mais elle n'avait pas non plus imaginé qu'elle serait offerte sur un lit – il avait raison, c'était mieux qu'une table – avec un homme positionné à l'entrée de son vagin.

Le regard rivé au sien, il poussa en avant dans un mouvement puissant, et elle s'émerveilla de la capacité de son corps à s'ouvrir pour l'accueillir tout entier.

Elle avait à peine pu savourer leur étreinte la dernière fois, mais à présent ils étaient immobiles, comme s'ils avaient tout simplement besoin d'une minute pour apprécier la façon absolument parfaite dont ils s'emboîtaient, comme s'ils avaient été conçus à cet effet par le plus talentueux des ingénieurs.

Il enfouit son visage dans la courbe de son cou et y laissa la trace d'une petite morsure.

— Bon sang, c'est si beau, si chaud, si humide. Du velours, de la soie et du satin.

Se soulevant légèrement, il ne la quitta pas des yeux tandis qu'il adoptait un rythme régulier de coups de reins puissants.

— Dis-moi si ça ne va pas, si c'est inconfortable.

Elle soupira.

— C'est merveilleux. Tu es merveilleux.

Glissant la main le long de son corps, il plia une de ses jambes, la remonta, fit de même de l'autre côté et plongea plus profondément encore en elle.

L'univers dans lequel ils venaient d'entrer n'était que gémissements et grognements d'extase.

Les sensations qu'il avait fait naître entre ses cuisses avec sa bouche, il les recréait maintenant avec son sexe, dans un mouvement qui mêlait glissements et poussées. Cela pouvait paraître mécanique, mais cela ne l'était pas. Et contrairement à ce qu'avaient dit les railleurs, elle ne chercha pas à calculer quoi que ce soit.

C'était touchant et bouleversant, et les larmes lui vinrent aux yeux. Elle serait à jamais reconnaissante à la Tour de lui avoir permis de vivre cette expérience.

Il accéléra le rythme, et les sensations qui rôdaient à la surface se firent enivrantes, l'emportant vers des sommets encore jamais atteints.

Ses muscles se tétanisèrent. Son corps fut agité de soubresauts. Sa gorge devint douloureuse des cris de plaisir qu'elle laissa échapper sans retenue.

La Tour ne tarda pas à céder lui aussi au vertige trop longtemps contenu, et s'abattit sur elle, la respiration rauque et sifflante.

Entre ses bras, elle sentit qu'il commençait à se détendre, tandis que son érection s'amoindrissait doucement.

Alors, elle sourit de contentement.

— Combien de temps seras-tu parti ? demanda-t-elle.

Ils étaient étendus dans le lit, toujours nus, avec entre eux un plateau de fromages, de raisin, de pain beurré et d'olives, tenant chacun un verre de vin rouge.

— Quatre jours. Je m'en vais dans la matinée.

— Ta mère t'accompagne aux funérailles ?

— Non. Et d'ailleurs, peut-être auras-tu la bonté de veiller sur elle ? Encore qu'il se pourrait qu'elle passe du temps au club d'Aiden.

Leonora écarquilla les yeux.

— Elle va là-bas.

— Apparemment, elle y aurait un chevalier servant attitré.

— Je me demande si c'est Julian.

— Qui est ce Julian ? Et que sais-tu de lui ?

— Quand je me suis réveillée le matin après ta visite, une femme de chambre a essayé de m'aider à trouver ton identité. Elle a suggéré Julian, car il a la réputation de bien embrasser.

— Et c'est vrai ?

— Comment le saurais-je ? Je ne l'ai jamais embrassé.

— Et Camberley ? Tu l'as embrassé ?

— Tu es jaloux ?

La mâchoire de la Tour se crispa, et il hocha la tête.

— Oui, bon sang. Où t'a-t-il embrassée ?

— Sur la bouche.

La frustration de la Tour était évidente, et elle ignorait pourquoi elle prenait autant de plaisir à le tourmenter. Peut-être parce que personne n'avait jamais manifesté de jalousie à son égard auparavant.

— Je voulais dire : où étiez-vous ?

— Je ne l'ai jamais embrassé. Je ne pouvais pas m'imaginer le faire. Il est charmant, mais il ne m'attire pas.

Du bout des doigts, il traça les contours de son visage.

— Tu devrais avoir la possibilité d'embrasser une dizaine d'hommes.

— Et pourquoi pas vingt ? Y a-t-il un nombre acceptable avant qu'une femme soit considérée comme une fille perdue ?

En ce qui la concernait, elle soupçonnait qu'il n'y en aurait jamais qu'un seul.

Il faisait nuit lorsque la Tour raccompagna Leonora à l'hôtel en voiture.

Elle n'avait plus à redouter que sa mère monte la garde devant la porte de sa chambre. Elle avait obtenu ce qu'elle voulait, et le comportement de sa fille n'était plus une priorité pour elle. Encore qu'elle aurait peut-être été surprise de voir cette dernière blottie dans les bras de la Tour, tandis que celui-ci lui dévorait la bouche avec une sensualité confondante.

Elle se demanda combien de femmes il avait pu connaître intimement, comment il s'était assuré de ne pas avoir de descendance. Elle se rendit compte qu'après ce qu'ils avaient fait elle pouvait très bien être enceinte. Et cela ne la contrarierait pas.

La voiture ralentit, et ils se séparèrent.

— Je te rends visite dès mon retour, déclara-t-il avec solennité.

Pas de « je t'aime ». Pas de « tu vas me manquer, j'ai hâte de rentrer ».

— Sois prudent pendant le voyage, répondit-elle.

Il hocha la tête, tandis que la voiture s'arrêtait. Il l'aida à en descendre. Sans se toucher, ils marchèrent vers le perron de l'hôtel.

— Merci d'avoir été là aujourd'hui, dit-il.

— Tout le plaisir était pour moi.

Seigneur, elle détestait ces formules toutes faites et ce formalisme. Serait-ce toujours ainsi entre eux, sauf quand ils étaient au lit ?

— Bonne nuit, Nora.

Le portier lui ouvrit la porte.

Elle pénétra dans le hall et s'approcha d'une fenêtre. Là, elle regarda sa silhouette solitaire retourner à la voiture.

Il ne jeta pas un dernier coup d'œil par-dessus son épaule. Il se contenta d'entrer dans le véhicule.

Comment était-il possible que la passion ait brûlé si fort entre eux et qu'elle se sente aussi seule peu après ?

23

— S'il y a quelque chose de positif dans le décès du vieux comte, c'est que tu n'auras pas à attendre pour être comtesse, déclara Mme Garrison, sans cacher son contentement. En revanche, je ne saisis pas pourquoi le mariage devrait avoir lieu en comité réduit, comme si ton époux avait honte de toi.

— Parce qu'ils sont en deuil, expliqua Leonora, pour la centième fois au moins.

— Je suis hideuse en noir, décréta Maman. Je n'ai pas l'intention d'en porter. Ce n'était ni mon père ni mon mari. Je ne vois pas pourquoi sa mort devrait gâcher nos projets. Quel toupet de nous imposer une cérémonie au rabais ! Je crois qu'il vaudrait mieux repousser le mariage.

Sam s'éclaircit la gorge.

— Nous parlons d'un report de plusieurs mois, si je ne m'abuse. Dans certains cas, cela peut même aller jusqu'à deux ans. Et si Nora était…

Il observa sa sœur, et rougit jusqu'à la racine de ses cheveux roux.

— Si elle attendait… un enfant ?

Les mots avaient été murmurés de façon presque inaudible.

Leur mère soupira ostensiblement, comme si elle venait de soulever une charge particulièrement lourde.

— Je suppose que c'est à prendre en compte. Toutefois, nous pouvons patienter quelques semaines pour confirmer si c'est le cas.

Leonora ricana.

— Il y a encore quelques jours, tu te prononçais haut et fort pour un mariage expéditif.

— Je ne voulais pas que tu sois privée de ce à quoi tu as droit.

Oh oui, Leonora était certaine que c'était de ses besoins que sa mère s'inquiétait !

Elle reporta son attention sur Sam.

— Je crois que nous devons redoubler d'efforts pour trouver des investisseurs.

Il la regarda avec stupeur.

— Mais la Tour... il a dit qu'il était prêt à te donner tout l'argent que tu veux pour développer tes projets.

— Je ne veux pas être entretenue.

Surtout, elle ne souhaitait pas qu'il pense qu'elle l'épousait pour sa fortune.

Elle songea à tous les gens qui étaient venus le voir hier, en tendant la main. Sa situation était complètement différente de la leur. Elle avait eu la chance de grandir auprès d'un père aimant qui ne s'était pas débarrassé d'elle.

— Tu ne seras pas entretenue, dit sèchement sa mère. Il sera ton mari. Ce sera son devoir de s'occuper de toi.

Mais Leonora voulait s'occuper d'elle-même toute seule.

— De plus, ajouta Sam, il a dit que je devais te donner la moitié des parts de l'entreprise, et que je ne pouvais vendre que les miennes.

— Pour le moment, elles sont toutes à toi. Donc, je propose que nous en vendions une partie et que nous partagions ce qui reste à parts égales, en nous assurant de garder la majorité à nous deux.

Ainsi, elle conserverait une certaine forme d'indépendance.

Sam parut mal à l'aise.

— En fait, Nora, je songe à demander à la Tour qu'il me prête de l'argent pour un projet que j'ai ici. Administrer l'usine est compliqué et exige tellement de travail.

— Que fais-tu de ma machine à écrire ?

— Bah, nous avons déjà du papier et de l'encre. Avons-nous vraiment besoin d'une machine ?

— Depuis quand penses-tu cela ?

Sam se tortilla sur sa chaise, de plus en plus embarrassé.

— Depuis un moment.

— Dois-je comprendre que tu n'as jamais cru à mon projet ?

L'intervention de leur mère dispensa son frère de répondre.

— De toute façon, nous n'avons plus besoin de l'usine, décréta-t-elle. Tu vas épouser un homme très fortuné. Il aura à cœur de prendre soin de tes proches. Il n'y a qu'à voir comment il s'occupe des bâtards de son père.

— Tu ne vas quand même pas profiter de sa générosité ?

— Nous verrons, ma fille. Et puis, tu seras comtesse. Tu ne peux pas travailler.

Leonora eut l'impression qu'on tirait sous ses pieds un tapis sous lequel était un gouffre au bord duquel elle se tenait en équilibre précaire.

Elle s'aperçut tout à coup que son frère et sa mère ne s'étaient pas consacrés à la recherche d'investisseurs avec le même enthousiasme qu'elle. Pour eux, la poursuite de leurs activités n'était pas le véritable but de cette visite. Le but était de lui trouver un mari. C'était pour cette raison que Sam avait accepté toutes ces invitations à des bals, et que sa mère avait insisté pour faire autant de promenades au parc. Ils se moquaient éperdument de perpétuer l'œuvre de son père. Ce qui les intéressait était la vie oisive que son mariage avec un lord fortuné pourrait leur fournir.

Cette trahison lui fit l'effet d'un coup de poing à l'estomac, et elle en eut le souffle coupé.

Comme si ses dernières paroles avaient valeur de loi, qui ne pouvait en aucun cas être transgressée, Mme Garrison se leva.

— Tu l'épouseras, ou je te renierai, déclara-t-elle.

Puis elle quitta la pièce, ne laissant dans son sillage qu'humiliation et duplicité.

Leonora reporta son attention sur son frère.

— Tu comprends quand même ce que cette entreprise signifie pour moi ? Combien j'ai travaillé dur pour la faire prospérer.

Pour éviter son regard, il versa une cuillerée de sucre dans son café, tandis que sa jambe s'agitait nerveusement sous la table, faisant vibrer celle-ci.

— Je ne veux pas diriger l'entreprise. Ça n'a jamais été mon rêve.

— Quel est ton rêve, Sam ?

— Je ne sais pas, mais ce n'est pas ça.

Tout en l'observant, elle se demanda si elle connaissait vraiment sa famille.

— La Tour n'est pas une banque. Et je ne veux pas que notre mère ou toi profitiez de sa générosité.

Elle n'avait pas non plus l'intention d'en profiter.

— Je ne vais pas l'épouser, Sam.

Il se tourna vers la porte, comme si une sorcière risquait de charger vers lui et de lui jeter un sort qui le transformerait en crapaud, avant de reporter son attention sur elle.

— Mais si tu l'épousais, tous nos problèmes seraient réglés. Mère aurait son entrée dans les cercles huppés de New York. J'aurais les moyens de poursuivre mes propres intérêts au lieu des tiens. Et tu aurais assez d'argent pour faire ce que tu veux avec l'usine.

— Mais il ne m'aime pas, Sam. Il m'épouse à cause du scandale, pour prouver à la société – et sans doute encore plus à lui-même – qu'il n'est pas comme son père. Si je pars, le scandale disparaîtra avec moi. Si je reste, tout le monde gardera à l'esprit qu'il a été obligé de m'épouser, moi, la drôle de fille dont on se moque. C'est un homme tellement honnête et bon. Je ne peux pas lui faire ça. Il mérite une femme qui soit capable de donner des bals avec assurance et de rendre intéressantes les conversations sur le temps qu'il fait.

Sam eut une mimique désolée.

— Je ne veux pas de l'usine, Nora. Je pense que nous pourrions la vendre à un bon prix. J'ai déjà discuté avec des acheteurs potentiels avant que nous partions… dans l'hypothèse où nous n'aurions pas de succès ici.

Il aurait pu tout aussi bien lui jeter son café brûlant au visage, non seulement en raison de son manque de confiance en leurs projets, mais parce qu'il avait mené des transactions sans lui en parler.

— Tu as discuté de la vente potentielle avec quelqu'un ?

Il haussa les épaules.

— Il fallait bien que je connaisse sa valeur pour déterminer si c'était le bon moment pour s'en défaire, ou bien s'il était préférable de la garder encore un peu.

— Écoute, je n'ai pas les moyens de te l'acheter tout de suite mais, si je trouvais des investisseurs, pourrais-tu attendre quelque temps ? Je sais que je peux y arriver.

Elle se pencha au-dessus de la table et posa la main sur celle de son frère.

— S'il te plaît, Sam, tu me dois bien ça.

Il soupira.

— Je ne pense pas que la Tour sera heureux d'apprendre que tu retournes en Amérique.

Il y avait d'autres aspects du plan qui se formait dans son esprit qui déplairaient à la Tour. Mais, au bout du compte, ce serait pour le mieux. Un jour, il comprendrait.

— Je m'occupe de la Tour. Promets-moi juste que tu ne vendras pas l'entreprise – le rêve de Papa – à quelqu'un d'autre que moi.

Il soupira de plus belle, et finit par hocher la tête.

— Cinq ans, Nora, c'est tout ce que je peux te donner. Si ce n'est pas rentable d'ici là, nous vendrons.

— Merci.

Elle se leva aussitôt.

— Où vas-tu ?

Sauver son entreprise.

Car si cette dernière avait été transmise à Sam, Leonora était la seule à l'aimer et à se soucier de ce qu'elle deviendrait.

Elle était la seule à pouvoir en faire le succès que son père avait envisagé.

Il suffisait pour cela qu'elle trouve les fonds. Et elle croyait savoir où s'adresser.

Patientant debout dans le petit salon de la duchesse de Kingsland, Leonora prit sur elle pour ne pas songer au soir où elle était entrée dans cette maison et avait découvert que la Tour était l'homme qui l'avait embrassée à l'Elysium.

Des bruits de pas rapides et alertes – ceux d'une personne qui était aussi directe et avant-gardiste que Leonora – résonnèrent dans le hall.

La duchesse pénétra dans le salon, et Leonora exécuta une révérence.

— Votre Grâce.

— Oh, je vous en prie, vous devez absolument m'appeler Pénélope. Les Joueurs d'échecs sont une sorte de famille, et vous en épouserez bientôt un, donc nous devrions faire fi des formalités.

Leonora ne voyait aucune raison d'informer la duchesse qu'elle était sur le point de changer ces projets.

En lieu et place, elle s'éclaircit la gorge et redressa le menton.

— Je me demandais si je pourrais rencontrer votre consortium de dames férues d'investissements.

24

Domaine d'Elverton

Essayant de considérer les choses du point de vue de Nora, la Tour errait sans but autour du manoir, frappé par la prise de conscience que la vie ici ne s'était jamais déroulée convenablement.

Le poids des années pesait sur ces murs entre lesquels il n'y avait jamais eu ni bonheur, ni joie, ni rires. Mais aujourd'hui, en dépit de sa taille, il se dégageait de cet endroit quelque chose de suffocant.

Il se réjouissait que Nora ne l'ait pas accompagné. Il ne voulait pas voir de quelle façon ce lieu pourrait oppresser son enthousiasme.

Ce qui le frappait le plus était combien elle lui manquait.

Depuis son arrivée, il avait tenu des conversations fantômes avec elle. Il avait songé à toutes les anecdotes qu'il pourrait lui raconter, à tous les objets qu'elle pourrait mettre en pièces : horloges, boîtes à musique, jouets mécaniques…

Il avait envie de vider la maison de son contenu, de la nettoyer de la cave au grenier, de la purifier.

Jamais il n'y vivrait. Il la barricaderait pour toujours, ou il la détruirait, et il construirait une autre maison à l'autre bout de la propriété, où il pourrait se fabriquer des souvenirs avec Nora et oublier ceux liés au père qu'il abhorrait.

Durant son voyage, il avait décidé qu'il brûlerait le cottage de chasse. Mais après l'enterrement de son père, il s'était précipité là-bas… et il n'avait rien senti de particulier. Cela n'avait plus aucun impact sur lui. La trahison qui avait eu lieu à cet endroit ne le mettait plus en colère, ne le blessait plus.

Parce qu'aujourd'hui il avait quelque chose de mieux. Il avait Nora.

Avant qu'il se retrouve là-bas, déterminé à affronter son passé, il ne s'était pas aperçu que la seule chose qui lui importait était l'avenir. Et cet avenir était Nora.

Lorsqu'il fut de retour à Londres, la Tour ne se rendit pas chez sa mère, pas plus qu'il ne prit le temps de passer chez lui. Il alla directement à l'hôtel Trewlove, grimpa les marches du perron, se rua dans l'escalier et frappa à la porte de la suite des Garrison.

Il avait besoin de Nora. Il la voulait.

Une timide femme de chambre lui ouvrit, et il fit un effort pour ne pas l'effrayer avec ses exigences.

— Lord Wyeth…

Il secoua la tête, reprit son souffle et lui dit :

— Lord Elverton pour Mlle Garrison.

— Si vous voulez bien patienter, milord.

Elle lui ferma la porte au nez, le laissant attendre dans le couloir.

Il envisageait de tambouriner furieusement à la porte, quand celle-ci s'ouvrit. Le frère de Nora apparut et le regarda avec une expression effarée, comme s'il était ressuscité d'entre les morts.

— Je veux voir votre sœur.

Il secoua la tête.

— Elle m'a pourtant dit qu'elle vous l'avait fait savoir.

— De quoi parlez-vous ?

— Elle a trouvé des investisseurs et acheté un billet de retour pour l'Amérique. Mère et elle ont eu une dispute houleuse, comme vous pouvez l'imaginer. Nora a pris le train pour Liverpool. Son bateau part dans trois jours.

Nora l'avait effectivement prévenu. Il découvrit sa lettre sur le bureau, dans sa bibliothèque. Elle avait utilisé la machine à écrire pour la rédiger, tous les caractères parfaitement formés s'alignant comme de bons petits soldats qui s'apprêteraient à livrer bataille.

Très cher Johnny,

Ta générosité a dépassé de loin nos attentes. Cependant, je ne peux accepter ton aide. J'ai besoin que l'entreprise connaisse le succès selon mes propres modalités, et du fait de mes efforts. Pas grâce à ta charité... ou ta culpabilité.

Je sais que j'aurais dû te le dire la dernière fois que nous nous sommes vus. Mais ce ne sont pas des mots faciles à prononcer, surtout en plongeant le regard dans tes magnifiques yeux bruns. Je ne peux pas t'épouser.

Sam a déployé tous ses efforts pour trouver des investisseurs parmi l'aristocratie, car, comme ma mère, il croit que seul le haut de l'échelle sociale a de la valeur et possède quelque chose à offrir. Mais c'est un monde dans lequel je n'ai jamais vraiment été autorisée à entrer, jusqu'à ce que je te rencontre.

Sachant ce que c'est que de ne pas se sentir à sa place, j'ai décidé de chercher des fonds ailleurs, et ma démarche a été couronnée de succès. J'ai trouvé des investisseurs, des femmes cataloguées comme des personnes ordinaires, mais qui sont tout sauf ordinaires, car elles placent leurs économies dans des projets d'avenir, afin d'améliorer leur vie. Ce sont aussi des femmes qui savent ce que signifie croire en ses rêves.

Je ne suis pas venue en Angleterre pour dénicher un mari. C'était le projet de ma mère. Je n'ai jamais considéré que le mariage était fait pour moi.

Les circonstances dans lesquelles nous nous serions mariés m'ont semblé... mauvaises. Je me suis dit que les raisons de notre mariage auraient empoisonné l'affection que nous pourrions avoir l'un pour l'autre.

Je ne pouvais tolérer cette éventualité. Je ne voulais pas risquer de détruire les merveilleux souvenirs que j'ai des moments que nous avons passés ensemble.

Avec toi, je me suis sentie appréciée et respectée, et cette réminiscence m'apportera un soutien précieux à travers les années.

Je te souhaite d'être aimé, et j'espère que ta femme appréciera toutes tes qualités.

Sache une chose : tu ne ressembles en rien à ton méprisable père. Tu es attentionné et généreux, avec un sens moral qui, contrairement au sien, est intact. Aucun scandale, si énorme soit-il, ne changera cela.

Avec toute mon affection,

Nora

La Tour se dirigea vers la fenêtre et regarda dehors.

Soudain, il prit conscience qu'il s'était tant inquiété d'être comparé à son père que, pour finir, il avait laissé ce dernier gagner.

Il avait eu une vie qui n'était pas vraiment la sienne, jusqu'à sa rencontre avec Nora.

Il avait bâti une forteresse autour de lui, non pas pour que les autres restent à l'extérieur, mais pour se barricader à l'intérieur. Pendant bien trop longtemps, il s'était abrité dans un donjon, en prétendant être heureux, jusqu'à ce que Nora le fasse sortir en plein soleil.

Elle avait accompli cet exploit en le démontant pièce par pièce jusqu'à ce qu'elle trouve son cœur. À présent, il lui appartenait et lui appartiendrait toujours.

Trois jours.

Trois jours avant qu'elle quitte les côtes anglaises. Il ne fallait que quelques heures par le train pour se rendre à Liverpool.

Il avait le temps de mettre en place une stratégie qui, avec de la détermination, fonctionnerait avec une précision qu'elle ne pourrait qu'admirer.

25

Accoudée au bastingage de l'imposant paquebot, Leonora regardait s'élargir le ruban d'eau qui la séparait de la terre ferme.

La plupart des passagers étaient demeurés sur le pont, à faire leurs adieux en agitant le bras, jusqu'à ce que le bateau quitte le port. Puis, petit à petit, ils s'étaient éparpillés, regagnant leur cabine, ou s'installant sur les chaises longues alignées sur le pont, ou encore allant prendre le thé. Comme elle, quelques-uns étaient restés, peut-être saisis de nostalgie.

Elle ne pouvait se résoudre à s'en aller, pas tant que l'Angleterre était toujours visible. D'une étrange façon, elle avait l'impression de quitter son pays, ce qui n'avait aucun sens, car elle n'y était en visite que depuis quelques semaines.

L'Amérique était sa patrie. Elle devrait en ressentir l'appel. Cependant, pourrait-elle y être heureuse ? Elle se consacrerait à l'administration de l'entreprise, et à la production d'un tel nombre de machines à écrire qu'elle pourrait les exporter à travers le monde. Elles porteraient toutes le nom de son père : la machine à écrire Walt Garrison. Son nom en deviendrait le synonyme, jusqu'à ce que les gens demandent : « Avez-vous une Walt Garrison ? » ou bien : « Avez-vous une WG ? »

À chaque touche enfoncée, à chaque page remplie de caractères parfaitement lisibles, il continuerait à vivre. Ainsi, elle pourrait prendre sa revanche sur la terrible maladie qui l'avait privée de lui.

Pour finir, elle aurait probablement un amant, car elle avait découvert sa sensualité et les besoins qui allaient avec. Il y avait de la beauté et de la magie dans l'union de deux corps. Elle ignorait si ce serait aussi magnifique si son cœur n'était pas de la partie. Elle l'avait laissé derrière elle. Il appartiendrait pour toujours à Johnny.

Elle entendit de discrets bruits de pas, et elle prit conscience que quelqu'un se tenait non loin d'elle. Elle eut envie de demander à cette personne de partir. Elle voulait être seule alors que les côtes de l'Angleterre commençaient à disparaître, qu'une douleur s'insinuait au creux de sa poitrine et que le sel marin lui piquait les yeux.

Elle ne pouvait pas épouser un homme qui ne l'aimait pas. Un amour non partagé, aussi grand soit-il, ne suffisait pas pour faire fonctionner une relation. Son père avait tout donné à sa mère, cependant elle n'avait jamais été contente. Leonora voulait connaître la joie d'être aimée.

Une odeur d'orange citronnée envahit ses narines. Même ici, loin en mer, elle sentait le parfum de Johnny. Il la hanterait toujours, quelle que soit la distance.

Pourtant, l'odeur était forte, très présente. Cela ne ressemblait pas à une hallucination.

Lentement, très lentement, elle tourna la tête vers le nouvel arrivant… qui n'était pas du tout un inconnu.

L'homme qui occupait toutes ses pensées la regardait au lieu de contempler la terre ferme – qui n'était plus qu'une vague forme au loin, à présent.

Son cœur battait si furieusement dans sa cage thoracique qu'elle redoutait de le voir en jaillir.

— Que fais-tu ici ? parvint-elle à articuler.

Un coin des lèvres de la Tour se retroussa.

— Je vais en Amérique, si j'en crois le billet que j'ai acheté.

— Pourquoi ?

— J'ai des investissements à contrôler.

— Où ?

Elle semblait soudain incapable de prononcer plus d'un mot à la fois. Il était si beau, debout devant elle, les cheveux emmêlés par le vent, dans le halo scintillant du soleil. Les États-Unis étaient un vaste pays, et il devait avoir des intérêts financiers d'un bout à l'autre de ses frontières.

— New York, essentiellement. Je crois que je me suis porté acquéreur d'une manufacture industrielle.

Elle écarquilla les yeux.

— Pas mon entreprise ?

Maudit Sam ! Avait-il rompu la promesse qu'il lui avait faite ? Avait-il vendu l'entreprise familiale ?

L'expression de la Tour devint profondément triste.

— Ça n'a jamais été ton entreprise. Ton père l'a transmise dans sa totalité à ton frère.

Au début, quand elle avait eu connaissance du testament, elle avait lutté pour ne pas se sentir blessée, pour ne pas se dire que son père ne l'aimait pas.

— C'est ce que font les pères, n'est-ce pas ? Ils transmettent leur entreprise à leurs fils. Père m'a laissé sa montre. C'était plus personnel et plus précieux pour moi.

— Mais tu as mis tout ton cœur dans la conception de la machine à écrire.

— Nous avons nos investisseurs maintenant, et Sam m'a donné la permission de faire ce que je veux avec l'usine, du moment qu'elle dégage des profits.

Elle secoua la tête. Rien de tout cela n'avait de sens.

— Je ne comprends pas comment tu as pu te procurer des parts de l'entreprise. Nous en avons vendu quarante-neuf pour cent. Sam est conscient qu'il est important pour nous de conserver la majorité avec cinquante et un pour cent des parts. Il n'aurait pas vendu...

Elle ressentit soudain comme une sorte de nausée.

— Dis-moi qu'il ne t'a pas cédé une fraction de ses parts.

— Ton frère est un rude négociateur. Il sait reconnaître un homme désespéré quand il en a un en face de lui.

Leonora serra les poings. Elle avait envie de le frapper, de le jeter à la mer, puis de retourner à Londres pour passer un savon à Sam.

— Il m'a promis qu'il ne le ferait pas. Combien de parts t'a-t-il vendues ?

Il leva la main, l'approcha à quelques millimètres de sa joue, comme s'il voulait la caresser et renonça, laissant retomber son bras le long de son corps.

— L'intégralité de ses parts.

Leonora reporta son attention sur la mer, sur le minuscule point de terre qui ne serait bientôt plus visible, hors de sa portée. Exactement comme son usine.

— Si tu es aussi intelligent que je le crois, tu vas m'engager pour diriger ton usine.

— Pourquoi ferais-je une telle chose ?

Elle l'observa avec sévérité.

— Je sais tout ce qu'il y a à savoir à propos de la machine à écrire, et quels changements doivent être faits à l'usine pour que la production devienne rentable. J'escompte un salaire important.

— Je ne vais pas t'engager.

Il plongea la main dans la poche intérieure de sa veste et en sortit une enveloppe qu'il lui tendit.

— C'est toi l'actionnaire majoritaire, pas moi.

Comme si elle pouvait soudain exploser entre ses mains, Leonora contempla prudemment l'enveloppe.

Peut-être était-ce un rêve. Elle n'était pas sur un bateau mais dans son lit.

Ou alors, c'était une illusion créée par une inhalation excessive d'air iodé.

Ou bien, elle était toujours sous l'empire de l'alcool, et tout ce qu'elle avait cru vivre depuis cette nuit à l'Elysium n'était qu'un unique et long délire alcoolique.

Ses doigts tremblaient tandis qu'elle ouvrait l'enveloppe, dépliait le document et commençait à le lire.

Quelque chose n'allait pas. Il n'était pas indiqué qu'elle était l'actionnaire majoritaire. Non, en fait, elle était la seule à détenir des parts.

— Je ne comprends pas. La duchesse…

— Elle aussi sait reconnaître un homme désespéré quand elle en a un en face d'elle. Ses protégées ont été ravies de faire un joli profit maintenant, plutôt que d'attendre pendant des mois... ou des années.

— Pourquoi as-tu fait ça ?

Et pourquoi ne le lui avait-il pas dit plus tôt, quand ils étaient encore sur la terre ferme ?

— Ton père aurait dû te laisser la moitié de l'entreprise, si ce n'est la totalité. J'ai simplement réparé une injustice.

De la même façon qu'il le faisait avec les enfants illégitimes de son père. Quel phénomène que cet homme qui demandait peu, donnait beaucoup et qui avait capturé son cœur.

Elle le vit plisser le front.

— Pourquoi toi ? s'enquit-il.

Elle le dévisagea sans comprendre.

— Pardon ?

— J'ai trente et un ans, et avant toi je n'avais jamais pris de plaisir en pénétrant le corps d'une femme. Je me contentais de ses mains, de sa bouche, explorant toutes les façons de combler mes sens jusqu'à la satisfaction ultime. Mais dès notre premier baiser, mon unique envie a été de briser le vœu que j'avais fait de ne jamais prendre le risque d'engendrer un bâtard.

— Je ne comprends pas.

— Qu'est-ce que tu ne comprends pas ?

— Es-tu train de me dire que tu étais... vierge ?

— Avant de te rencontrer, oui.

— Parce que tu ne voulais pas engrosser une femme.

Il hocha la tête.

— Et c'était la seule façon de le garantir.

— Mais tu es tellement talentueux dans ce domaine.

— Comme je l'ai dit, j'ai pratiqué toutes les façons de trouver du plaisir sans aller jusqu'à consommer l'acte. Mais ce qui s'est passé entre nous dans la serre m'a fait comprendre que je ne suis pas aussi fort et vertueux que je le pensais. Je suis bien le fils de mon père.

Sous le choc, Leonora saisit le visage de la Tour entre ses mains.

— Non, tu ne l'es pas, en aucune façon. Je ne l'ai pas connu, mais j'ai vu les dégâts qu'il a faits. Et je t'ai vu te battre pour les réparer. Tu n'es pas responsable de ses actes, et tu n'es absolument pas comme lui. Tu es bon et tendre, et...

— Et pourtant, tu m'as quitté.

— Parce que nous étions contraints de nous marier, et nous aurions fini par nous le reprocher et par nous haïr, si ce n'est pas déjà le cas.

Il l'observa un long moment, l'air ému.

— Tu es...

Il toussota.

— De toute évidence, je suis attiré par toi, sinon je ne serais pas entré dans cette pièce le premier soir. Mais ce que j'aime le plus chez toi, c'est tout ce qui n'est pas visible. Ta curiosité. Ton esprit astucieux, qui te permet de démonter des choses et de les réassembler, d'avoir la vision de quelque chose qui n'existe pas encore et de le créer. Ta gentillesse. Ta force. Ta détermination à mener un projet jusqu'au bout, même quand ta famille ne t'apporte guère de soutien. Ta capacité à t'en aller, à suivre ton propre chemin quand tu crois que celui que tu empruntes n'est pas le bon.

Il aimait quelque chose chez elle.

Le cœur de Leonora fit un bond dans sa poitrine, bien qu'elle ait parfaitement conscience que cela ne signifiait pas pour autant qu'il l'aimait.

— Ces mots, « je t'aime », sont si faciles à prononcer quand on ne les pense pas vraiment. Mais les sentiments que je ressens pour toi sont plus profonds et plus forts que ce que j'ai pu connaître jusqu'à présent. Et cela me terrifie. Comment te les dire, alors que je redoute de te perdre ? Mais j'ai compris que tu avais le droit de savoir que je t'aime comme je n'ai jamais aimé personne avant toi. Ces mots ont un poids, parce qu'ils sont importants, et j'aurais dû les prononcer plus tôt. Je t'aime, Nora. Et je t'aimerai jusqu'à mon dernier souffle. Tout ce que je veux, c'est que tu sois heureuse. Et si pour cela tu dois partir, et mener la vie que tu as choisie, alors donne-moi au moins un vrai baiser d'adieu.

Leonora sentit son cœur se dilater de joie, mais n'osa croire totalement à son bonheur. Les larmes aux yeux, la voix enrouée par l'émotion, elle l'interrogea, d'un ton incrédule :

— Tu m'aimes ?

— Je t'aime de tout mon être, et rien ne viendra jamais empoisonner cet amour.

— Tu as lu ma lettre.

— Plusieurs fois. Et j'ai très envie de t'embrasser maintenant. Mais avant, j'ai seulement besoin de savoir si ce sera un baiser d'adieu ou de bienvenue.

— Ce sera un baiser d'amour. Moi aussi, je t'aime, Johnny.

Ils s'étreignirent comme s'ils ne s'étaient pas vus depuis une éternité, avec une envie dévorante et une gratitude infinie.

Leonora n'avait pas souhaité le quitter. Cette décision avait été la plus difficile de toute sa vie.

Mais elle était persuadée, au plus profond de son être, qu'elle n'avait pas d'autre choix, qu'ensemble ils ne trouveraient jamais le bonheur qu'ils méritaient.

À présent, elle prenait conscience de la stupidité de cette pensée, car le bonheur était à l'instant même dans ses bras.

Assurément, leur baiser passionné devait choquer quelques passagers, car il était scandaleux pour un couple de s'abandonner ainsi en public, mais elle s'en souciait comme d'une guigne.

La Tour laissa courir ses lèvres le long de son cou, provoquant une cascade de délicieux picotements à travers tout son corps.

— J'ai fermé le domaine à la campagne. Je le maintiendrai en état pour les futures générations, mais ce n'est pas pour nous. Je devrai me rendre à Londres pour les sessions du Parlement. Le reste du temps, je serai avec toi à New York.

— Je songeais à ouvrir une usine en Angleterre.

Il releva la tête et lui adressa ce sourire éblouissant dont la fée verte était tombée amoureuse le premier soir. Sauf qu'elle s'apercevait maintenant que ce n'était pas du tout la fée verte. C'était elle.

— Je ne doute pas que tu en feras une réussite.

Il y avait un autre sujet important à résoudre.

— Je ne te donnerai pas de bâtards.

La tristesse assombrit brièvement les yeux de la Tour.

— Je peux faire en sorte que ça ne se produise pas.

En lui refusant à tout jamais ce qu'ils avaient partagé lors de leur dernière étreinte.

— Moi aussi, dit-elle.

Sous le soleil radieux qui baignait le pont, comme en écho à la joie qui illuminait son cœur, Leonora rejeta la tête en arrière et enveloppa cet homme, qui était tout pour elle, d'un regard où se discernait tout son amour pour lui.

— Sais-tu que le capitaine d'un bateau peut marier un couple ?

Cette nuit-là, ils se marièrent sur le pont, entourés d'une poignée d'inconnus, d'une abondance d'étoiles et d'un magnifique clair de lune.

Puis ils valsèrent au son d'un violon dont les notes résonnèrent à la surface de l'eau et s'envolèrent dans l'air salé, portées par une brise légère.

Leonora se dit qu'elle ne serait probablement plus jamais aussi heureuse qu'à cet instant, dans les bras de son merveilleux mari.

Elle avait revêtu la robe qu'elle avait le soir de leur première rencontre, et lui le costume de soirée dans lequel il s'était agenouillé pour ôter de son soulier un gravillon imaginaire.

Plus tard, alors qu'ils étaient tous deux alanguis sur le lit de leur cabine, après une étreinte passionnée, Leonora reposa la tête sur l'épaule de la Tour, tandis qu'il la berçait doucement en lui murmurant des mots tendres.

Elle avait encore du mal à croire qu'il n'avait jamais vraiment fait l'amour avant de la rencontrer.

Elle avait toujours voulu être spéciale pour quelqu'un. Avec lui, elle l'était.

— Johnny ? chuchota-t-elle.

— Hum ?

— Si notre étreinte dans la serre s'était achevée différemment, si nous n'avions pas été découverts, aurais-tu tout de même investi dans l'entreprise ?

— Oui.

— Tu avais foi en ce point dans la machine à écrire ?

— J'avais foi en toi.

Les yeux soudain emplis de larmes, elle se hissa sur un coude pour le regarder.

— Je t'aime tellement. Et si tu n'avais pas investi dans l'usine, je t'aurais aimé quand même.

La Tour observa le visage de la femme qui représentait tant pour lui, avant d'esquisser un sourire narquois.

— Tu m'aimeras encore plus demain.

Elle inclina la tête sur le côté.

— Pour quelle raison ?

— Je t'ai organisé une visite de la salle des machines du bateau.

Elle rit à gorge déployée.

Sa lady des Rires.

Il roula au-dessus d'elle et s'empara de sa bouche, car il était temps de faire une fois encore d'elle sa lady des Soupirs.

Épilogue

*Dans la banlieue de Londres,
quelques années plus tard*

Postée sur la coursive longeant son bureau, Leonora observait l'activité qui se déroulait en contrebas.

Cette animation et ce bourdonnement constants lui évoquaient irrésistiblement une ruche. Il se passait ici tant de choses à la fois. Tant de personnes assises à leur poste de travail, accomplissant une tâche unique. Tant de leviers, de pistons et de manettes pour actionner la chaîne de production. Tant de produits circulant sur le tapis roulant qui traversait l'usine dans sa longueur, chaque article ressemblant de plus en plus, étape après étape, à ce qu'il devrait être dans sa forme aboutie.

Avec l'argent que Sam avait obtenu de la vente de l'entreprise à la Tour, il s'était acheté un pub. Il avait toujours aimé discuter avec les gens, et sa nouvelle activité lui permettait de le faire tandis qu'il servait des pintes. On trouvait rarement une chaise vide dans son établissement. Les clients s'y bousculaient. Leonora n'avait jamais vu son frère aussi détendu et heureux. Et il aimait ce qu'il faisait.

Sa mère avait décidé, puisque son ingrate de fille ne voulait pas utiliser son titre pour l'aider à accéder aux bals qui la faisaient rêver, de prendre les choses en main. C'est ainsi qu'elle avait épousé un aristocrate âgé. Devenue comtesse à son tour, elle avait fait en sorte que tout le monde apprenne son nouveau statut. Mais deux mois à peine après le mariage, son époux était mort, et le titre était revenu à l'aîné de ses cinq fils. Le vieux comte n'avait pas eu le temps de changer son testament pour assurer l'avenir de sa femme. Prenant pitié d'elle, le nouveau comte lui avait acheté un petit cottage loin de Londres et avait proposé de lui verser une modeste pension, à condition qu'elle n'assiste jamais à aucun bal, soirée, récital ou événement mondain organisé par un pair de la Couronne. Ses frères et lui la trouvaient trop sotte, trop bruyante et trop grossière.

« Elle est vraiment embarrassante, je ne sais pas comment tu fais pour la supporter, mon vieux », avait confié le nouveau comte à la Tour, lors d'un bal auquel Leonora et lui s'étaient rendus.

Occasionnellement, Leonora offrait à sa mère un voyage à New York ou la faisait venir à Londres. Mais, en dépit de son statut de comtesse douairière, elle ne recevait aucune invitation. En raison de sa personnalité détestable, elle était réduite à souffrir l'indignité d'être ignorée.

Ce n'était pas le cas de la mère de la Tour, qui avait gagné l'estime de tous en soignant pendant des années son mari malade. Le fait d'avoir à ses côtés un jeune et bel amant qui ne rechignait pas à faire danser les vieilles filles faisant tapisserie expliquait sans doute aussi pourquoi elle croulait sous les invitations. Elle avait rencontré Julian au club d'Aiden et, si le jeune homme continuait à conter fleurette aux dames et à danser avec elles, il réservait désormais ses baisers à la femme qu'il aimait. La Tour et Aiden veillaient au grain.

Un bras s'enroula autour de sa taille, et Leonora se laissa aller contre le torse solide de son mari.

— C'est tellement bruyant ici, lui dit-il à l'oreille.

— C'est le bruit du succès.

Les commandes de machines à écrire étaient en constante augmentation, tant ici que dans leur usine de New York. Leonora avait engagé un superviseur pour leur manufacture américaine, mais elle traversait régulièrement l'Atlantique – accompagnée de la Tour et de leurs enfants – pour s'assurer que tout allait bien.

Sa machine à calculer avait été un triomphe. Elle travaillait actuellement sur un modèle pourvu d'un tiroir à monnaie, qui s'ouvrirait une fois l'achat d'un client effectué. Elle s'attendait à ce que cet ingénieux procédé remporte encore plus de succès.

La Tour posa les lèvres sur le côté de son cou.

— Nous allons devoir partir bientôt.

Leonora jeta un dernier regard à l'empire qu'elle était en train de bâtir, avant de hocher la tête.

— Je suis prête.

Comme chaque année, le jour anniversaire du décès du précédent comte d'Elverton, ses enfants illégitimes et les familles qui les avaient élevés, ainsi que celles qu'ils avaient fondées à leur tour, se rassemblaient dans le jardin du manoir, qui était devenu la maison de campagne de la Tour et Leonora.

Au fil des années, des femmes et des hommes affirmant être les enfants d'Elverton s'étaient manifestés. La Tour, désireux de réparer les péchés de son père, les avait tous aidés financièrement, leur permettant de s'élever au-dessus de leurs conditions. Leonora en avait même embauché certains à l'usine.

— Je retrouve les traits de feu mon mari sur tant de leurs visages, murmura la mère de la Tour, alors qu'elle se tenait à côté de Leonora.

Dès le début, la comtesse douairière avait assisté à ces rassemblements, accueillant à bras ouverts les si nombreux enfants illégitimes d'Elverton. Leonora pensait qu'elle cherchait les deux autres fils que le comte lui avait enlevés, car elle demandait toujours à chaque nouvel arrivant la date à laquelle il avait été déposé chez une nourrice. Certains le savaient, mais pas tous.

— Johnny adore leur compagnie, écouter leurs histoires, suivre le déroulé de leur vie, lui dit Leonora.

La nourriture, disposée sur des tables à tréteaux, était abondante. L'alcool coulait à flots. Mais Leonora se tenait à l'écart de l'absinthe.

— Il a toujours voulu des frères et sœurs, commenta la comtesse douairière. Mais après sa naissance, alors que j'avais déjà mis au monde quatre fils, je n'avais plus la même silhouette. Il est difficile d'avoir un enfant quand votre mari n'a plus envie de visiter votre lit. Encore que, à cette époque-là, son absence ne me rendait pas malheureuse. Je m'étais enfin aperçu de quel monstre il était.

— Eh bien, au moins n'est-il plus là pour jeter le chaos dans nos vies.

— En effet. Et il ne manque à personne. Je pense que, grâce aux bonnes actions de Johnny, un jour, les gens ne se souviendront même plus de lui.

La Tour donnait beaucoup d'argent à différentes œuvres de charité, fournissant nourriture, foyer et éducation à ceux qui habitaient dans les quartiers les plus pauvres de Londres – là où tant de ses frères et sœurs avaient grandi.

Leonora regarda son mari, accompagné d'Aiden et de Finn, qui venait vers elle. Ils souriaient, riaient... Ces retrouvailles annuelles étaient devenues un événement heureux à mesure que les liens se tissaient.

Arrivé à sa hauteur, la Tour lui prit la main et déposa un rapide baiser sur son front. Puis, suivant l'exemple d'Aiden, il embrassa sa mère sur les joues.

— Nous sommes nombreux cette année, fit-elle remarquer.

— Trente.

La Tour secoua la tête.

— Je me demande combien il y en a encore.

— N'y pense pas, dit Aiden. Regarde combien tu en as déjà aidé.

L'un d'eux, encore enfant, courait justement vers eux. Il s'arrêta en vacillant devant la Tour, manquant de perdre l'équilibre.

Attendrie, Leonora observa son mari ébouriffer les cheveux du garçon.

— Bonjour, jeune Jack.

— Bonjour, milord.

— Tu n'as pas à m'appeler ainsi. Je suis ton frère.

— Maman dit que c'est mieux.

Rachel déposait son fils, mais ne restait jamais pour participer au rassemblement familial.

La Tour lui adressa un clin d'œil.

— Pour une fois, je t'autorise à ne pas l'écouter. Comment vont tes études ?

Le garçon était maintenant à Eton, et la Tour lui rendait visite aussi souvent que possible, devenant le père que l'enfant n'avait jamais eu.

Jack haussa les épaules.

— Assez bien, je suppose. J'ai dû faire saigner un nez, par contre. Quelqu'un a dit quelque chose de pas gentil sur Maman.

— Moi aussi, j'ai fait saigner quelques nez quand j'étais à Eton. Tes frères ici présents n'y sont pas allés, mais ils se sont sans doute battus de temps en temps.

— Il faut toujours défendre sa mère, intervint Aiden.

Finn posa une main sur l'épaule de Jack.

— J'ai faim. Et toi ?

— Une faim de loup.

— Et si on allait voir ce qu'il y a de bon à manger ?

Jack hocha vigoureusement la tête, et ils s'éloignèrent.

— Je pense qu'il va apprendre au gosse comment mettre un adversaire K-O, dit Aiden avec un sourire. Il gagnait sa vie en terrifiant les gens.

— Je me souviens qu'il avait cassé le bras de Père un soir.

— Et c'était mérité.

— Voici un nouveau ! s'exclama leur mère.

Leonora vit un homme grand et bien habillé observer l'environnement et laisser son regard s'attarder sur eux. Il ressemblait beaucoup à la Tour.

S'étant visiblement fait son opinion, il vint vers eux avec assurance et s'arrêta devant le comte d'Elverton.

— Milord.

— Vous savez qui je suis ? s'étonna la Tour.

— Mon travail consiste à savoir qui sont les gens.

— Je suis désavantagé, monsieur, car j'ignore qui vous êtes.

— Inspecteur Phineas Strange, Scotland Yard.

Il secoua la tête.

— Mes excuses. C'est ainsi que j'ai l'habitude de me présenter, car j'arrive souvent dans le cadre d'une démarche officielle. Ce n'est pas le cas ici.

Il contempla les convives.

— Ainsi, ce sont tous les enfants illégitimes de notre père ?

— Certains sont leurs conjoints ou conjointes, ou encore leurs enfants. Pourquoi ne vous êtes-vous pas manifesté plus tôt ?

— Je n'étais pas certain de vouloir être associé à un personnage aussi vil. Puis j'ai compris que je lui accordais un pouvoir sur moi qu'il n'avait pas mérité.

— Vous savez que le comte d'Elverton était votre père ?

— Tous les indices concordent.

— Auriez-vous l'obligeance de les partager avec nous ?

— J'ai été confié à une nourrice. C'était sa méthode préférée pour se débarrasser de nous, n'est-ce pas ?

— Quand ? demanda la comtesse, d'une voix blanche. Quand avez-vous été abandonné ?

Il donna une date, et Leonora vit le visage de sa belle-mère devenir livide.

— J'ai donné naissance à un fils ce matin-là. Je l'ai emmailloté dans une couverture bleue.

Ce fut au tour de l'inspecteur de blêmir.

— Avec le nom d'Elverton brodé dans un angle.

Il plongea la main dans la poche intérieure de sa veste et en sortit un petit bout d'étoffe qu'il déplia. Avec le temps, la trame s'était affinée et déchirée par endroits, peut-être à force d'avoir été caressée, mais il en restait suffisamment pour distinguer le nom brodé.

La comtesse porta ses doigts à ses lèvres, tandis que des larmes silencieuses coulaient sur ses joues.

— Je t'ai appelé Matthew. Tu es mon premier enfant. Combien tu dois me détester de l'avoir laissé t'arracher à moi.

— Madame, j'ai constaté à quelles extrémités les gens sont obligés pour survivre. Je n'ai aucun ressentiment à votre égard. Fort heureusement, la femme qu'il a payée pour prendre soin de moi était une personne aimante. J'ai aussi découvert que la haine était une perte d'énergie.

La comtesse laissa échapper un discret sanglot, avant de tendre une main tremblante et de la poser sur la joue du nouvel arrivant.

— Pendant les quelques heures où je t'ai tenu dans mes bras, j'ai ressenti tant d'amour... assez pour qu'il t'accompagne toute la vie.

— Quelle chance j'ai eue, alors.

— M'autoriserais-tu à te donner l'accolade ?

Sans un mot ni aucune hésitation, Phineas Strange – puisque c'était ainsi qu'il s'appelait – referma les bras autour de la comtesse.

— J'ai maintenant trois de mes garçons avec moi, dit-elle.

Sa voix était enrouée par les larmes.

— Qui aurait pu le penser après toutes ces années ?

Leonora et Aiden furent ensuite présentés au nouvel arrivant.

— Je suis un autre de ses bâtards, annonça Aiden, avec sa franchise coutumière, aussi brutale soit-elle. La comtesse est également ma mère.

— Je peux voir la ressemblance dans nos traits.

L'opinion favorable que Leonora avait de l'inspecteur Strange ne fit que s'amplifier quand il refusa le dédommagement que la Tour proposa de lui payer.

— Je n'en ai nul besoin. Faites-en meilleur usage ailleurs.

Sur ces mots, la comtesse douairière et Aiden l'emmenèrent faire la connaissance de ses autres frères et sœurs.

La Tour s'approcha et passa un bras autour des épaules de Leonora.

— J'espérais bien qu'un autre de mes frères finirait par se présenter.

— Penses-tu que le dernier le fera ?

— Je suppose que tous ses enfants illégitimes n'ont pas survécu, Nora. Et cet odieux personnage n'a conservé aucune trace de leur naissance et de l'endroit où il les a déposés.

Sous bonne garde de leur gouvernante, leurs deux fils et leur fille jouaient gentiment sur l'herbe, profitant d'un ébouriffement de cheveux ou d'un câlin de la part de leurs nombreux oncles et tantes.

— Nous avons une grande et belle famille, n'est-ce pas ? demanda posément Leonora.

— En effet.

— Et dans quelques mois elle s'agrandira encore.

La Tour tourna la tête vers elle, et un sourire radieux illumina son visage.

— Est-ce vrai ?

Elle acquiesça.

— La naissance est prévue aux alentours de Noël.

Tandis qu'il la prenait dans ses bras, l'inclinait légèrement en arrière et pressait ses lèvres sur les siennes, elle fut infiniment reconnaissante que cet homme merveilleux soit son mari.

Elle prit soudain conscience d'applaudissements et de cris de félicitations ou d'encouragements, accompagnés de quelques rires et sifflements.

S'écartant, la Tour lui adressa un clin d'œil.

— C'est la famille. Ils comprendront.

Elle plissa le front.

— Que comprendront-ils ?

Il la souleva et cria à la cantonade.

— Amusez-vous ! Je m'en vais montrer à ma femme combien je l'aime.

En riant, Leonora enfouit son visage dans le cou de son mari, tandis qu'il se dirigeait à grandes enjambées vers la maison.

— Pour un homme qui a toujours cherché à éviter le scandale, Johnny, tu t'y entends assurément pour l'alimenter.

— Seulement avec toi.

Note de l'autrice

Au début des années 1800 – et peut-être plus tôt selon certains –, plusieurs versions d'une machine à écrire ont été conçues, mais ne sont jamais entrées en production.

Christopher Sholes et Carlos Glidden ont mis au point un prototype artisanal considéré comme l'ancêtre de la machine à écrire moderne, dont le brevet a été déposé en 1868.

Toutefois, ce n'est qu'en 1873 que la firme Remington et fils – qui produisait jusqu'alors des armes, du matériel agricole, des bicyclettes et des machines à coudre – a conclu un accord avec Sholes et Glidden pour manufacturer et commercialiser la machine à écrire, qui a été vendue à partir de 1874.

Cependant, je crois possible que Nora et son père aient pu concevoir ce qu'ils imaginaient être le tout premier modèle de machine à écrire.

Ce type d'appareil a rencontré beaucoup de résistance au début, car on le trouvait trop impersonnel. Mais les hommes d'affaires n'ont pas tardé à l'adopter lorsqu'ils se sont aperçus que c'était beaucoup plus rapide que d'écrire à la main.

Ce n'est qu'à partir de 1890 que les machines à écrire ont commencé à être fabriquées en Grande-Bretagne. Avant cela, elles étaient importées d'Amérique. Mais là se trouve la beauté de la créativité littéraire et de la fiction : nous pouvons nous écarter légèrement de la vérité.

Pour ce qui est de la remarque selon laquelle les yeux deviennent rouges quand on ment... c'est ce que me disait ma mère quand j'étais petite. De ce fait, j'avais pris pour habitude de fermer les paupières les rares fois où j'affabulais – jusqu'à ce que je me rende compte que je me trahissais en agissant ainsi. Des années après, nous en riions quand nous évoquions ce souvenir.

POUR elle

Si vous souhaitez être informée en avant-première
de nos parutions et tout savoir sur vos autrices préférées,
retrouvez-nous ici :

www.jailu.com

Abonnez-vous à notre newsletter
et rejoignez-nous sur Facebook !

14386

Composition
FACOMPO

Achevé d'imprimer en Italie
par GRAFICA VENETA
le 2 mars 2025

Dépôt légal : avril 2025
EAN 9782290415641
OTP L21EPSN002692-645663

ÉDITIONS J'AI LU
82, rue Saint-Lazare, 75009 Paris

Diffusion France et étranger : Flammarion